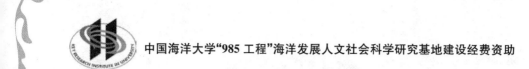
中国海洋大学"985 工程"海洋发展人文社会科学研究基地建设经费资助

王蒙研究

（第四辑）

中国海洋大学出版社
·青岛·

图书在版编目(CIP)数据

王蒙研究. 第四辑 / 严家炎,温奉桥主编. —青岛：
中国海洋大学出版社,2018.4
ISBN 978-7-5670-1739-9

Ⅰ.①王… Ⅱ.①严…②温… Ⅲ.①王蒙—文学研
究—文集 Ⅳ.①I206.7-53

中国版本图书馆 CIP 数据核字(2018)第 053647 号

出版发行	中国海洋大学出版社			
社　　址	青岛市香港东路 23 号	邮政编码		266071
出 版 人	杨立敏			
网　　址	http://www.ouc-press.com			
电子信箱	1193406329@qq.com			
订购电话	0532－82032573(传真)			
责任编辑	孙宇菲	电　　话		0532－85902469
印　　制	日照日报印务中心			
版　　次	2018 年 4 月第 1 版			
印　　次	2018 年 4 月第 1 次印刷			
成品尺寸	170 mm×230 mm			
印　　张	14.5			
字　　数	245 千			
印　　数	1～1200			
定　　价	38.00 元			

发现印装质量问题,请致电 18663037500,由印刷厂负责调换。

目录

王蒙讲稿

旧邦维新的文化自信

王　蒙

文化自信：有底气的文化纲略

党的十八大以来，习近平同志提出了一系列关于文化建设的纲领性、战略性命题，尤其是文化自信的提出，具有极大的重要性与启示性，体现了理论坚定与文化勇气，需要我们更多地学习与探讨、发掘与切磋，需要我们沿着这个思路有所回顾，有所总结，有所分析，有所展开。

毛泽东同志早就提出：随着经济建设的高潮的到来，不可避免地将要出现一个文化建设的高潮。中国人被人认为不文明的时代已经过去了，我们将以一个具有高度文化的民族出现于世界。邓小平同志也强调：物质文明建设与精神文明建设"两手抓，两手都要硬"。现在，随着中国的经济发展与面貌一新，随着实现中华民族伟大复兴的中国梦日益成为现实，也随着人们的文化饥渴与精神急需，迫切需要中华文化焕发出新的生命力，实现更大的繁荣昌盛、转化发展，实现国家民族人民精神资源的最大化，使我们的文化事业取得与中国的国力、历史与国际地位更相称的创造与成绩。

随着以文化复兴助推民族复兴的方针的确立，以文化支撑国家民族强盛的思想的引领，制度为本、传统为根、价值为魂的逻辑阐述，一系列文化建设的理论与实践课题摆在我们面前。我们越来越体会到经济富裕的可望可攀、国防强大的可喜可期，而文化的昌明进步、成果丰硕、可亲可敬、可感可泣、直达人心，更是令有识之士壮心不已。

中华民族玉汝于成，检验了中华文化的有效性

何谓文化？广义地说，文化就是人化，是人类的创造、经验、成果积累的总和，而非自然原生态。文化说大也大，说小也小，小到看不见摸不着，大到无时

无刻、无处不有。人类带来的一切物质与精神成果，都是文化。我们关切的一切，包括科学技术的发展、全面小康的实现、世道人心的优化、产品质量的完美、国际形象的塑造，无不期待着文化的培育与充实。马克思认为文化是"自然的人化"和"人的本质力量对象化"。中国传统的说法是"以文化人"，强调圣人以其先知先觉所言所行教化百姓，为民立极。毛泽东强调的是卑贱者最聪明，高贵者最愚蠢，"人民，只有人民，才是创造世界历史的动力"。

文化的价值在于它的有效性，即一种文化能够吸引凝聚人民，被长期广泛接受，并为接受此种文化的群体与个体提供更好的生活质量，提供更好的人与社会关系，提供人类和平与进步的前景，提供发展的成果与动力；同时又能提供逢凶化吉、遇难成祥的应变、纠错与自我更新能力。中华文化历久弥新，百折不挠，艰难困苦，玉汝于成。珍惜与自信这样一个文化传统，对中国，对世界，对今天与未来都有巨大的意义。

我们说"文化是民族的血脉，是人民的精神家园"，是因为中华文化从思想方法到日常生活，无所不包。同时它的基本精神、基本价值认同与思想方法、生活方式、风度韵味又是相当恒久的，自成体系的，经得起考验的。有过这样的事情，一位中国学者在境外大讲中华文化博大精深，外国听众请他讲讲如何博大精深法，我们的教授则以"因为博大精深所以不可说"而最终没说出所以然。这样的做法恐怕是不行的。因为博大，它有恒久的精神、思路、风度与发展空间。中华文化忠奸分野的观念，德才兼备以德为先的观念，沧桑盛衰聚散有常的观念，得民心得天下的观念，以及善有善报、和为贵、多行不义必自毙的信念等至今活在中国人民的心里。近百年来中国经受了前所未有的历史风雨，终能做出正确抉择，取得一个又一个令世界瞩目的可贵进展，往往是由于中华传统文化在其中起着深层作用。当然，传统文化曾经由于它落后于时代的种种"罪状"拖过前进的后腿，严重地苦恼过我们，最终却证明了它完全可以与时俱进，发展转化，帮助也护佑中华民族知难而进，迎头赶上。

应该看到，古老中华是以文化立国的。可能我们是太认定自己文化的优胜性了，我们并不过分着眼于族裔之分与强力之用。同时，我们的文化富有此岸性、积极性、精英性、美善性与亲民性，我们追求的是自强不息、厚德载物、经世致用。因此之故，在最危难的际遇下，我们没有失陷于虚无主义、神秘主义、消极颓废、悲观厌世。

中华文化为政以德、修齐治平思想，性善论、天良论、良知良能论思想，形成了一种循环认同，具有从一而定、定之于一、一以贯之的特色。"道之以政，齐之以刑"不若"道之以德，齐之以礼"的思想与"圣人无常心，以百姓之心为心"的思想，使天命、人性、民心、道德、礼义、王道、仁政、世道串联合一，乃是文化立国同时并不否定权与法、兵与政作用的纲领宣示。"修身齐家治国平天下"互为因果的说法，说明中华文化把政治、哲学、道德伦理、终极信仰、唯物与唯心全部打通。个人与群体、家与国、天与人、慎终追远与薪尽火传、自强不息与无可无不可、一的一切与一切的一、变与不变、混沌与清明……所有这些"浑一"，精神自足，颠扑不破。

中华文化更是早就认识到了过犹不及，不为已甚，物极必反，否极泰来，飘风不终朝、骤雨不终日的法则，这也正是自信法则，它同时进一步定下了反对极端、分裂、恐怖的中庸理性基调。中华文化一方面强调"杀身成仁""舍生取义""知其不可而为之"，同时又强调"以柔克刚""穷则变，变则通，通则久"，民间的说法则是"识时务者为俊杰"，即审时度势、灵活应变、善用谋略，给人以足够的适应能力与选择空间。

中华文化的这些基本观念，恰恰就体现了"自信"二字，是对道德与礼法的自信；是对人性、人心、人文、人道的自信；是对天道、天命、天地、民心即天心的自信；也正是古代中华传承至今，饱经风雨雷电，虽乃旧邦、其命维新的自信。自古而今，我们与野蛮自信、愚昧自信、暴力自信、迷信自信、金钱自信、神权自信、种姓自信等等进行过斗争，最终，我们选择了文化自信！

中华风度令人迷醉，是我们眷恋的精神家园

中华艺文提倡"道法自然""造化为师""天地有大美而不言"，讲究风骨、气韵、境界、器识，并将这些美学原则寄托于生活领域的各个方面。中华文化还得益于汉语汉字的形象性、综合性与浑一性，有它特殊的感染力、表情性与微妙性。中原文化的优胜与各兄弟民族文化的多元，推动中华文化不断扩容、融和出新、绵延不绝。

中华文化形成了中华风度。"富贵不能淫，贫贱不能移，威武不能屈"的大丈夫气概，"己所不欲，勿施于人"的相处之道，"为天地立心，为生民立命，为往圣继绝学，为万世开太平"的使命担当，高瞻远瞩，凛然大义，塑造了一代代中华民族脊梁。与此同时，中华精英也有自己独特的生活方式，"穷则独善其身，达则兼济天下""邦有道则知，邦无道则愚"，动静咸宜，刚柔相济，儒道互补，乐山乐水，阴阳五行，琴棋书画，诗书礼乐，入山出山，方圆内外，大智大勇，素心内敛，进退有道，道通为一。

还有中华诗词、中华书画、中华戏曲、中华故事、中华园林、中华功夫、中华烹调、中华工艺、中华文物……这些祖宗留下的文化瑰宝，乐生惜生，代代相传，共同延续着中华价值观和中华智美，也为当代生活带来快乐，带来趣味。它们是中国人赖以安身立命的氛围与自珍自赏的美好心愿的对象化、具体化，也是中华文化与世界对话的特有媒介。中华文化为世界文化的丰富贡献了重要一极，它的魅力令人迷醉。

有一年笔者在河南开封清明上河园的晚会上，听到以辛弃疾的《青玉案·元夕》为歌词的合唱曲："东风夜放花千树。更吹落，星如雨。宝马雕车香满路。凤箫声动，玉壶光转，一夜鱼龙舞。"在那样的场合，想起历史上有过的繁荣与美好，感动得热泪盈眶。笔者著文称："哪怕仅仅为了欣赏辛弃疾的诗词，下一辈子，下下辈子，仍然要做中国人。"此话引来不少读者共鸣，说读得涕泪交加，此之谓"精神家园"是也。

反省、革新与开放，正是传统文化生命力所在

"周虽旧邦，其命维新"，这样的诗句端庄诚挚、循旧图新。中华文化是历史悠久的文化，也是饱经忧患的文化。我们经历了辉煌与艰难、停滞与突破、困惑与焦虑、危机与转机、纷纭与沉淀。尤其是中晚清以降，古老的中华遭遇了日新月异的西方工业文明，受到了严重的挑战与欺辱，付出了沉重的代价，也获得了醍醐灌顶的洗礼，终于由中国共产党带领人民找到了快速发展、通向现代化，同时符合国情、维护传统的中国特色社会主义道路。

是的，中华传统文化也有明显的不足、短板。不管多么好的文化传统，都怕陈陈相因。文化的多重性与复杂性使当下某些文化人对"文化自信"的提法感到困惑。他们非常了解历史上中国文人老生常谈的可悲。"鲁叟谈五经，白发死章句。问以经济策，茫如坠烟雾。"李白讽刺的读死书无用文人不在少数；"寻章摘句老雕虫……文章何处哭秋风?"李贺也为呆板的学风感到悲哀。原地踏步就必然会出现老化、僵化、酱缸化腐变，早在唐代，天才诗人们已经痛感到这个问题。元明以后，中国势头明显不济。到清代《红楼梦》中记载的荣宁二府的状况，暴露了其时中华主流文化已经捉襟见肘，难以应对多方危难。可以说《红楼梦》正是中华封建社会走向没落、孔孟主流文化出现危机的一个缩影。而到了1840年的鸦片战争，面对列强，中华文化现出了全面深重的焦虑感与危机感。清末民初的文化大家王国维自沉，启蒙思想家严复也终入保皇一党，吸食鸦片而死，显现了文化危机的严重性。除了更新、革命、天翻地覆慨而慷，中华

文化几乎已经无路可走,这才有了新文化运动对中华传统文化的反思与批判,与各种境外思潮特别是马克思主义的引进。只有不可救药的糊涂人才会在强调继承弘扬传统的时候反过来否定革命与新文化运动的狂飙突进。

新中国成立以后,新潮涌动,百废待兴,我们的文化生活仍然经历了曲折与艰难。终于在今天,我们获得了重提文化自信、继承弘扬优秀传统文化、实现转化与发展的空前历史机遇。

我们背靠的传统,曾经被激烈地批判和反思。那么,我们为什么还要强调以它为基础的文化自信?

这是因为,我们今天所说的中华传统文化,是一个庞大的体系,既有孔孟提出后被官方提倡的修齐治平、忠勇仁义;也有替天行道、造反有理,"舍得一身剐,敢把皇帝拉下马"的激越拼搏;还有"天之道,损有余而补不足;人之道,损不足以奉有余"的对阶级剥削压迫的指责。而这后者,正是马克思主义能够在中国的山沟里成长壮大起来的理据。

我们更有新文化运动时以鲁迅为代表的反思批判文化,那是知耻近乎勇的传统,是海纳百川的传统,是苟日新、又日新、日日新的传统。

也正是五四运动与20世纪中国志士与人民的呼风唤雨、倒海移山,表现了中华文化"暗鸣则山岳崩颓,叱咤则风云变色"雷霆万钧的革命性一面,使中华传统文化经受了置之死地而后生的激扬历练,使中华传统文化得以挽救,得以激活。

还有以井冈山、长征、延安为代表的革命文化传统,也是浸润着中国传统文化发展起来的。毛泽东思想是马克思主义普遍真理与中国革命具体实际结合的产物,这个中国革命的具体实际,就包含着中华传统文化的许多方面。比如毛泽东提出的为人民服务、实事求是、愚公移山、以少胜多、出奇制胜、统一战线、批评与自我批评、支部建在连上,一直到"深挖洞、广积粮、不称霸",无不闪耀着传统文化的光辉。

我们还有以邓小平为代表的改革开放、通向社会主义现代化的正在完善成熟起来的传统:面向世界、面向未来、面向现代化,全面准确理解毛泽东思想,实践是检验真理的唯一标准,发展才是硬道理,摸着石头过河,一国两制……这些思想都带有中华文化特色的智慧与品质,是将中国带进全新的历史时期的精神指南。

百多年来,尤其是改革开放30多年来,中国各界优秀人士、文化精英与广大民众,前仆后继,以极大的紧迫感奋斗图强,力求补上科学技术、大工业制造、国防自卫、市场经济、民主法制、改革开放的课，追上全面现代化、全面小康、全面富国富民的世界步伐。这种不甘落后的奋斗热潮也使中华传统文化有了勃勃进取的空前扩容和发展创新。

中华文化的生命力不仅在于它的古色古香、奇葩异彩、自成经纬，更在于它生生不息的活力，它的反思能力，它在多灾多难中锻炼出来的应变调适能力，它的见贤思齐见不贤而内自省精神，它的水滴石穿的坚韧性，它的接纳与深思的求变精神，还有它屡败屡战、永不言败、"士不可以不弘毅，任重而道远"精神。

敢于从善如流，敢于走自己的路

有人问，百年来，衣食住行、生产生活、科学技术、名词观念，我们吸取了那么多外来文化，中国人是不是已经"他信"胜过"自信"了呢？

文化不是物资也不是货币，它是智慧更是品质，是精神能力也是精神定力，它不是花一个少一个，而是越用越发达，越用越有生命力，越用越本土化、时代化、大众化。它有坚守的一面，更有学习发展进步的一面，学习是选择、汲取与消化，不是照搬和全盘接受，"学而不思则罔，思而不学则殆"，谁学到手就为谁所用，也就归谁所有，旧有体系就必然随之调整变化，日益得心应手。

文化也不是垄断性、山寨性的土特产，它既有地域性，更有超越性与普适性。任何一种文化都无须追求来源的单一、唯一、纯粹。如果用产地定义文化传统与文化内涵，国人吃的小麦、玉米、菠菜、土豆……最初都是舶来品，连中餐都不是绝对的"中"了。再看日本，先学中国，后学欧美，已经大大发展了日本文化。美国更是移民国家，"文化土产"有限，但绝不能说美国没有自己的文化。他山之石可以攻玉，古为今用、洋为中用，这样的态度正是中华文化历久不衰的原因所在。

20世纪七八十年代，当时各社会主义国家都掀起改革浪潮，但是那些了解中国的西方政要和学者，如撒切尔夫人、布热津斯基等，唯独看好中国的改革；未来学家阿尔文·托夫勒更是直言：中国可以实现跨越，"我相信中国正在向着成为21世纪第一流的国家稳步前进"。他们赞赏中国文化独特的包容与应变康复能力。他们从以邓小平为代表的中国领导人身上，看到了坚韧灵活，看到了既独立又开放，善于以退为进、转败为胜。果然，中国的改革开放没有走苏联和东欧国家的亡党亡国之路，没有辜负革命的先辈与国人的希望，也没有辜负国际人士的高看，取得了举世瞩目的成就。我们就更没有理由反过来嘲笑自己百余年来东奔西闯、披肝沥胆、改革开放、旧邦维新、发展变化的大手笔了！

　　文化一经吸收采用,必然与本土文化结合。马克思主义到了中国,发展成为毛泽东思想,邓小平理论,"三个代表"重要思想,科学发展观,习近平治国理政新理念、新思想、新战略,它们当然是中华文化而不可能是什么其他文化。孔子早就明白:"三人行,必有我师""十室之邑,必有忠信",甚至孔子宣告,他与伯夷、叔齐、柳下惠、少连等不同,叫作"我则异于是,无可无不可",而孟子干脆明确孔子是"集大成"者,是"圣之时者",说明圣者也要追求现代化、当代化。

　　我们主张文化自信,不是说只有中华文化是优秀的。《礼记》早就告诉我们:"学然后知不足。"《尚书》的说法是:"满招损,谦受益,时乃天道。"我们从不认为自身足够完满。我们对全球各国各地的文化必须是"各美其美,美人之美,美美与共,天下大同"。但我们必须重视、珍惜中华文化长久而又丰富的历史存在,重视它为我们当代快速发展所奠定的基础。越是经济全球化,越是西欧、北美取得了人类文化某些优势甚至主流地位,我们越要加倍珍惜自己的文化成果,越要思考为何或异其趣的中华文化对人类发展的参照作用越来越大。我常说,拒绝现代化,就是自绝于地球;而拒绝传统,就是自绝于中华本土,自绝于中国国情,自绝于中国人民,自绝于更有作为的可能。

是传统的复兴,又是全新的开辟

　　强调文化自信,我们不应忘记,中国目前兴起的"传统文化热",不是汉唐明清人在讲文化自信,而是21世纪中华人民共和国人民讲文化自信;不是孔孟,也不是秦皇、汉武、康熙、光绪讲文化自信,而是中国共产党人讲文化自信;不是在甲午海战、北洋水师全军覆没或者庚子事变、慈禧太后西逃时的胡言乱语,而是在历尽艰难、中国终于成为世界第二大经济体、成为世界经济发展引擎、致力于全面建成小康社会、提出"一带一路"倡议的新形势下的坚定认知。我们的文化自信,包括了对自己文化更新转化、对外来文化吸收消化的能力,包括了适应全球化大势、进行最佳选择与为我所用、不忘初心又谋求发展的能力。我们的文化传统是活的传统,是与现代世界接轨的传统,是以天下为己任的传统,是历久弥新、不信邪、敢走自己的路的传统。我们绝不妄自尊大,更无须自我较劲、妄自菲薄。

　　还有一种说法,认为文化是有机整体,所以取其精华、去其糟粕是难以做到的。这种说法不无道理,却过于悲观。毛泽东同志强调对传统文化要剔除其封建性的糟粕,吸收其民主性的精华;习近平同志多次强调传统文化的创造性转化与创新性发展。那么,如何判断传统文化中的精华和糟粕?要点有三:一看是否有利于人的发展、社会的发展；二看是否有利于社会和谐稳定；三看是否符合人类文明共识。例如"二十四孝"，在今天绝对不可以不加区别地宣扬，"埋儿奉母"，发生在今天不是"孝"，而是刑事犯罪。除了这些明显的封建糟粕，还有一些借传统文化热而借尸还魂的落后的习惯和意识，这些都应被我们视为糟粕而加以摒弃。

百余年来，中国志士仁人无日不在为使传统走出窠臼而苦斗，中国共产党人也一直在探索一条以传统为基石、以中华复兴为目标的道路。"一带一路"倡议的提出，既是传统的复兴，又是全新的开辟。这就叫继承弘扬，同时这就叫创新发展。

文化建设有它的复杂性、细致性与长期性，不能简单化、片面化，更不能急躁突进。现在我们还存在着将传统文化的弘扬形式化、皮毛化、消费化、口号化、表演化、煽情化、卖点化、圈地化、抢滩化的苗头。在文化自信问题上，传统与现代、普及与提高、学习与消化、叹赏与扬弃、继承与发展，须相得益彰、互补互证、不可偏废。我们期待的是更多针对文化课题的认真分析、讨论、推敲，期待从家庭教育、学校教育、社会教育等各个方面入手，把文化自信与提高我们的文化学养结合起来。

我希望当今有识之士共议文化，弄清中华传统文化世界观、人生观、价值观的基本思路与基本取向，弄通中华智慧与中华谋略的特色，打通传统文化与五四新文化，与马克思主义、毛泽东思想、邓小平理论、"三个代表"重要思想、科学发展观、习近平治国理政思想的关系，还要结合实际工作，结合教育事业，更上一层楼，提升我们的文化事业与文化生活水准，提升我们的理论思考分析辨别能力，使我们的文化生产、文化消费、文化积淀、文化品格、文化精神不但得到推动与鼓舞，更得到丰富与提升，从而让我们文质彬彬，从容自信！

（原载 2017 年 8 月 15 日《人民日报》）

人性·民心·天意·精英主义

王　蒙

　　秦始皇统一天下后,"焚书坑儒",一定程度上表现了他对儒家的厌恶,那是由于,儒家的泛道德论、泛善论、为政以德论、齐之以礼(用礼法规范天下)论、君子——士——精英主义、中庸理性主义、圣人乃百世之师论、民贵君轻论……客观上形成了对于君王权力的文化监督、道德监督。儒家的摇唇鼓舌、指手画脚、自命优越、用理想修理现实,令沉迷于大一统的权力与事业的嬴政皇帝反感万分。

　　但后来的皇帝、朝廷、儒生、乡绅,一直到百姓民间,渐渐接受了儒家的优显地位。因为儒家自好学孝悌始,到治国平天下终,说法正当、顺耳、简明、容易接受,即使不完全做得到也比没有这样一个美好通俗的学说好,用别的学说更无法让百姓们听着舒心放心。法家学说是君王听着舒服速效,百姓听着肝颤。道家学说是抽象思维的胜利,通向宗教,玄而又玄,众妙之门,伟大而涉嫌玄虚与故作逆反。墨家投合志士,名家投合思辨拔河,都没有儒家的广博平易诚恳。今天的学界对于董仲舒是否原汁原味地提出过"罢黜百家、独尊儒术"有不同看法,儒家学说自汉武帝以来地位飙升,渐渐达到了罢黜百家与独尊儒术的局面则是事实。而儒家的代表人物自然是大成至圣先师孔丘,后世又加上了的是孔子死后百年的战国时期亚圣孟轲。

　　亚圣的地位有难处。一概拷贝孔子,失去存在必要;与至圣各说各的,平分秋色的可能性不大,被攻评为标新立异与"机会主义""修正主义"的危险则大为增加。

　　首先从文风话风上看,孔子各方面论述恰到好处,春风化雨,亲切自然。一上来就是"学而时习之""有朋自远方来",何等的安稳熨帖。而孟子一起头就选择了"何必曰利,亦有仁义而已矣",树起了利与义二分法两大阵营,而且他使二者不可得兼,一直发展到后来,达到"生"与"义"的不可得兼、达到舍生取义的壮烈。孟子的不妥协性、尖锐性和彻底性振聋发聩。

义利分明

孟子的义主要是指义理,即大道理、大原则。用今天的话来说就是不能用原则做交易,小道理必须服从大道理。孟子的话是"上下交征利而国危矣",此话值得回味:一个权力系统,如果追求的是具体的形而下的利益,后果不堪设想,原因很简单,利与利有时相悖,不同的人、家、国、天下各有其私利,争利的结果会是天下大乱。

但今天的人们明白,除了私利,还有国家、人民的利益,利益是有最大公约数的,大道理与大功利是分不开的。过分强调义与利势不两立,其后果是给人以孟子"迂远而阔于事情"(司马迁)的评价。

孟子突出了以圣贤为己任的亚圣贤准圣贤人格的坚强、浩大与光耀,叫作"我善养吾浩然之气""至大至刚",这是那个时代的修身——苦练内功。可以理解,亚圣往往会比至圣多一点锋芒,这才可能使自己在既非新出锅,而且仍然是百家争鸣、莫衷一是的局面下坚持响当当的气概。斯大林比列宁更严厉,切·格瓦拉比卡斯特罗更彻底。

《孟子》一书中,"王"字出现 322 次,"天"出现 287 次,"民"209 次,"君子"83 次,"士"87 次。"王"字最多,因为他致力于为王者师,谈王论王,也见过、教训批评过很多王侯,获得过或拒绝过他们的馈赠,"后车数十乘,从者数百人",社会地位、政治地位与生活待遇不低。虽然有过与齐王如何见面之争,有"既然您称病不过来,我也干脆称病不去"等躲来藏去的捉迷藏游戏,未见过孟子遭遇过类似孔子厄于陈、蔡的窘态。从境遇来说,孟子比孔子牛气很多。

孟子有理论,引用曾子言曰:"晋楚之富,不可及也。彼以其富,我以吾仁,彼以其爵,我以吾义,吾何慊乎哉?"也就是说,以自己的文化资源、道德资源,向权力资源与财富资源叫板逞雄,义行天下,不畏权与利。

从民本到精英

不仅仅是为自己应得的礼遇,而且是为了圣贤、大人、君子、士、大丈夫直到臣等说法不一的社会精英、社会贤达(此四字头衔一直用到民国)的地位。

孟子的观点,不能是权力至上、君王至上,而是在天与民至上的前提下表现出来的可操作的抓手——精英至上。

除"君"外,《孟子》中讲得最多的是天,天是自然的存在,也是至高至上至大的巅峰——神性的终极。孟子认为"民为贵,社稷次之,君为轻"。原因是"天视自我民视,天听自我民听",到了小说《李自成》那里,便是李的智囊牛金星所言:"民心即是天心",在民与天中画一个等号。

这里的"天民合一"可能比"天人合一"更富挑战性。天民合一挑战的是不行使仁政的君王权力,天人合一针对的则是人类面对天道与自然的异类感:包含着怨懑、畏惧、悲叹与胡作非为。

然而天无言,民是无序乃至无端(头绪)的,对于天与民的高度尊重,只能体现在君子、精英、士们的贤明与品德上。"君子所以异于人者,以其存心也。君子以仁存心,以礼存心。仁者爱人,有礼者敬人。爱人者,人恒爱之;敬人者,人恒敬之。"《离娄下》中孟子此言,告诉我们,还是要从君子之心中探寻仁、礼、爱、敬的天道天威与民心民意消息。

孟子认为圣贤谱系大致是"由尧舜至于汤,五百有余岁……由汤至于文王,五百有余岁……由文王至于孔子,五百有余岁",孔子不是天子君王,但是与唐尧虞舜夏禹成汤文王平起平坐,而且,孟子说:"孔子之谓集大成。集大成也者,金声而玉振之也。金声也者,始条理也;玉振之也者,终条理也。始条理者,智之事也;终条理者,圣之事也。"孔子伟大,圣贤伟大,仁义爱敬智圣伟大,王道伟大。孔孟虽然没有机会王天下,但他们提出了可以"王天下"的王道:叫作"乐以天下,忧以天下;然而不王者,未之有也",还有"仁者无敌"与"保民而王,莫之能御也"。

仁者无敌

孟子说:"桀纣之失天下也,失其民也;失其民者,失其心也。得天下有道:得其民,斯得天下矣;得其民有道:得其心,斯得民矣;得其心有道:所欲与之聚之,所恶勿施尔也。"

这一类的命题,你会觉得孟子正道得简约且相当纯洁,他的文化理想主义与道德理想主义,讲得到家。人性向善,人心思善,君王为善,就是仁政,就能建成人间乐园,直到"与民同乐""俊杰在位""省刑罚,薄税敛,深耕易耨",还有"市,廛而不征,法而不廛,则天下之商皆悦,而愿藏于其市矣。关,讥而不征,则天下之旅皆悦,而愿出于其路矣。耕者,助而不税,则天下之农皆悦,而愿耕于其野矣"……一方面是春秋无义战,到处是争权夺利、阴谋诡计、血腥屠戮、枉费心机、国无宁日;一方面是仁者无敌、莫之能御、天下归心、轻而易举。孟子的名言:"老吾老以及人之老,幼吾幼以及人之幼,天下可运于掌。"(王蒙按:在我少年时代一接触到"共产主义"四个字,脑子里出现的就是"老吾老以及人之老,幼吾幼以及人之幼"十六字真言。十六字做到,万国一家,万民一体,不是人间乐园还能是什么?)

孟子认为实行王道而不是霸道,恩泽百姓而不是祸害百姓,其实很容易做到,犹如"为长者折枝",绝对不是"挟泰山以超北海",君王们没有去做,完全"是不为也,非不能也",关键只在一念间。

孟子引用孔子的话说:"道二,仁与不仁而已矣",此说干脆利落,简明浅显,说得极其便利,实际上没有这样明白。帝王将相、名公大臣,都重视争权夺利,而且都认为有权才能实施仁政、造福百姓,有利才能爱民如子,使民"仰如父母",实际上呢,争得尸横遍野,民不聊生,根本没有了义战,咋办呢?

他提了许多争取人心的建议,首先是反战。他说:"故善战者服上刑,连诸侯者次之,辟草莱、任土地者次之。"应该施以刑罚对待打仗、"外交"、开疆拓土的能人们。他还建议:例如王者修园林,应采取开放态度,"与民偕乐,故能乐也",他说当年文王的灵台鹿苑就是这样的。他提出了做好农民土地的经界、不违农时,捕鱼不入大水池,保养资源环境,伐木也要遵守时序的要求,说是这样做了就可能丰衣足食。换句话说,百姓之所以不能温饱,正是由于权力系统的营作不端,破坏了生产的正常时序与生产环境。他还提出薄赋税,乃至免税。

这些说得很中听,但实际难以做到,孟子的愿景是由某个侯王建立一个人间天堂,然后是百姓们载歌载舞、欢呼雀跃而来。再说是先建乐园然后"王天下",即把握天下权柄,还是先把握了权柄"王"了天下才能修建出一个人间乐园来呢?也容易扯皮。

这里有中华文化的思想方法,尚同尚一尚朴尚整合,我称之为"泛一论",即认定千万概念中有一个最基本的概念,主宰一切,一通百通,它是中华的概念神祇,是中华宗教情怀的文化化与道德化。泛善论、泛一论与泛"化"论,是中华文化的"三泛"特色。对于孟子来说,泛一就是泛善,必须加上随时调整变化的泛"化"才能解释大千世界的种种变通与不一。

孔孟是不是复古

孟子是言必称尧舜——仁政,孔子是梦欲见周公——重建郁郁乎文哉的礼乐之邦。这与其说是复古,不如说是怀念中华文明的奠基——启蒙阶段,恰如一个人在躁动焦虑哭哭闹闹的青年时期回忆向往自己单纯快乐的童年。草创阶段,百废俱兴、百事最美、人情天理、中规中矩、新鲜活泼,正是尧舜文王时期的特殊魅力。然后日复一日，年复一年，文明使生活规范，规范渐渐引起逆反，英雄（枭雄）不畏也不全信规范，他们懂得了使规范为己所用。文明使生活文化雅化也使生活啰唆、形式主义，直到某种文明成为桎梏，文明异化成为幸福与人性的对立面。美好的语言温暖人心，时间长了美言变成套话空话，好心变成作秀，礼仪变成虚与委蛇，仁义道德变成幌子（到了后世，鲁迅揭露传统文化在仁义道德字样的夹缝里写的是"杀人"二字）。一种文明、一种体制、一个朝代，在它的初始化阶段大多是生机勃勃、引人入胜、万民欢呼的。而过了一个时期，各种僵化、老化、空化、异化、腐败与病毒入侵的现象滋生，甚至成为痼疾。于是不失其赤子之心的孔孟竭力要求回到唐尧时代，而庄子要求干脆回到更古老得多的前神农时代，老子的希望则是人人回到婴儿时期。老子要问的是——你们还"能婴儿乎"？

这里复古怀旧是现象，批评现实、要求调整变化、因应挑战、恢复活力、重新从零开始做起才是实质。哪怕二位圣人加上太上老君（道德天尊）——老子与南华真人——庄子并未意识到这一点也罢。

这样，孔子认为自己是西周文脉的最后唯一代表，他如果遇难，就是"天丧斯文"。孟子则深深意识到他是孔子后的文化、政治、救世、天命的担当人。

对精英的期许

孟子要鼓励自己与他的门徒，还有自己一类的、大体上是以自己为带头人的社会精英群。

这样的精英，"故天将降大任于斯人也，必先苦其心志，劳其筋骨，饿其体肤，空乏其身，行拂乱其所为，所以动心忍性，曾益其所不能"——不是一般人。

这样的精英，"说大人，则藐之，勿视其巍巍然。堂高数仞，榱题数尺……食前方丈，侍妾数百人……般乐饮酒，驱骋田猎，后车千乘，我得志，弗为也。在彼者，皆我所不为也；在我者，皆古之制也。吾何畏彼哉？"——干脆要藐视权贵，牛气自身。

孟子还发明了天爵人爵之说："有天爵者，有人爵者。仁义忠信，乐善不倦，此天爵也。公卿大夫，此人爵也。古之人修其天爵，而人爵从之……"用今天的话说，一个人本身的精神境界与能力是天给你的级别，闹个什么职衔，则是人事部门定的级别。人应该努力去修养自己的境界能力，级别待遇则是捎带手的事，不能反过来，靠级别树威信，靠级别显品德与才能。这话对于今天的中国，太合适也太必须了。

　　孟子说："如欲平治天下,当今之世,舍我其谁也。"认识与担当,毫不含糊。他说:"万物皆备于我矣。反身而诚,乐莫大焉。强恕而行,求仁莫近焉。""皆备于我",与其说是主观唯心,不如说是对于天人合一的信仰,善德即是人性,人性即是天性,人心即是天心,人道即是天道,只要不受后天的异化与"非人""非仁"的恶劣影响,推己及人,推己及物,推己及天下,其乐莫大,求仁莫近。一个仁一个乐,便是天道,便是人性的根本。

　　这样的精英不但不是白吃饭的,而且是起着大作用的。孟子曰:"君子居是国也,其君用之,则安富尊荣。其子弟从之,则孝悌忠信。'不素餐兮!'孰大于是?"

　　这样的精英要求尊重礼遇,高看自己。"古之贤王好善而忘势。古之贤士何独不然? 乐则而忘人之势。故王公不致敬尽礼,则不得亟见之。见且由不得亟,而况得而臣之乎?"——要乐而忘势,"乐"是满足与自信,"势"是权贵乃至君王。孟子的理论给力,但中国的后世,精英们的处境与自我感觉是每况愈下。

　　尤其是"君之视臣如手足,则臣视君如腹心;君之视臣如犬马,则臣视君如国人;君之视臣如土芥,则臣视君如寇仇"。孟子此言,带几分狠劲!

　　精英们做了君王的臣子,仍然要求双向的尊重与忠诚,而不是单方面己方的"罪该万死"与君王方的"口含天宪"。孟子甚至提出来,"贵戚之卿""君有大过则谏,反复之而不听,则易位",他认为贵族精英圈子,可以因君王的过失而更换之,搞得"王勃然变乎色"。

中国特色的权力与意识形态平衡

　　看来,孟子希望能用文化、道德,与文化道德的体现者圣贤、君子、士们,与掌大权却又无义战的诸侯君王之间取得某种平衡。

　　孟子这个希冀很难说做得怎么样,但是比没有好。即使如传说朱元璋读《孟子》时说过"'臣视君如寇仇'之说不宜",孟子的狠话还是传了下来,没有谁敢在上朝的时候念这个狠语,但是一个臣子会没事偷着说。自古以来,有伯夷、叔齐这样的不合作,有从比干到海瑞这样的坚持批评意见的臣子,有一次又一次的改朝换代。孟子的思想为中国古代的政治生活保留了活气正气,也承认了即使封建专制之中仍然存在的缝隙。

　　泛一中仍然存在着二:义与利,彼与我,君与臣,仁与不仁,敬与不敬,礼与非礼。

　　孟子是讲天下定于一的:"'天下恶乎定?'吾对曰:'定于一。''孰能一之?'

对曰:'不嗜杀人者能一之。'"然而万事万物,不是定于一就终结(如所谓"历史的终结")了,定于一必然就有二有三有多,有一生二二生三三生万物(老子),有一的一切,一切的一(郭沫若、《华严经》),有杂多、差别、统一(黑格尔)。你"不嗜"杀人了,意即"总是要杀一点人",并不是根本不杀人,只是不嗜杀忒多的人,你与那个被杀的人仍然"一"不到哪里去。还有,你不嗜杀人了,有嗜杀的怎么办、嗜杀者恰恰要杀你怎么办? 民、社稷、君的贵与轻的说法也不是绝对定于一而恰是同时分为三的。

性善论的根本性与信仰性

这样坚决主张与高度自信,靠的是什么? 曰性善。性是人的根本,是人与兽的区别所在,是天意天命,性就是天。"天命之谓性,率性之谓道,修道之谓教"(《中庸》),这是儒学的根基所在。到了孟子这里将之发展提升到新的高度。孟子的性善论基本逻辑是:人心向善、邦国天下天然应该走向以善为核心的仁义之道,因为人性已经具备了善的元素与基因,即良知良能。良知良能是与生俱来的,是天生的,是先验的,是至高至上的天命与天意。人只有性善才能够走近天的伟大,只有符合天意才够资格为人,也只有将人性善理解为天意才能够成为善化德化的至高律令的颠扑不破的前提。

就是说,人性善,同时人必须性善,没有讨论余地,这是超人间的人性源头——天所决定的。

善是天定。天是善证。性是天赋。善是性生。

不仅个人天性如此,万民的政治趋向更是如此。孟子引用诗经与孔子的评论,说是"天生蒸民,有物有则。民之秉夷,好是懿德"。

这既是文化信仰、道德信仰,又是人生信仰、终极信仰、类宗教信仰。为什么说终极,因为把天抬出来了。孟子时代,有没有比天更终极更高端更根本的概念呢? 老子有"道"。孟子没有。有没有善的本性,是人的基本特点,而善性来自至高无上的天。善来自天,天子的地位与权威来自天,天是一切权威与信仰的根本,也是一切政治权力的正当性(如今天所讲的合法性)的根本。人性、道德、仁政、天命、自然就这样浑然统一,儿童品德、政论、哲学、伦理学、中华神学、教育学、公共管理学,就这样浑然无间。在孝悌—仁义—道德之间,在自然、素"朴"(这里有老子的概念)、人性—天性—神性之间,孟子代表的中华文化画了一个等号。性则善,善则天,天则义,义则无敌于天下。

孟子认为,你从哪儿体悟天命天意天机呢? 没有比从人性之善上来悟天、悟终极、悟根本更好的了。恻隐之心、羞恶之心、是非之心、恭敬之心(或辞让之心)是何等地美好动人,它们既有人间性又有崇高性即神性或终极性。人性善性,这是源起,这是仁义的根据,这是归根到底,这是统一的度量衡,这是无敌的万能钥匙,这是核心价值,这是比生命更宝贵的瑰宝,这是人生社会最大的凝聚力、吸引力与足堪为之献身的精神高端,这是孟子的"上帝"范儿的概念。

既是上帝范儿,又是婴儿般地浅显平易亲切日常,而且是百姓梦:"民望之,若大旱之望云霓也。"也是帝王梦:"得天下有道,得其民,斯得天下矣。"

圣贤垂范天下

"君子有三乐,而王天下不与存焉。父母俱在,兄弟无故,一乐也。仰不愧于天,俯不怍于人,二乐也。得天下英才而教育之,三乐也。"这是绝对的世俗与庸常的快乐,又是高尚与纯朴的,是最符合天性自然的快乐,而且应该说是不分君臣、上下、君子小人的最普泛的快乐。它既是自然又是超自然的天所能给予、所愿给予、所可能给予的快乐,而针对斯时的急功近利、称王称霸的追求说,它又是一服清醒剂。为什么"王天下"不属于君子之乐的范畴呢?因为那里面包含了权力争夺的因素,还因为那不是快乐而是责任,还因为天并不可能助所有的君子获得王天下的成功。孔孟的天与老子的(天)道差不多,是不言的天,是"生而不有,为而不恃,长而不宰,是谓玄德"(老子)的天,是"有大美而不言"(庄子)的天,这是中国的终极关怀终极信仰的一个极不凡的智慧:不将概念神意志化人格化。老子那里甚至提出了"天地不仁"的惊人命题,这一点与儒家相差甚远。老子的命题在于承认天超然于人文观念之外。孔孟则强调人文观念最终是天命的产物,不但是天命的产物,也是后天培育教化的成果。孔孟把先天与后天进一步统一起来了,因为彼时性恶的现实比比皆是。孟子费了老大劲论述是由于环境与后天的失常才发生了糟践善因的痛心事态。

是故孟子推崇的大丈夫——精英中的巨型成功人士:"富贵不能淫,贫贱不能移,威武不能屈。"突显了信仰坚定的特色。关键在品质,在内心追求——志,不在事功,具有信仰主义的某些特征。信了就能做,做了就能胜能好,略费了点口舌,事功的事捎带手也做到了。

孟子引用曾子的话说:"子好勇乎?吾尝闻大勇于夫子矣:自反而不缩,虽褐宽博,吾不惴焉;自反而缩,虽千万人,吾往矣。"就是说,只要自己认定的仁德正义、理直气壮之事,谁也不必害怕,一往无前也就能百战百胜。只要自己并不那么理直气壮,谁对谁也不可大意任性。古今中外的勇士,其勇多半是与实力结合在一起的，到了孟子这里，更看重的则是义理，有了义理天下无敌，输了义理，就休要逞雄。

人性、民心、天意、圣贤主义，即古代的精英主义，集中表现为王天下亦即平天下的无敌仁政，这是孟子的四位一体的道德政治宏论。

孟子的为学可取

由于注重义理，孟子在阅读、接受、文学批评上也有迄今不可动摇的重要说法："不以文害辞，不以辞害志，以意逆志，是为得之"，还有被称作"知人论世"的"颂其诗，读其书，不知其人，可乎？是以论其世也"等。

孟子还说："耳目之官不思，而蔽于物。物交物，则引之而已矣。心之官则思，思则得之，不思则不得也。"这对于今天网络与多媒体时代的人恰中要害。多媒体等的发达使一些糊涂人作出文学式微、小说灭亡的预言，就是说以为用不会思索的"耳目之官"的"视听"可以代替用"心之官"去"思"与"得"的"阅读"，这一类问题，孟子早就讲明白了。

孟子说："博学而详说之，将以反说约也。"由简入繁，再由繁入简；由约入博，再由博入约；由略入详，再由详入略；由地面高入云天，再由云天稳稳落到地面；由平淡进入高亢激昂，再从高亢激昂回到"放其心"——踏踏实实地淡定安详……这是做人做文之道，为政为学之门。善矣哉，孟夫子的独特体悟！

在义理问题上，孟子的坚决与认真感人，也许可以说孟子这方面的调子很高亢。在现实生活问题上，孟子的说法相当灵活。同样是圣人，有"圣之清者也"的伯夷叔齐，有"圣之任者也"的伊尹，"有圣之和者也"的柳下惠，更有"圣之时者也"的孔子。"可以仕则仕，可以止则止，可以久则久，可以速则速，孔子也。"不同的时势，不同的应对，这就是"圣之时者也"的含义，同时也说明了孔子的环境的复杂多变。但也有针对此"时"字讥笑孔学者，例如鲁迅就因孟子此语称孔子为"摩登圣人"，语含不敬，令人无奈。

孟子承认人生路径选择上的多样性。还有像他母亲的丧事、离开一地时的快慢、接受与不接受馈赠、会见或者不会见什么人，还有即使有了一定地位是不是真有了说话的机会与必要（他为卿于齐，出吊于滕，与实权派副使王骥不谈公事），他都一一根据具体情况灵活处理，并不生硬较劲。

他还谈到一些具体问题，"养移体，居移气""有恒产者有恒心，无恒产者无恒心"，他承认"口之于味也，目之于色也，耳之于声也，鼻之于臭也，四肢之于安佚也，性也"，他还说过"富岁易赖（懒），凶岁易暴"，还有就是他理想中的小康社会是"七十者衣帛食肉,黎民不饥不寒,然而不王者,未之有也",另一处则是说"五亩之宅,树之以桑,五十者可以衣帛矣"。在一些实际问题上,他也是接地气的。

两千多年前的孟轲,今天仍然是有启发有意义。他很有个性,他善于辩论,他文思纵横而且大义凛然,他将修身齐家治国平天下诸问题讲得通透贯穿,同时表达了足够的处世的聪明与应对的机敏。初读孟子对他的大言雄辩夸张横空举例不无距离感,再读三读,渐渐感觉到了孟轲的智慧与可爱。善哉《孟子》,甚可读也。

(选自王蒙《得民心 得天下——王蒙说〈孟子〉》,浙江人民出版社 2016 年版。)

书海掣鲸毛泽东

——读《毛泽东读书笔记精讲》有感

王　蒙

一、书海弄潮

毛泽东爱读书，读了很多书，这是大家都知道的。但读了陈晋主编的《毛泽东读书笔记精讲》，还是有振聋发聩、醍醐灌顶之感。一个忙于各种事务的党的最高领导人，读书多到如此地步，没有想到。四卷《毛泽东读书笔记精讲》（以下简称《精讲》）的头一张插图就是毛泽东读英文版《共产党宣言》笔记，为之一震。

《精讲》附录列出毛泽东一生阅读和推荐阅读的 31 个书目，就占用了 94 页篇幅（这当然不是他一生阅读的全部），琳琅满目、浩瀚汪洋，令人愕然肃然。再看看毛泽东早年所发出的"读奇书、交奇友、创奇事，做奇男子"的心愿，他是说到做到了。仅奇也哉？雄乎伟乎壮乎，神人也！

毛泽东是书海、人海、政海、民族抗争之海的弄潮儿，波涛万顷，千帆竞发，兀立潮头唱大风！他读了古今中外多少书——读了四书五经，读了二十四史，读了楚辞汉赋李白杜甫，还读了西方启蒙新学、马列经典、哲学、历史、自然科学，而且读了少为人知、稀奇古怪的各种闲书杂籍。他眼到口到手到心到，写下那么多读书笔记，抒发那么多有趣的评论。他从实践出发，以书为机场跑道，起飞升高，翱翔万里，睥睨天下，在书海内外掀起风波，激起浪潮，真是亘古少有的奇观。

毛泽东是坚定的唯物史观信奉者，他坚信奴隶创造历史，人民是历史前进的动力，他提出的"密切联系群众"是共产党的三大作风之一。不能不承认，他是一个早早立下鲲鹏之志的伟人。在 20 岁的 1913 年，他就写下了读《庄子·逍遥游》的感想。庄子言，"且夫水之积也不厚，则其负大舟也无力"，毛泽东读后，"叹其义之当也"。他举李鸿章为例，说李是"置杯焉则胶，水浅而舟大也"，处理国务，总是失败，如大舟行于浅水。毛泽东明白，仅有大志未必有用，为了避免置杯而胶着于水底,避免"志大才疏",必须早早准备大水大海,使积也厚!什么是水什么是海?书中自有洪波涌,书中自有大浪翻!读万卷书,行万里路,毛泽东做到了"踏遍青山人未老",更做到了以有涯逐无涯地读书到生命最后一息!

毛泽东深感我们的国家、我们的党、我们的干部"书养"太薄,他一次又一次地呼吁,在各种会议上发放书籍册页,劝读、分享。把党建成学习型、读书型政党,这个在世界政党史上罕有的提倡是从他开始的。

毛泽东不是天生的英雄,也不是一蹴而就的马克思主义者,他是从实践中摸爬滚打出来的,是在打击挫折下成长起来的。这个过程中,他不断地读书,武装头脑。《精讲》使我们看到一个革命家丰满充实的读书轨迹。

毛泽东是随着实践要求、身份转换而选择所读之书的。他的朋友、同学周世钊回忆:"毛泽东的思想大转变,是 1915 年读了《新青年》之后。"那时,他从阅读经史子集的兴趣中走出来,站到了改造中国新思潮新实践的探索潮头。接触了服膺了马克思列宁主义后,他从此再无犹豫,以"吾道一以贯之"(孔子)和"目标始终如一"(马克思)的精神读书、学习、实践。他一生阅读最多的是马列、哲学和文史三类书。一本《共产党宣言》,他读过 100 多遍。同时对中外理论家们的各类著作也广有涉猎。毛泽东把懂哲学看作干成大事的必备条件,他说:"马克思能够写出《资本论》,列宁能够写出《帝国主义论》,因为他们同时是哲学家,有哲学家的头脑,有辩证法这个武器。"

毛泽东读史,以叛逆的姿态,从书海中寻找真理更挑出谎言。他不大喜欢无用儒术,更不喜欢天子神话,他宁愿得机会就表彰共工、盗跖、秦始皇、刘邦、曹操、马周、黄巢等来自基层的进取有为人物。他渐渐得心应手地以革命理论与书本知识联系中国实际,以中华文化与世界文化的睿智思考实际问题,不断消化,不断发挥,不断调整,不断创新发展,终于成为通古今之变、成一家之言的革命家、思想家。

毛泽东生涯八十有三,他一生做了革命家不得不做的所有事情:反对军阀、办报启智、建党建军、工农调查、行军打仗、戎机运筹、行文走笔、整顿党风、统战抗日、国共决战、建设新中国……在各种事务之外,他挤出了大量时间阅读、阅读、再阅读,尽其所能,阅读思考,求知祛魅。面对这位以有涯之生游无涯书海的伟人,我们应该为任何不读书的理由而汗颜!

二、天马行空 独立鳌头

毛泽东是革命家、政治家、思想家、理论家、哲学家、军事家、诗词家、书法家,我还愿意加上"读书家"。能与他的执着于革命相比拟的是他的执着于读书。早在延安,毛泽东就说过,"如果我还能活 10 年,我一定读书 9 年零 359 天"(按:中国老历法一年是 360 天)。根据《精讲》,毛泽东最后读书是在 1976 年 9 月 8 日 5 时 50 分,他读了约 30 分钟《容斋随笔》,此时距他次日凌晨 0 时 10 分去世只有六个小时。读书是他事业的需要,也是他生命的需要。"我读故我在",他的读书是一种生命体征,是他的存在感的验证,更是他的思想、精神、灵魂活跃于天地间的征兆,或可称为"魂征"。

毛泽东深感中国共产党党员、党的领导干部需要读书,更需要在实践中用出门道。正如陈晋为《精讲》所作序言《学用之道———毛泽东书山路上的风景》中的精彩表述,他要"将有字之书"与"无字之书"结合起来读;既入书斋,又出书斋;"将书本知识转化为认识,将认识转化为智慧"。世上善读书苦读书的学者多了去了,有几个人能像毛泽东读出那么多风景? 有几个人能像毛泽东读出人民的痛苦,读出革命的路径选择从而大获全胜? 世界上革命家政治家兼读一点书的人也多了去了,有几个能像毛泽东那样,读得说得干得都如火如荼,惊雷闪电?!

毛泽东不是书呆子,他最瞧不起本本主义,他说过"教条主义不如狗屎""读书比杀猪容易"。毛泽东把"本本"读活了,他自己的说法是,当书的"联系员"与"评论员"。他读一本书,往往兼及一类书对照读。他的读书评论,妙语连珠,不但有的放矢而且独辟蹊径。毛泽东谈书论理,从来都保持着自己的主体性、挥洒性、批判性。他有所专注、有所赞赏、有所选择、有所借题发挥、有所高谈阔论,也有所拒绝、有所蔑视、有所嬉笑怒骂。

比如毛泽东读宋玉《登徒子好色赋》,指出宋玉"攻其一点,不及其余"的"罪过",同时指出登徒子与丑妻恩爱有加正是实行"婚姻法"的模范。毛泽东的分析不落俗套,又确实为登徒子戴了多年的"好色"帽子说了公道话,给了宋玉此赋巧言令色、抹黑他人的批评。在他的建议下,《登徒子好色赋》作为文件之一印发给 1958 年 1 月南宁中央工作会议的与会领导干部。联系历史背景,毛泽东要表达的,就是他说的,"并不反对对某些搞过头的东西加以纠正,但反对把一个指头的东西当作十个指头来反",他觉得需要为正在发展的实践寻求文化依据。

出入于书海,毛泽东能够自如地登高壮观天地间,挥洒肯綮与豪迈的才思,发挥他的大志大智。他有时是天马行空,有时是别具一格,有时是彻底推翻,有时是举一反三,有时是一通百通,有时是欣赏愉悦,有时是怒火义愤。他有所主张,有所热爱,有所痛恨,有所希冀。他在读书中激励意志,激荡思想,激动情感,激发灵感。

三、紧扣实践读出真见识

《精讲》告诉我们,毛泽东博览群书不是"翡翠兰苕上"的文人自赏,而是有"掣鲸碧海"的大作为大志向。他看重的是中国革命的伟大实践,把学用之道发挥得出神入化。

毛泽东认为"只有讲历史才能说服人""看历史,就会看到前途"。毛泽东欣赏的历史人物,一是懂得历史规律能干成大事的人,二是从底层发展起来的朝气蓬勃的能人,三是忠厚仁义、大度谦逊、不计功名的贤人。

读《史记》的《高祖本纪》《项羽本纪》《郦生陆贾列传》等,毛泽东认为,在楚汉战争中,项羽兵力远胜于刘邦,却屡失机会而败,"不是偶然的",项羽最致命的缺点是"不爱听别人的不同意见",而刘邦"豁达大度,从谏如流"。他的结论是,"项王非政治家,汉王则为一位高明的政治家"。他告诫说,我们的同志中也有这样的情况,"如果总是不改,难免有一天要'别姬'就是了"。毛泽东认为项羽有"沽名"的弱点,为免负"不义"之名,犹豫不决,但也赞赏项羽的羞耻之心,他在1948年为新华社写的述评说:"蒋介石不是项羽,并无'无面目见江东父老'那种羞耻心理。"

纵览中国历代开国统治者的业绩,毛泽东得出"老粗出人物"的感慨。当然他也说,没有知识分子的帮助不行。他分析楚汉战争:"刘邦能够打败项羽,是因为刘邦和贵族出身的项羽不同,比较熟悉社会生活,了解人民心理。"这使人联想起毛泽东在谈到"左"倾教条主义者时说:"他们不知道人活着要吃饭,打仗会死人。"

读《南史》,毛泽东为梁武帝手下的将领陈庆之而"神往"。陈庆之出身寒门,以少胜多、战功赫赫;仁爱百姓,克勤克俭;忠正刚直,在不被信任的情况下秉忠进谏,在有人对他有拥立之意时断然拒绝。毛泽东视陈为楷模,还称赞梁武帝名将韦睿是"劳谦君子",号召"我党干部应学韦睿作风"。读《旧唐书·刘幽求传》,对于刘幽求不择手段谋求官位,打击异己,削贬后"愤恚而卒"的记载,毛泽东指出他心胸狭窄,"能伸而不能屈"。读《资治通鉴·汉纪》,蜀汉谋臣法正有利用权力泄私愤之劣迹,有人劝诸葛亮向刘备汇报,诸葛亮则以当时大环境不利于蜀国,而法正正辅佐刘备一图霸业,不能因为小事就限制他。毛泽东同意诸葛亮的看法,批道:"观人观大节,略小故。"由此可以看出毛泽东的用人之道。正如《精讲》所说:"毛泽东读史真是读到了骨头里,历史的精髓尽取。"

毛泽东延安时期提出的"改造我们的学习"的主张,也正是他自己读书的追求与要领。他指出："不注重研究现状，不注重研究历史，不注重马克思列宁主义的应用，这些都是极坏的作风。"他读"马恩列斯"，更重视列宁与斯大林，因为后二人有革命与建设社会主义的实践。他读苏联哲学著作，但是从一开始就认为那些著作对矛盾的统一性同一性讲得不明白不到位。直到斯大林的错误揭露出来，他重视从斯大林的思想方法、哲学观点、辩证法掌握得不到家，直至陷入误区等方面找原因。他在思想方法上一直注意克服片面性，克服形而上学；在治党治国上一直警惕脱离人民、腐化堕落，使共产党变质成为人民的对立面。他谈文学，喜欢描写反叛斗争、抑强扶弱，站在被压迫被剥削者一边的作品；读《水浒传》，他说"没有法子，才上梁山"。他喜欢那些百折不挠、豪气冲天的文人，诸如屈原、李白等。毛泽东非常喜欢鲁迅的作品，《精讲》辑录的关于鲁迅作品的笔记和讲话有九篇之多。毛泽东认为"鲁迅懂得中国"，他极其赞同鲁迅在《门外文谈》中"老百姓也可以创造文学"的观点，他号召全党学习鲁迅的政治远见、斗争精神和牺牲精神。

毛泽东对《红楼梦》的评价很高。他1956年在《论十大关系》的报告中说：中国"除了地大物博，人口众多，历史悠久，以及在文学上有部《红楼梦》等等以外，很多地方不如人家，骄傲不起来"。他读《红楼梦》，是"当作历史来读的"，读出了阶级斗争、生产关系、封建与反封建、四大家族盛衰兴亡。但切不可以为毛泽东只会从政治历史方面品味文学作品，他对《红楼梦》无以复加的高看，还因为他认为《红楼梦》的"语言是古典小说中最好的，人物也写活了"。他对许多文史篇目的批注，都反映了他的文学造诣和审美高度。

关于毛泽东对儒家学说的复杂态度，《精讲》给予了梳理，使人们对此有一个全面了解。首先，毛泽东对儒家学说并不欣赏，他直言："我这个人有点偏向，不那么喜欢孔夫子。"（1968年）这可以回溯到"五四"时期，当时的大潮流大趋势就是批判儒家学说，几乎所有的革新派革命党进步人士，都把矛头指向"孔家店"这个"思想界的强权"。26岁时毛泽东就说过："我们反对孔子，有很多别的理由。单就独霸中国，使我们思想界不能自由，郁郁做二千年偶像的奴隶，也是不能不反对的。"（1919年）但我们也可以看出，毛泽东从来都不是简单地绝对地否定孔子。他常常把孔子及其学说从道德和哲学层面分开进行分析。毛泽东说："孔孟有一部分真理，全部否定是非历史的看法。"（1943年）"我们共产党看孔夫子，他当然是有地位的，因为我们是历史主义者。"（1958年）他说："说孔子的功绩仅在教育普及一点，他则毫无，这不合事实。"（1939年）对于孔子的"正名"说，毛泽东同意从观念纲领上予以否定，但他认为从哲学上说是对的，"一切观念论都有其片面真理,孔子也是一样"。对于孔子"过犹不及"的命题,毛泽东认为这种中庸观念本身不是"发展的思想",体现了保守性;但是从哲学上说,它"是从量上去找出与确定质而反对'左'右倾则是无疑的",他还说这"是孔子的一大发现,一大功绩,是哲学的重要范畴,值得很好地解释一番"。(1939年)对于儒家学说中的"知仁勇""仁义礼智信"等道德范畴的说法,毛泽东说:"'仁'这个东西在孔子以后几千年来,为观念论的昏乱思想家所利用,闹得一塌糊涂,真是害人不浅。我觉孔子的这类道德范畴,应给以历史的唯物论的批判,将其放在恰当的位置。"总起来看,毛泽东似乎更同意对儒学进行批判性改造,划清儒学中的精华与糟粕、儒学本意与历代统治者的曲解的界限,做出共产党人的新解。

四、《精讲》是毛泽东读书事迹的纪念丰碑

如果说毛泽东留给我们的读书遗产是光彩夺目的庞大宝库,那么,接受这份遗产,则需要费些力气。毛泽东读书量大、面宽、时间跨度长,笔记简详、深浅、独特性与概括性不一,整理起来可能是老虎吃天,无从下口。而读书笔记又常常最富个人色彩和随机性,有些还是进入自由王国的"任我行"之语。海量的精彩片段,令人难以形成完整全面的认知与结论。《精讲》在这方面立了大功。全书148万字,分为"战略""哲学""文学""历史"四大卷,以现存有据的毛泽东批注过评点过谈论过的文字记录为依据,以观点为条目,每条由原文(有些略去)、毛泽东的笔记和谈话、精讲三个层次组成。《精讲》最具特点的确实是"讲",讲得精准、精到、精确,富有学术性、思想性、条理性与全面性。既有对原书作者的介绍,又有毛泽东阅读的背景,笔记或谈话的针对性和着力点所在,还有各种相关说法、历史勾连等,就连毛泽东在其他场合其他年代谈到同一人物同一事件同一本书时的不同或相同的说法,也一一互为印证,最后,往往还能读到精讲者水到渠成的点评。如此,读者得以捋出毛泽东思考的来龙去脉。

在读《新唐书·马周传》时,毛泽东同意作者欧阳修对马周从一介草民成长为唐太宗的股肱之臣的赞扬,却不赞同作者最终评价他"然周才不逮傅说、吕望,使后世未有述焉,惜乎!"针锋相对地批注:"傅说、吕望何足道哉!马周才德,迥乎远矣。"他认为马周所上奏折,乃"贾生《治安策》以后第一奇文,宋人万言书,如苏轼之流所为者,纸上空谈耳"。毛泽东不惜贬低傅说、吕望、苏轼等人,为马周辩护。此处,《精讲》用大篇幅讲解了马周向唐太宗所上奏折的建言内容,并说明毛泽东在多处重重加了旁圈,最后写道:"毛泽东对出身卑贱者、年轻人有偏爱,马周其一例也。"此言看似出乎意外,实则深得毛泽东之心。

对于毛泽东谈《诗经》,《精讲》梳理了毛泽东从 1913 年开始,在笔记、启事、书信中多次对《诗经》的引用和解释,以及 20 世纪 50 年代为列车服务员所写便条(让她把"静女"四句送给男友),强调了毛泽东对《诗经》的熟稔和理解程度。然后《精讲》指出,毛泽东同意司马迁所说"《诗》三百篇,大抵圣贤发愤之所为作也",而不同意孔子的"怨而不怒"说,毛泽东的观点是:"心里没气,他写诗?"这样的梳理,不仅把话题讲透了,也讲出了一个有学养、有血肉的毛泽东。

李白的名诗《蜀道难》,历代权威文论对它从思想性方面进行了各种猜测,《精讲》列举元代和今人的两种说法,一说是讽喻安史之乱中玄宗逃难入蜀,一说是提醒沉迷蜀地的人四川随时有发生变乱的可能。《精讲》告诉我们,毛泽东恰恰不同意这些政治色彩的分析,他说"不要管那些纷纭聚讼",他感兴趣的就是这首诗的"艺术性高"。太妙了!

《精讲》第四卷说:"毛泽东大概要算二战以来各国领导人中最喜欢读史,也读得最多的一位""从古代汲取今日建国治国的经验教训,应该说,这是毛泽东的一个长处或优势"。然后,《精讲》也说道:"这可能又是毛泽东的一个缺点,他由于过多了解传统,有意无意间会受到传统某些阴影的影响,对现实问题产生一些误解,从而影响了他对时局的正确评估,也影响了党内的民主生活。"站在 21 世纪的今天看,这样的评点,应该说是严谨、科学、富有启示性的。

读了《精讲》,可以设想,毛泽东曾以怎样的热忱,怎样的妙悟面对书之海洋、书之山岳、书之深邃内涵、书之感人肺腑。可以设想,毛泽东正是在书海里,活跃了思维,造就了精神品质,解开了精神枷锁,与古今中外的圣贤智勇切磋了能力,试炼了精神,发现着新大陆、新图景!在沉潜于书海的时候,他的主体精神得到前所未有的充分发挥,他是最最纯粹的他自己。可以说,没有 20 世纪中国翻天覆地的历史洪流,没有波澜壮阔的中国革命和建设实践,就没有毛泽东;没有那些浩瀚书文的化育、滋养,也不可能有毛泽东思想的形成,不可能有毛泽东的诗情、才情,高度、深度。

《精讲》实为一部可读之书,信息量大,知识性强,可以知人,可以鉴史,可以大开眼界。为了给读者铺设一条坦途,编者们知难而上,做了大量考订查找、印证对照的编辑工作,考虑周全、繁简得当、扎扎实实、兢兢业业,为毛泽东的读书事迹,树立了一座永远的丰碑。而书中的《学用之道——毛泽东书山路上的风景》这篇长序,堪称全面论述毛泽东读书生涯的纪念碑文。

(原载 2017 年 9 月 26 日《光明日报》)

我们要的是珍惜与弘扬文化传统的现代化
——在第五届圣彼得堡国际文化论坛的讲话

王 蒙

文化遗产太脆弱了,每天都在遭受风吹雨打,遭受人为破坏,而非物质文化遗产,传承人每天都在老去。

人类需要这些文化遗产,我们需要不断回顾,看看我们是如何走过来的。可是我经常发现,刚刚过了二三十年的事情,对于年轻人来说,已经茫然无知。

不要以为古人不如今人聪明,谁能说得清是最早发明灯盏的人还是今天的电商更伟大? 当看到祖先留下来的织品和建筑时,我们常常感叹今天做不到这么精美!

中华传统文化的特点之一是崇拜祖先,慎终追远,薪尽火传(谨慎细致地办理长上的丧事,追怀古远的祖先,祖先虽然不在了,他们遗留下来的精神遗产将得到代代传承)。各种文物受到珍惜,得到保护。

目前中国拥有联合国教科文组织承认的世界文化遗产、自然遗产、文化与自然遗产 29 项。非物质文化遗产 26 项,急需保护的 7 项。各地遗产,其实不计其数,而且仍然处在不断发现的过程中,如 1974 年发现兵马俑,1980 年开掘三星堆,2015 年发现海昏侯墓等。

而在贫穷与愚昧中、战争中、建设中、"文革"中……也不断地有遗产被破坏。目前仍有大量珍贵文物在境外或失踪。

全球化、现代化的过程带来巨大的进步,也带来城市乡村面貌、生产与生活方式的巨大变化,还带来对于文化遗产的新威胁,例如盗墓与文物偷盗的犯罪时有发生。战争是对文化遗产的最大破坏,阿富汗的巴米扬大佛,还有叙利亚的布斯拉古城、帕尔米拉古城。它们难以得到保护。

保护文化遗产,就是保护传统文化,就是文化自信,就是保持文化的多样性与丰富性,就是保持民族与地域特色,就是保持世界的多元化。

中国坚持对于现代化的努力与对于全球化的肯定。只有自立于民族之林,只有随着经济建设的高潮,才能兴起文化建设的高潮、文物保护的高潮。

人们碰到的问题是:现代化使一些地域与民族失落自己的文化特色与古老面貌。同时只有具有民族与地域特色的现代化的成功,才能更有效地保护与利用文化。

只有在珍惜弘扬古老的文化遗产的现代化过程中,才能更好地守护历史,守护遗产,才能摆脱破坏历史遗产的现代的恶名,才能实现具有民族与地域特色的更加理想的全球化与现代化。

改革开放以来,中国的文化遗产事业兴旺发达。各省市博物馆的建设与规模都有大的发展。大同城建与文物保护修复、布达拉宫的修缮,高昌古城、交河古城、山西古城大院等修复与保护,都取得了重要成就。旅游事业蓬勃发展,特别是革命文物与红色旅游,方兴未艾。

文物保护,官民并举,国家的责任重大,同时提倡高雅的搜集贮藏文物,藏文物于民,民间博物馆事业方兴未艾。例如,樊建川兴建的抗战博物馆系列。2015 年,占地 500 亩、建筑面积 1.5 万平方米的抗日战争博物馆,在四川成都大邑县安仁镇落成。各地小的私人博物馆不计其数。北京有松堂斋民间雕刻博物馆、民间奥运博物馆、中华民间瓷雕博物馆等。

拍卖行的兴起,文物的民间化与市场流通,呈现蓬勃发展之势。

只有把对于古代文物的珍惜与对于发展的追求统一起来,把全球化、现代化、多元化、民族与地域特色化结合起来,反对全盘西化,也反对极端主义的历史虚无主义与破坏性排他性,才能出现更美好的文化图景。

中俄文化交流的历史意义

——2016 年 12 月 2 日与俄罗斯总统普京会面时的讲话要点

王 蒙

近 200 年以来,曾经充满自信的中国人碰到前所未有的变局。1919 年的五四运动,对于中华传统文化,多所反省批判,从把线装书扔到茅厕里去到年过四十一律枪毙,从废除汉字到不读中国书,激昂慷慨的议论,多有发生。

正是狂飙突进的五四运动与中国人民革命运动,挽救了、激活了中国文化,寻找着中国通向现代文明的路径。

中华人民共和国建立前后的历史证明,要实现对于世界先进文化的汲取,同时要实现优秀外来文化的本土化、大众化和时代化。

坚定地实现有中国特色的社会主义现代化。不实现现代化,抱残守缺,不求发展,中国就是自绝于地球,用毛泽东的话说,就是难免被开除球籍。

认真地传承中华文化的精华,如果置中华传统于不顾,就是自绝于本土,自绝于中国的 13 亿人民。

正是由于重视历史文明对于现代化的重要性,中国实现了并且正在实现着飞速的发展,同时较少动荡,较少内部冲突,较少提供给国内外极端势力、分裂势力、恐怖势力等消极因素的可乘之机。中国的追求是将发展与稳定,将现代文明的传播与历史文明的自信与守护结合起来。

同时,中华传统文化中有一些不合时宜的成分,所以我们要实现中华传统文化的创造性转变与创新性的发展。

转变,就是使前现代的基本上是农业文明的各种观念与习惯现代化,适应中国式的民主化与法制化,适应社会化大生产、先进的科学技术与管理、信息时代的一切新的前景。

发展就是要拥有自己文化大匠的强大阵容,拥有自己富有中国特色、走在时代前沿、与国际高端接轨的文化成果,包括自然、人文、社会、物质与精神方面杰出设计与产品。

实现高端的与全面的文化整合,避免可能的文化冲突,成全健康的与均衡的文化生态,为人类做出更好的文化贡献,坚持中国特色,坚持面向世界、面向未来、面向现代化,是中国梦一个重要内容。

(编者按:2016 年 11 月 30 日~12 月 3 日,应俄罗斯圣彼得堡国际文化论坛组委会邀请,王蒙先生出席第五届圣彼得堡国际文化论坛。12 月 2 日,在马林斯基剧院俄罗斯总统普京小范围会见 30 名俄罗斯及国外文化艺术界人士,王蒙作为 4 名嘉宾发言。题目为编者所加。)

盘点 2017 年

王 蒙

一、8 月 15 日,在人民日报上用一个版篇幅发表评论:《旧邦维新的文化自信》一文。9 月 15 日,在《光明日报》上以一个版篇幅发表图书评论《书海擎鲸毛泽东》。

二、党的十九大前后,在人民出版社出版《王蒙谈文化自信》,在天地出版社出版《中华玄机:我要与你讲传统》。

三、春天,四川文艺出版社出版我与陈布文的合集《女神》,秋天出版《王蒙的诗》。

四、11 月,北京文学上发表我的大型散文《维吾尔人》。

五、12 月,人民出版社出版我与日本池田大作的对谈集:《赠给未来的人生哲学——凝视文学与人》

六、5 月,参加绵阳四川文化艺术学院王蒙文学艺术馆的活动后,去广元讲课,然后参观古蜀道、剑门关、古蜀道张飞柏等,非常震撼。

七、应邀去西安、长沙、衡阳、桐乡、上海、呼伦贝尔、呼和浩特等地讲文化自信、传统文化、文学等题目。并顺访了乌镇及满洲里、额尔古纳等边境地区。

八、夏天,在北戴河中国作协创作之家照了两张秀肌肉的照片,被认为是 PS 了施瓦辛格上身,有朋友要求调查,后获得“耄耋肌肉男”称号。

九、戴上了小米手环,平均每天走步 8400。

十、6 月份去新疆,回巴彦岱,与当年的大队书记阿西木·玉素甫、民兵队长卡力·艾买提等人见面。到了库尔勒地区且末若羌二地,还到了塔克拉玛干大沙漠的罗布人居住区。库尔勒面貌一新,在孔雀河泛舟,让人想起巴黎的塞纳河来。

十一、听力又有下降,我配制了助听器。现在助听器的制作也多有改进,好用,隐蔽。

十二、11 月应日本友好团体的邀请，访问了东京、京都、神户，多有交流切磋。在樱美林大学获博士学位。

十三、原计划 9 月与友人一起去以色列旅游，由于旅行社头头携款潜逃，没有去成。

十四、读了陈彦新作《主角》，莫言新作《天下太平》，方方新作《时于此间》，尤其是宗璞姐的以视力听力都不行的多病之躯写下的长篇小说系列的最后一部《北归记》前五章，令人敬佩感奋。她四部曲写了 30 年，向宗璞致敬！

十五、一直在读有关《列子》的书籍，正在进行《列子的中国故事》（暂名）写作。

十六、网上读到关于老年人要四动："动手、动腿、动口，动脑"，与多喝牛奶的主张，深得吾心！

经典重读

《青春万岁》版本流变考释

温奉桥　王雪敏

　　《青春万岁》是王蒙的处女作。在一般读者眼中，《青春万岁》似乎仅仅是一部"中学生读物"，事实上，《青春万岁》在一定意义上也是共和国文学的"处女作"，是共和国文学真正的"起点"，其表现出的崭新的思想感情和抒写风格，具有无可替代的文学史意义。"倘若要为新中国文学（当代文学）在创作上确立一个开端，《青春万岁》是最合适的，至少它无可争议地属于这个开端。"[1]但这部小说自诞生之日起，就遭到了研究者的集体性忽视，一是研究成果数量少，二是视角单一。本文拟从版本的角度，对这部小说的"前世今生"做一考辨阐析。

一

　　1953年深秋，19岁的王蒙"带着少年人的狂妄劲儿"[2]做出了影响他一生的决定：写小说，这就是《青春万岁》。王蒙后来回忆道："在离北新桥不远的一幢新建的二层小楼里，当时担任共青团的干部的十九岁的我，怀着一种隐秘的激情，关好那间办公室兼宿舍的终年不见太阳的小屋的门，在灯下，在一迭无格的片艳纸上，开始写下了一行又一行字。旁边，摆着各种工作卷宗和没有写完的汇报、总结，如果有人敲门，我随时准备把一份汇报草稿压在片艳纸上，做出一副正在连夜写工作材料的样子。"[3]但由于各种原因，这部创作于20世纪50年代的小说迟至1979年才由人民文学出版社正式出版。

　　《青春万岁》从创作至今出现过各种不同的版本，单1979年正式出版之前，

---

① 郜元宝《当蝴蝶飞舞时——王蒙创作的几个阶段与方面》，《当代作家评论》2007年第2期，第30页。

② 王蒙《我的第一部小说》，《王蒙文集》（第23卷），人民文学出版社2014年版，第76页。

③ 王蒙《我在寻找什么？》，《王蒙文集》（第23卷），人民文学出版社2014年版，第120页。

就有三个公开"版本"：1956 年 9 月 30 日《北京日报》以"金色的日子"为题发表了小说的最后一节，1957 年 1 月 11 日～2 月 18 日《文汇报》分 29 期连载了全书近 1/3 章节，1979 年 4 月《北京文艺》(现《北京文学》)开始对小说部分内容进行连载。《青春万岁》出版后，随即出现了各种不同版本。仅就人民文学出版社而言，除了 1979 年初版本之外，还有 2003 年《王蒙文存》版 (23 卷)、2005 年"中国文库"版、2013 年"六十周年纪念"版，以及 2014 年《王蒙文集》版 (45 卷)。此外，还有 1984 年百花文艺出版社的《王蒙选集》版 (4 卷)、1993 年华艺出版社的《王蒙文集》版 (10 卷)、2009 年作家出版社的"共和国作家文库"版，以及包括俄文、朝鲜文、阿拉伯文等在内的各种外文和少数民族语言版。值得一提的是，1983 年根据小说改编成了同名电影。人民文学出版社在 1979 年初版本基础上，1997 年再版时对小说部分章节按 1957 年《文汇报》连载版做了恢复与修改，最终成了这部小说的"定本"，之后各个出版社不同版本的小说基本以此为"蓝本"。

严格意义上，不同版本之间都有字、词、句、标点，乃至字体、格式等的诸种不同。而且就同一出版社来说，每一次再版都会在原有基础上进行校订趋正，从事实上而呈现出不同的版本类型。《青春万岁》版本很多，但从版本的有效性而言主要有三个：1957 年《文汇报》连载版、人民文学出版社 1979 年版以及 2014 年"《王蒙文集》版"(以下简称"2014 文集版")。本文主要据此考释不同版本的流变、状貌。

1957 年 1 月 11 日～2 月 18 日，《文汇报》副刊《笔会》分 29 期分别选载了《青春万岁》第 7、11、13、17、22、23、25、28、35、37、38 节共 11 节的部分内容。人民文学出版社 1979 年 5 月出版的单行本《青春万岁》是真正意义上的"初版本"。作为"初版本"，1979 年版对研究者来说具有重要意义。尤其值得注意的是，1979 年版并非 20 世纪 50 年代的完稿本，而是经过几次删改而成的版本。2014 年，人民文学出版社出版了 45 卷本《王蒙文集》，《青春万岁》作为文集第一卷除了内容上最接近小说原貌外，在艺术上也更趋于完善。这三个不同历史时期的版本，为这部小说的版本研究提供了典型性与有效性。

二

版本研究的重要内容之一就是深入文本、考据不同版本之间的异同流变。《青春万岁》从 1957 年连载版、1979 年版与 2014 年文集版的比较来看，版本修改、流变主要表现在技术性，即"艺术上的完善"和内容修改两个层面。其中技术性修改又表现为两个层面:字、词、标点的规范化修改和字、词、句的润饰性修改。前者主要以科学、准确为主要目标,后者则追求艺术上的完善。

字、词、标点的规范化修改。字的修改集中在错别字、繁简字与异体字方面,这在《青春万岁》三个版本中都有体现。首先是对错别字的修改、规范,比较典型的是:大大列列——大大咧咧、年青——年轻、一齐——一起、哽塞——哽塞等(前者为1957年连载版,后者为1979年版);再如:恶梦——噩梦、身分——身份、人材——人才、指手划脚——指手画脚、粘粘糊糊——黏黏糊糊、光采——光彩、蒙眬——朦胧等(前者为1979年版,后者为2014年文集版)。其次,繁简字的规范化。繁体字主要出现在1957年连载版中,典型的有:門——门、經——经、資——资、檢——检、組——组、張——张、楊——杨、腦——脑、無——无、請——请、輕——轻、説——说、單——单、風——风、塵——尘、憂——忧、轉——转、眞——真、發——发、書——书、問——问等(前者为1957年连载版,后者为1979年版)。此外,还有异体字的规范化。异体字在1957年连载版和1979年版中均有体现,例如:虎——唬、咀——嘴、噹——当、憋——别(前者为1957年连载版,后者为1979年版);砂——沙、蹓——遛、拚——拼、楞——棱、燉——炖(前者为1979年版,后者为2014年文集版)。

值得注意的是,三个版中错误率最高的是"作""象""的"三个字。在1957年连载版和1979年版中用的大都是"作"而非"做",2014年文集版则用"做"。就使用的语境而言,文集版显然更规范。"象"的使用比较特殊,1957年连载版中多用"像",1979年版一律改为"象",2014年文集版中则依据不同语境进行了区分,但也多用"像"。事实上这与1964年国家发布的《简化字总表》有很大关系,在此之前"像"被视为"象"的繁体字,故1957连载版用的是繁体字"像",1979年版用的是简化字"象",2014年文集版则用的是现行的规范字"像"。"的、地、得"三个字在每一版中都有误用,尤其在1979年版居多。

语词在《青春万岁》三个版本中的变化也逐步趋向规范化。主要体现为以下三类语词的规范。首先是儿化语的规范。例如:一块——一块儿、一会——一会儿、大伙——大伙儿、过了会——过了会儿(前者为1979年版,后者为2014年文集版)。其次是一些拟声词的规范。例如:擦擦——嚓嚓、光气——咣喊、库哧——噗哧、蓬拆蓬拆——嘣嚓嘣嚓(前者为1979年版,后者为2014年文集版)。此外,还有一些随着社会发展而逐渐改变词义或淘汰使用的词,例如:痰桶——痰盂、九公寸——九十厘米、廿——二十等(前者为连载版,后者为1979年版)、胳臂肘——胳膊肘、玩艺儿——玩意儿、牙花——牙床、一宵——一宿等

（前者为 1979 年版，后者为 2014 年文集版）。

标点符号的修改。从《青春万岁》三个版本来看，1979 年版与 1957 年连载版的出入不大，主要区别是 1979 年版将连载版中错用引号的地方修改为了书名号，如："鬼恋"——《鬼恋》、"普通一兵"——《普通一兵》、"刘胡兰小传"——《刘胡兰小传》、"青年团基本知识讲话"——《青年团基本知识讲话》（前者为 1957 年连载版，后者为 1979 年版）。标点使用的差异主要体现在 2014 年文集版与 1979 年版的对比中，大致来说，主要表现为删、增、改三种情形。删的情形举例如下："我们想请你来一趟，共同商量，研究一下"（1979 年版）修改为"我们想请你来一趟，共同商量研究一下"（2014 年文集版）。"作品还是不成熟的……"（1979 年版）修改为"作品还是不成熟的……"（2014 年文集版）增的情形举例如下："我觉得你是一个职业革命者……"（1979 年版）修改为"我觉得，你是一个职业革命者……"（2014 年文集版）"露出多汁的、半透明的富有诱惑力的果肉"（1979 年版）修改为"露出多汁的、半透明的、富有诱惑力的果肉"（2014 年文集版）。改的情形举例如下："张世群摇摇头，缓缓地，规矩地滑着步子"（1979 年版）修改为"张世群摇摇头，缓缓地、规矩地滑着步子"（2014 年文集版）。"大家恶毒地咒骂老天爷的反复无常、互相议论今年'时令不正'"（1979 年版）修改为"大家恶毒地咒骂老天爷的反复无常，纷纷议论今年'时令不正'"等（2014 年文集版）。由此可见，不同版本之间出于艺术完美的追求，作者对小说文本的字、词和标点进行了必要的技术层面的修改，造成了不同版本之间的差异。

字、词、句的润色性修改。除了技术性修改，《青春万岁》不同版本字、词、句的润色性修改，主要出于表达的准确性与增强艺术感染力的考虑。

字的修改情形举例如下。例如，校长重复和吟味着郑波的话，"嗯，说的巧，说的好"（1979 年版），2014 年文集版将"巧"改为"好"。词的修改举例如下。如"苏宁狠狠地跺了一下脚，含着泪端起蔷云的脸盆。"（1957 年连载版）1979 年版中将"狠狠地"改为"恨恨地"，2014 年文集版则又恢复了"狠狠地"。句的修改举例如下。如"我过去不是常常受批评吗？为什么后来那么太平无事呢？就因为对我批评得太少，我才老搞坏了事情"（1957 年连载版）修改为"我过去不是常常受批评吗？最近，我老是搞坏了事情，就因为对我批评得太少了"（1979 年版）。1979 年版对 1957 年连载版做了删除与调整语序的修改，删除了略带有侥幸意味的"为什么……"一句，以及将原因和结果进行倒置从而将叙述重心放在原因陈述上，这样的修改进一步凸显了杨蔷云积极向上、勇于自我反思和自我批评的性格特征。再如，"清澄的天空只有南方远远的有一列扇面形的云。"（1957 年连载版)"天空清澄澄的,只是在南方远远的有一列扇面形的云。"(1979 年版)"天空清澄澄的,只是在远远的南方有一列扇面形的云。"(2014 年文集版)艺术的完善是一个不间断的过程,这从 1957 年连载版到 2014 年文集版的不同表达中就可以看出。1979 年版将 1957 年连载版中的长句置换为两个单句,结构明晰,句义完整,使环境氛围更有艺术表达力,2014 年文集版对 1979 年版的修改则更趋于准确,这里的"云"是在远远的南方,而非南方的远远的云,有一种寂静、辽阔、清澄之感。

作家在不同版本修改中对字、词、句的选用十分斟酌,以求艺术表达的准确性。例一:"苏宁和吴长福要好好帮助她"(1979 年版)修改为"对苏宁和吴长福,要好好帮助她们"(2014 年文集版)。如果单就这两句话来说,它们表达的意思是完全不一样的。前者的帮助者是苏宁和吴长福,帮助对象是"她",而后者的帮助对象则是苏宁和吴长福。事实上这是团总支书记吕晨对杨蔷云说的话,她的意思是要杨蔷云帮助苏和吴二人,2014 年文集版增加了一个引进对象的介词"对",同时增用逗号和表示复数的代词词尾"们",从而准确地表达了文意。例二:"如果对她的性格善自引导"(1979 年版)修改为"如果对她的性格加以引导"(2014 年文集版)。严格说来,1979 年版用的"善自"是"擅自"的错别字,"她"指李春。但"擅自"表示的是自作主张、超越职权的意思,有贬义的色彩。这用在老师和同学们对李春的帮助上显然不合适,文集版改用"加以"一词则是更准确的表达。例三:"呼玛丽恐惧地闪着目光"(1979 年版)修改为"呼玛丽眼里闪着恐惧的目光"(2014 年文集版)。显然,文集版的修改不仅表达准确,而且更有说服力和艺术感染力。

在艺术感染力的增强上,典型的例子还有以下几个。例一:"她穿得很美:藕荷色的褂子,和长长的快铺到脚面的蓝绸裙子"(1979 年版)修改为"她穿得很美:藕荷色的褂子,和长长的快垂到脚面的蓝绸裙子"(2014 年文集版)。看似仅仅是一个字的修改,却有不同的艺术效果,"铺"字有人为的含义和笨重之感,"垂"字则极灵动地凸现了人物衣着的自然与质感,在艺术表达上有更强的感染力和美感。例二:"在这个地球上,简直没有比作女孩子更倒霉的了"(1957 年连载版)修改为"在那梦魇一样的日子里,简直没有比做女孩子更倒霉的了"(1979 年版)。此处是杨蔷云在知道好朋友苏宁小时候所遭遇的不幸经历后的心理描写,与"在这个地球上"相比,"在那梦魇一样的日子里"显然更深入具体地表现了杨蔷云对给苏宁带来不幸的旧社会的愤恨和对她的同情关爱之情,同时也渲染加强了无比黑暗的旧社会和苏宁所承受的不幸,从而给人以更强烈的共鸣和艺术感染。

三

除了艺术层面的修改,《青春万岁》不同版本之间还有内容上的修改,这是更为重要的修改。主要体现在以下三个方面。

"苏联"话语体系的修改。这里的"苏联"指一切与苏联有关的话语。这部分修改主要体现在 1979 年版本中。1962 年,由于政治形势短暂好转,中国青年出版社计划出版《青春万岁》,并请冯牧审读了书稿。遵照冯牧的意见,王蒙对书中关于苏联的部分内容,进行了弱化修改:"于是我把提到苏联歌曲、书籍的地方尽量改成本地生产——把青年们读的《卓娅和舒拉的故事》改成《把一切献给党》,把苏联歌曲改成陕北民歌……"①

关于"苏联"话语体系的修改主要是在第 7、11、13、17、28、37 共 6 节的内容中,具体表现为删除与修改两种方式。删除方式举例如下。如 1957 年连载版中有:"她说:'这间小屋子好暖和!比西伯利亚建筑输油管的地方强多了!'""谈到俄罗斯音乐的历史"等内容,1979 年版中进行了删除。更多的则是修改,即把有关苏联的内容修改成其他内容,如 1957 年连载版:"后来苏军红旗歌舞团来了,功勋演员尼基丁喜欢这个歌,而且用中文演唱了它,蔷云高兴了:'瞧,我的鉴赏力和苏联朋友一样。'"到了 1979 年版修改为:"后来这个歌渐渐地流行开了,蔷云高兴:'我的鉴赏力有多么棒!'"

再如:把《普通一兵》修改为《把一切献给党》,把"俄罗斯民歌"修改为"陕北信天游小调",把"学俄文"修改为"学外文",把"苏联人"修改为"东北人",把"俄文"修改为"朝鲜文",把"一家苏联朋友"修改为"一家朝鲜朋友",把"去苏联留学"修改为"去国外留学",把"克里米亚"修改为"国外的疗养地",把"黑海海滨的公园"修改为"海滨的公园",把"从北京去莫斯科"修改为"从北京去世界上任何地方",等等。(前者为 1957 年连载版,后者为 1979 年版)经过删改,大大淡化了苏联色彩。

"爱情"话语体系的修改。所谓"爱情"话语体系,并不单指爱情描写,而是包括一切以情感表达为目的的文字。这部分的修改主要源于 1978 年的修改。1978 年"十年浩劫"结束,《青春万岁》的出版再次提上了议程,在 1962 年修改稿基础上,人民文学出版社韦君宜建议将一些可能会被认为"感情不健康"的部分

---

① 王蒙《青春万岁六十年》,《青春万岁·序言》,人民文学出版社 2013 年版,第 5 页。

内容删掉。例如,修改后的 1979 年版,删除了诸多有关"爱情"的段落,删除的内容主要有:①1957 年连载版第 35 节杨蔷云梦中寻找张世群一大段;②1957 年连载版第 37 节张世群对杨蔷云提起自己和同班同学的恋爱以及杨蔷云内心活动的一大段。③"那次梦以后,蔷云决定考试完以后去找张世群一次,而且是非和他见一次面不可,为什么? 因为她想他。在蔷云心里,张世群隐约地开始发出一种神秘的光亮,也许,这光亮一旦会变成照耀杨蔷云全部生命的光辉? 还是说,它只是人生初期的惑人的昙花一现?"④"过了十几年,两个人在大街上碰了面,使劲握握手,这个说:'你不是老王吗? 快把住址告诉我,我要去看你。'那个说:'老李,你住在哪里? 后天星期六我找你一起吃馅饼。'……星期六到了,老李没去看老王,老王也没找老李吃馅饼,友谊,就被日月给冲洗掉了。"1979 年版进行了改写的爱情话语有:"来到五〇三号房间前,在房门嵌着的卡片上看见张世群的名字,蔷云砰砰地心跳了,那小伙子见着她会想些什么? 她多么害怕张世群不在呀,假期里,事先没联系,冒冒失失地从城里跑了来……凑近房门听一听吧,有没有张世群豪迈的笑声……"(1957 年连载版)修改为"来到五〇三号房间前,在房门嵌着的卡片上看见张世群的名字。蔷云笑了。凑近房门听一听吧,也许能听得见那个小伙子的笑声。"(1979 年版)"听着这个豪迈的大个儿,用很懂世故的口气,透露出几分天真的惆怅,蔷云觉得自己和张世群的心靠的很近,她想说:'好朋友,难道我们会这样吗? 不,绝不!'但是她没有说,她摇摇头,嘴唇似笑非笑地动了动"(1957 年连载版)修改为"这个豪迈的大个儿,用很懂世故的口气,透露出几分天真的惆怅。蔷云不由得笑了"(1979 年版)。综上所述,关于"爱情"话语体系的修改事实上就是对一定社会语境下所公认的禁忌进行的规避。经过删改后的 1979 年版就是典型的属于"十七年"文学余脉的"净本"和"洁本"。

其他涉及"感情不健康"的修改还有以下几个例子。"老侯这个工友,山东人,一脸麻子,贫贫叨叨,素日惹蔷云讨厌,可今天偏偏遇见他了"(1957 年连载版)修改为"老候这个工友,山东人,有点爱絮叨,可今天偏偏遇见他了"(1979 年版)。"杨蔷云大笑:'我要有的话,也会穿。如果我有那种十四世纪女人帽子上插着的什么羽毛——该不是什么鸡毛吧——我也敢戴!'"(1957 年连载版)修改为"杨蔷云笑了"(1979 年版)。"按你的话,要实际干只有作书呆子……"(1957 年连载版)修改为"按你的话,要实际干又怎么样呢……"(1979 年版)以上修改可以看出,1979 年版显然是对 1957 年连载版的"纯化"。这种修改还表现在对杨蔷云个人情感描写内容的删除,例如:"她告诉自己说:'我也需要抚爱,需要关切,我也是软弱的啊。'……杨蔷云是热烈而合群的么?当然。但她的热烈,不正包含着对一个虚妄的姑娘易有的冷淡之感的惧怕?她的合群,不正表现着对一小点孤独的敏感和难于忍受?"(1957年连载版)修改为"她告诉自己说:'我也需要抚爱,需要关切的啊'……"(1979年版)1957年连载版中"不就是那扰乱人的、挑动人的、引起了青春的无限焦渴的大自然的微妙的变化中最可珍贵的一刻吗?努力体会吧,尽情吸吮吧。莫负春光!这样,无论是难熬的严寒和酷热的盛暑,都不会把生气洋溢的春之形冲去。"到了1979年版则干脆删除。1957年连载版浓郁地传达出了杨蔷云感伤、脆弱、迷惘、忧郁的心绪,而这种情绪在特定语境下正是所谓的由于资产阶级的软弱性所流露的不健康感情的典型体现,修改后的1979年版或删除,或改变,以此弱化乃至消除个人的情感表达。

除了苏联话语、爱情话语的修改外,小说结尾的修改也构成了《青春万岁》版本修改的重要内容。从三个版本的对比来看,2014年文集版恢复了1957年连载版的原貌,1979年版则将最后关于毛主席出场及情节设置的描写进行了大删改,主要可归纳为以下两点:首先,连载版中的毛主席于午夜两点钟出现在了天安门广场,并下车和来庆祝毕业的中学生们进行交流。而在1979年版中,毛主席的出现与否是不确定的,只是出现了一辆急驶的汽车,并借人物袁新枝之口道出了:"我说,那一定是毛主席!"[1]也就是说,1979年版中提到的毛主席的出现只是一个推测而非事实,这与1957年连载版的描写有本质的区别。其次,由于1979年版中毛主席的出现并不是一个既定事实,所以删除了在1957年连载版出现的其后一大段关于毛主席与中学生交谈的内容,包括主席询问学生们生活学习状况、祝贺毕业、安慰呼玛丽、订十年合同等情节。事实上,这样的变化对表达文义有重要的影响。1957年连载版的描写塑造出了一个伟岸、平易近人、辛勤劳作、高大亲切的毛主席形象,而在删改后的1979年版中,毛主席却是一个"缺席的在场"。

从1979年版与1957年连载版的对比来看,1979年版的修改主要是减少提到毛主席的部分、弱化毛主席的形象以及给中学生带来的影响,这主要发生在以删除不健康内容为目的的1978年的修改中。值得注意的是,在1979年版中这部分删改的内容其中有一个段落大致保留了下来:"她看见毛主席慈祥的眼睛和略带严厉的眼角的皱纹,从这眼睛里,她看到的不正是祖国吗?不正是那

---

① 王蒙《青春万岁》,人民文学出版社1979年版,第344页。

个亲爱的、曾经失去的、永远关怀着自己的儿女的祖国吗?"①这里的"她"指的是呼玛丽。除了用"严厉"替换了"严峻",增加了两个"正"字之外,1979 年版保留了 1957 年连载版的这个段落。不同的是 1957 年连载版中这一情节发生在呼玛丽追赶主席的车和主席下车与她谈话之后,而 1979 年版中呼玛丽所看到的毛主席则是潜意识中的形象。尽管 1979 年版这样的修改大大淡化了小说的浪漫主义气质,但呼玛丽的行为暗示了更加美好的未来。1979 年版保留的这一段落既不会与前面已删除的毛主席出现的情节产生脱节,同时也强化了人物性格的变化发展。

此外,并不涉及内容健康与否的小说的最后一段也发生了变化,如下:"汽车驶去,穿过天安门前淡蓝色的曙光,高高的修建人民英雄纪念碑的架子顶端已经发亮,新的一天就要到来了"(1957 年连载版)将其修改为"她们高声歌唱着走向学校,行进在天安门前淡蓝色的曙光里,高高的,修建人民英雄纪念碑的脚手架的顶端,已经发出金色的光辉了"(1979 年版)。比较而言,1957 年连载版的表达更为简洁流畅,暗含着"我们"的新的一天就要来临的深意。1979 年版的描写则稍显复杂,且蕴含不够,2014 年文集版也因此恢复了 1957 年连载版的原始表述。

四

就版本流变而言,《青春万岁》主要经历了四次大的修改:分别是 1956 年、1962 年、1978 年和 1997 年。究其原因,主要有以下几个方面。

时代政治语境的变化。《青春万岁》的版本变化,离不开对政治语境的考察。政治语境的变化是《青春万岁》版本修改的关键乃至决定性的因素,例如关于苏联话语的修改。王蒙 20 世纪 50 年代创作《青春万岁》时,中苏关系良好,因而小说原稿有大量关于苏联的描写,且多是歌颂、赞美。但随着后来国家关系的变化,这种描写显然是不再适宜的,因而在 1962 年的修改中将大量苏联话语进行了删改。

尽管《青春万岁》写作资源、背景以及话语生成都是典型的"十七年"文学的范畴,但这同样也极大地影响了小说版本的变化。《青春万岁》是在"十七年"文学之"文艺从属于政治"观念下创作的,文艺对政治的反映势必要保持一种同步的姿态。但就小说题材而言,关于中学生生活的选材已经逆反了国家意识形态

① 王蒙《青春万岁》,人民文学出版社 1979 年版,第 345 页。

所规定的"工农兵方向",这决定了其修改以及坎坷的出版经历就在所难免。在政治语境发生变化的前提下,为了与时代—政治语境保持一致,作者不得不不断地对文学作品进行修改以纳入规范的体系当中,这其实是许多当代文学作品的共同命运,不是《青春万岁》所独有。

"一体化"进程下的文学生态。由上可知,《青春万岁》的修改大都是在"指导"下进行的,包括第一次的萧殷和萧也牧、第二次的冯牧以及第三次的韦君宜,并非作者的自愿、自主行为。事实上,在这些文学"把关人"的背后是一整套成系统的文学制度——文学组织方式、生产方式,即"一体化"的文学模式,其实质是党对文艺工作的组织和领导。《青春万岁》不同版本之间的变化即是"一体化"文学生态的必然结果。"一体化"的文学生态对文学阅读和评价机制有重要影响:"文学阅读没有达到促使文学不断创新的作用,而促使文学生产不断走向了规范和统一。"①新的阅读秩序和评价机制之下,文学批评的声音似乎具有了某种对未知的先验性和预见性,对《青春万岁》的修改即是如此。王蒙在一篇文章中写道:"您说:'可如果发表了,会有人提出批评的。他们会说,为什么没有写和工农兵相结合呀⋯⋯'我说:'可我写的是在校的中学生啊⋯⋯''是啊,是啊。'您沉吟着,'不过,以你的处境,你恐怕经不住再一次批判了⋯⋯'"②在小说出版之前,时任作协党组书记的邵荃麟已经预感到了可能会有的批评声音,而小说的"难产"最终也耽于对此的顾忌和担忧,在"指导"下进行的小说修改同样是对已形成的文学阅读和评价秩序的规避和臣服。

创作主体的身份转换与角色认同。王蒙的"身份"构建及转化对《青春万岁》版本修改等产生了潜在影响。王蒙的首个身份是"少年布尔什维克",而在创作《青春万岁》时,他已经是一名团干部。从革命干部到青年作家的身份转换意味着进入一个新的领域,随后,王蒙以《组织部来了个年轻人》在文坛上引起轩然大波,一跃成为一颗共和国文学"新星"并受到了毛主席的高度重视,但也因此被错划为"右派"。"右派"的身份使已排印好清样的《青春万岁》只能再次搁置。1978 年,尽管"四人帮"已经倒台,但王蒙的身份仍然是"右派"分子,遵从审稿人的意见对小说进行第三次修改就具有了身份认同意义上的必然性。《青春万岁》多次修改而具有的不同版本就是这种身份转换的产物。

---

① 王本朝《中国当代文学制度研究(1949—1976)》,新星出版社 2007 年版,第 182 页。

② 王蒙《祭长者——邵荃麟同志》,《王蒙文集》(第 16 卷),人民文学出版社 2014 年版,第 35 页。

　　《青春万岁》从一开始便贴上了"异类"的标签。但事实上这种规范性的力量与作家自身的实际创作观念有巨大的差异与背离,尽管迫于政治的压力作家不得不修改自己的作品以逐渐符合规范,但二者的裂缝与鸿沟仍是难以完全消弭的,这导致了作家创作观念的矛盾与裂变。"少共"的身份使王蒙一直与政治和革命保持着亲密的联系:"文学与革命是天生地一致的和不可分割的……文学是革命的脉搏、革命的信号、革命的良心,而革命是文学的主导、文学的灵魂、文学的源泉。"①这本应是与以政治和革命为主要方向的当代文学规范相合拍的写作,但事实上"革命"与"政治"仅仅是意识形态对文学进行规范的旗号,尽管他为此付出了沉重的代价,但王蒙与当代文学仍然有统一的因素,那便是对革命的虽九死其犹未悔的忠诚和坚守,为此他不惜多次对小说《青春万岁》进行修改,从而使小说表现出更革命化、更政治化的倾向。经过几次修改,《青春万岁》伴随着"革命性"不断强化的是"青春爱情"的逐渐淡化与模糊,这无疑与王蒙的创作观念是相排斥的,这样的修改在作家创作观念裂变的时代难以避免,而一旦作家重新获得了自身创作观念与创作实践相统一的自由,就必然会对作品加以修改,1997年小说再版时王蒙将小说恢复原貌的修改也就具有了不可改变的必然性。

　　《青春万岁》已成为一个文学时代的纪念碑。王蒙对《青春万岁》一直持有深厚感情。"《青春万岁》应该成为时代的天使、青春的天使,飞入千家万户,拥抱千千万万个年轻人的身躯,滋润千千万万个年轻人的心灵,漾起千千万万个年轻人的微笑,点燃千千万万个年轻人的热情。"②从《青春万岁》版本流变,我们可以看到中国当代文学发展的一个侧影。

　　(温奉桥:中国海洋大学王蒙文学研究所教授;王雪敏:女,硕士,山西省浑源县委组织部干部)

---

①　王蒙《我在寻找什么?》,《王蒙文集》(第23卷),人民文学出版社2014年版,第122页。

②　王蒙《半生多事(自传第一部)》,《王蒙文集》(第41卷),人民文学出版社2014年版,第151页。

重读王蒙的《组织部来了个年轻人》

——论《组织部来了个年轻人》思想的丰富性①

薛永武

王蒙是中国当代文坛巨匠,其作品数量之多,影响之大,可谓卓异超群。其中,他 22 岁时发表的《组织部新来的青年人》,因为作者原稿是《组织部来了个年轻人》,北京出版社 1981 年版的《王蒙小说报告文学选》把作品名字改为"组织部来了个年轻人"(本文下面简称《年轻人》)。从《年轻人》对当时的影响以及在当代文学史的影响来看,这部作品堪称当代文学史上短篇小说的经典之作。作品通过故事情节安排、细节描写和人物形象塑造等多方面,显现了作者深厚的艺术功力,也蕴含了丰富的思想内涵。特别是在党的十八届六中全会高度重视"党要管党、从严治党"的政治格局下,重新阅读《年轻人》,仍然能够感受到作品所蕴含的鲜活生命力。

一、提出党的组织建设这一重大主题

作者如同《年轻人》中的林震,关心国家大事和党的事业,利用作品中的人物之口,提出了党组织建设的重大主题。

作品主人公刘世吾虽然具有官僚主义倾向,但也知道党组织建设的重要性。他借用中央一位领导的话说,"组织工作是给党管家的,如果家管不好,党就没有力量"。他对此解释说"管什么家呢?发展党和巩固党,壮大党的组织和增强党组织的战斗力,把党的生活建立在集体领导、批评和自我批评与密切联系群众的基础上。这样作好了,党组织就是坚强的、活泼的、有战斗力的,就足以团结和指引群众,完成和更好地完成社会主义建设与社会主义改造的各项任务……"这段话看似是大道理,但客观上确实说明了加强党的组织建设的重要性。小说中主人公林震也义正词严地指出:"党是人民的、阶级的心脏,我们不

---

① 本文是作者 2016 年 10 月 29 日参加"向经典致敬:王蒙《组织部来了个年轻人》发表 60 周年座谈会"而撰写的论文。

能容忍心脏上有灰尘,就像不能容忍党的机关的缺点!"《年轻人》中的韩常新虽然也是一个具有一定程度官僚主义的组织干部,但他对组织委员只重视生产任务而忽略党建工作的做法提出了批评:"生产任务忙就不认真研究发展工作了?这是把中心工作与经常工作对立起来,也是党不管党的一种表现……"韩常新在写"麻袋厂发展工作简况"的内容时写道:"建党工作不仅与生产工作不会发生矛盾,而且大大推动了生产,任何借口生产忙而忽视建党工作的作法是错误的。"从党组织建设的重要性来看,建设好党组织,这恰恰有利于调动广大党员的积极性,促进生产任务的完成。

另外,从党组织建设的角度来看,党员不但要歌颂党组织带领广大人民群众建立丰功伟业的先进事迹,对于党组织在各种工作中存在的不足乃至缺点和错误,作为一个具有党性的党员,更应该理所当然地真诚指出党组织存在的问题,而不是讳疾忌医。《年轻人》中的林震已经说得很清楚了,"党是人民的、阶级的心脏,我们不能容忍心脏上有灰尘",这说明林震对党组织建设的真诚关心。作者王蒙通过《年轻人》的创作,实际上也是在表达自己对党组织建设中存在问题的关心和忧虑。受"左倾"思想的影响,在反"右"那段时期内,王蒙竟然遭到了批判。

二、揭示了官僚主义与世界观、人生观和价值观的问题

《年轻人》发表后引起很大的反响,很多读者认为小说表达了反对官僚主义的主题,也有人上纲上线,把作者对官僚主义的批评上升为对党组织的不满,以此来批判王蒙。实际上,《年轻人》在表层次上确实批评了官僚主义,但从历史的观点和哲学的观点来看,小说却更深层地揭示了"刘世吾们"的世界观、人生观和价值观及其对党组织建设所产生的消极乃至负面影响,也从干部队伍建设的高度,揭示了加强党员干部队伍建设的重要性。

新中国成立后,干部队伍的素质和能力直接决定和影响社会主义事业是否能够健康发展,特别是党员干部队伍建设尤为重要。毛泽东早在 1938 年就指出:"正确路线确定之后,干部就是决定的因素。"[1]然而,刘世吾作为主持工作的组织部副部长,已经失去其以往对党的事业应有的热情,《年轻人》中写道:

刘世吾有一句口头语:就那么回事,他看透了一切,以为一切就那么回事。

---

[1] 毛泽东《中国共产党在民族战争中的地位》,《毛泽东著作选读》上册,人民出版社1986年版,第279页。

按他自己的说法,他知道什么是"是",什么是"非",还知道"是"一定战胜"非",又知道"是"不是一下子战胜"非",他什么都知道,什么都见过——党的工作给人的经验本来很多。于是他不再操心,不再爱也不再恨。他取笑缺陷,仅仅是取笑;欣赏成绩,仅仅是欣赏。

刘世吾这段话虽然是口头禅,却是他对人生的总结,体现了他的世界观、人生观和价值观。在他看来,"一切就那么回事",他虽然能够明辨是非,但并不想去做是战胜非的促进者和战斗者,他的神经似乎已经麻木了,仅仅停留在取笑缺陷和欣赏成绩的层面,而不是去自觉克服缺陷,去取得成绩。对待刘世吾的评价,用小说中另一个主角赵慧文的话说,他"包含着一种可怕的冷漠"。实际上,刘世吾这种消极的世界观、人生观和价值观在一定程度上反映了我们党的部分干部在我党成为执政党以后自觉不自觉地形成的安于现状、不求进取,甚至理想破灭的心理取向。

在一定意义上说,党的干部直接决定了我们事业的成败得失。毛泽东于1938年10月在党的第六届专业委员会扩大的第六次全体会议上的报告《中国共产党在民族战争中的地位》中谈党的民主时指出:"处在伟大斗争面前的中国共产党,要求整个党的领导机关,全党的党员和干部,高度地发挥其积极性,才能取得胜利。所谓发挥积极性,必须具体地表现在领导机关、干部和党员的创造能力,负责精神,工作的活跃,敢于和善于提出问题、发表意见、批评缺点,以及对于领导机关和领导干部从爱护观点出发的监督作用。没有这些,所谓积极性就是空的。而这些积极性的发挥,有赖于党内生活的民主化。党内缺乏民主生活,发挥积极性的目的就不能达到。大批能干人才的创造,也只有在民主生活中才有可能。由于我们的国家是一个小生产的家长制占优势的国家,又在全国范围内至今还没有民主生活,这种情况反映到我们党内,就产生了民主生活不足的现象。这种现象,妨碍着全党积极性的充分发挥。"①作品中的"刘世吾们"表现出来的官僚主义直接影响了党的工作的正常进行,也在一定程度上损害了党的形象,但事实上这种本来不正常的社会现象竟然成为某些党组织的一种常态,这种现象无疑应该引起党组织的高度重视。

作者在《年轻人》中所表现的党的生活,还揭示了党组织客观上存在着不正常的现象,缺乏应有的民主,也缺乏必要的批评与自我批评。有感于斯,王蒙在

---

① 毛泽东《中国共产党在民族战争中的地位》,《毛泽东著作选读》上册,人民出版社1986年版,第282页。

给《北京日报》编辑的复信中指出"批评与自我批评是我们前进的规律",但我们实际上恰恰缺乏批评与自我批评的风气和人文环境。《年轻人》所塑造的刘世吾,形象地揭示了我们实际工作中还没有足够的党内民主,尚有待于去建设和完善党内民主。

三、克服缺点前进是发展规律

作者在《年轻人》中还试图通过对现实矛盾的揭示,阐明如何克服缺点,这实际上意味着作者在肯定求真的同时,更注重求真向求善的转换与发展。

作者在《年轻人》中写道:

林震抬起头,用激怒的目光看着韩常新。韩常新却只是冷冷地笑。林震压抑着自己说:"老韩同志知道缺点的存在是规律,但他不知道克服缺点前进更是规律。老韩同志和刘部长,就是抱住了头一个规律,因而对各种严重的缺点采取了容忍乃至于麻木的态度!"

林震清醒地认识到,刘世吾和韩常新都知道现实中存在着缺点,但他们只是认识到现实中的缺点,而不是积极地去克服现实中的缺点,因而对各种严重的缺点采取了容忍乃至麻木的态度。从哲学的角度来看,我们需要求真,需要正确认识世界,但不能仅仅停留在对世界求真的认识论层面上,认识世界的目的还是为了更好地改造世界,这就从认识论意义上的求真,转换为实践论的向善层面了,即不仅需要认识到工作中的缺点,还需要积极地去克服工作中的这些缺点,把实际工作推向前进。

林震出于对工作的认真和执着,出于对党性原则的维护,还直接对上级领导韩常新与刘世吾提出了批评,这种批评精神是极其可贵的。他说:

王清泉个人是作了处理了,但是如何保证不再有第二、第三个王清泉出现呢?我们应该检查一下区委组织工作中的缺点:第一,我们只抓了建党,对于巩固党没给予应有的注意,使基层的党内斗争处于自流状态。第二,我们明知有问题却拖延着不去解决,王清泉来厂子整整五年,问题一直存在而且愈发展愈严重……具体地说,我认为韩常新同志与刘世吾同志有责任……

林震这里明确指出,我们不仅要抓好建党,而且也需要巩固党,不能使基层的党内斗争处于自流状态,更不能明知有问题却拖延着不去解决。林震这里提出的问题实际上从深层次上反映了我们党需要加强作风建设的重要性。即使从国际共运史的角度来看,党的建设不在于党员的数量,更在于党员的质量,只有确保党员的质量,才能更好地巩固党。

但从历史的观点来看,林震敢于当众批评上级领导的做法,在当时的官场上是很难得到潜规则认可的。我们现实中出现了很多的"大老虎",原因之一就是党内缺乏这种正常的批评精神。作者通过林震之口,充分肯定党的原则,这一思想既是深刻的,也是非常形象的,颇耐人寻味和发人深省。

四、如何对待理想与现实的矛盾

任何社会几乎都存在着理想与现实的矛盾。正确认识和解决理想与现实之间的矛盾,这也是《年轻人》所揭示的重要主题。如果说王蒙的长篇小说《青春万岁》集理想主义、英雄主义、浪漫主义于一身,那么,《年轻人》则依然坚持了林震的理想主义精神。小说中的赵慧文对林震说:"我们都希望过一种真正的生活,我们希望组织部成为真正的党的工作机构。"毫无疑问,从党章和理论的角度来看,赵慧文所言体现了一个真正的党员的人生理想,但在《年轻人》的组织环境中,要实现这样的人生理想还是有相当的难度的。

林震师范毕业从事小学教育,本来无忧无虑,无牵无挂,一门心思好好工作,还受到了教育局的奖励。当他调入区委组织部时,《年轻人》中写道:

就这样,林震口袋里装着《拖拉机站站长与总农艺师》,兴高采烈地登上区委会的石阶,对于党工作者(他是根据电影里全能的党委书记的形象来猜测他们的)的生活,充满了神圣的憧憬。但是,等他接触到那些忙碌而自信的领导同志,看到来往的文件和同时举行的会议,听到那些尖锐争吵与高深的分析,他眨眨那有些特别的淡褐色眼珠的眼睛,心里有点怯……

小说这段文字已经预示了林震"心里有点怯"的客观原因是现实充满了矛盾,也反映了现实的复杂性。所以,当林震建议魏鹤鸣向上级反映问题时,魏鹤鸣故意称呼林震为"老林同志",问他"你是新来的吧?"魏鹤鸣这一称呼及其"你是新来的吧?"一句话,已经彰显了林震所代表的年轻人所具有的理想在现实面前是多么的不堪一击!又是多么的难堪与尴尬。所以,赵慧文评价林震是"你天不怕地不怕,敢于和一切坏现象作斗争",也预感到"你……一场风波要起来了"。林震的可贵之处在于他对理想的执着,具有"知其不可为而为之"的人格理想,即使面对可能出现的"风波",他还是坚持自己的人生理想。他向赵慧文表示"我也想过多少次,我觉得,人要在斗争中使自己变正确,而不能等到正确了才去作斗争!"林震这段话表明,他并不是仅凭自己的热情和理想去奋斗,而是建立在自己对现实比较深刻的理解和洞察上。实际上确实如此,任何一个人抑或一个组织,不可能等自己完全成熟了再去干事创业,而是应该在实践中去探索,在探索中去发展、在不断纠错中修正、充实和壮大自己,不断增长自己的才干。

但是,对于只有 22 岁的林震来说,现实对理想的制约和影响实在是太大了,他感到困惑的是:是娜斯嘉的"对坏事绝不容忍"对呢,还是刘世吾的"条件成熟论"对。他虽然无力驳倒刘世吾的"领导艺术",但也分明感觉到刘世吾的观点与"他在小学时所听的党课的内容不是一个味儿"。作为一个有理想有抱负的年轻党员,他敢于据理力争,直接反驳韩常新:"掌握了而不去解决,这正是最痛心的! 党章上规定着,我们党员应该向一切违反党的利益的现象作斗争……"本来,党的组织生活应该按照党章的要求办事,但实际上有时并非如此。在王蒙看来,林震"爱生活,爱党,爱同志,爱美,并为了他所爱的而斗争,自然地融合于他的血肉之中,而且带有他自己的年轻人的特质"。但林震的理想没有经过生活实践的锻炼和丰富,王蒙评价林震"也是过分天真的幻想"①。

小说写在党小组会上,刘世吾批评林震说:

年轻人容易把生活理想化,他以为生活应该怎样,便要求生活怎样,作一个党的工作者,要多考虑的却是客观现实,是生活可能怎样。年轻人也容易过高估计自己,抱负甚多,一到新的工作岗位就想对缺点斗争一番,充当个娜斯嘉式的英雄。这是一种可贵的、可爱的想法,也是一种虚妄……

刘世吾对林震的批评是代表组织的,甚至非常冠冕堂皇。这种批评对林震造成了很大的困扰。作品写道:他想起前天党小组会上人们对他的批评。难道自己真的错了? 真的是莽撞和幼稚,再加几分年轻人的廉价的勇气? 也许真的应该切实估量一下自己,把分内的事作好,过两年,等到自己"成熟"了以后再干预一切吧? 当林震翻开《拖拉机站站长与总农艺师》第一篇写的"按娜斯嘉的方式生活!"时,不由自主地发出"真难啊!"的感叹!

林震的理想在严峻的现实面前遭遇了困扰甚至是否定。《年轻人》充分展现了林震由理想向现实回归的转变:

他作好的事情简直很少,简直就是没有,但他学了很多,多懂了不少事。他懂了生活的真正的美好和真正的分量;他懂了斗争的困难和斗争的价值。他渐渐明白,在这平凡而又伟大的、包罗万象的、担负着无数艰巨任务的区委会,单凭个人的勇气是作不成任何事情的……从明天……

针对领导对他的批评所产生的困惑,林震"要尽一切力量去争取领导的指引,这正是目前最重要的……"《年轻人》接着写林震"隔着窗子,他看见绿色的

① 王蒙《林震及其他》,《王蒙文集》,人民文学出版社 2014 年版。

台灯和夜间办公的区委书记的高大侧影,他坚决地、迫不及待地敲响了领导同志办公室的门"。小说这里写"区委书记的高大侧影",极具象征意义,而林震"坚决地、迫不及待地敲响了领导同志办公室的门",既是对林震理想与性格转化的揭示,又发人深省,给读者留下了充分想象的余地。

关于理想与现实的关系,早在 20 世纪 80 年代,中国哲学界就探讨过"应该"与"是"的关系问题。"应该"体现了事物的发展趋势,"是"是存在,是事实。因此,一方面"应该"应该从"是"出发,另一方面,"是"也应该趋向于"应该"。正如黑格尔的名言:存在(现实)即合理,合理即存在(现实)。《年轻人》在揭示理想与现实的矛盾时,实际上是肯定现实应该趋向于理想的,但由于林震在现实的重压面前所产生的困惑,因此,其最终很可能在理想与现实之间出现困惑、苦闷乃至彷徨。

五、不同的接受主体影响作品的接受

从文学对社会的影响来看,文学的价值一方面取决于文学作品的审美属性,一方面作品接受者需要具有对文学作品的审美需要,二者缺一不可。《年轻人》通过揭示文学对林震和"刘世吾们"的不同影响,深刻而又形象地揭示了文学价值的复杂性。

《年轻人》首先充分肯定了优秀文学作品对林震的积极影响。团中央为了发挥优秀作品的教育作用,曾经向林震推荐苏联优秀小说《拖拉机站站长与总农艺师》,而这部小说极大地影响了林震,他效仿作品中娜斯嘉"对坏事绝不容忍"的态度,自己工作中能够对存在的问题直言不讳,甚至敢于当众批评自己的上级,确实有点娜斯嘉精神。小说写林震不但受到《拖拉机站站长与总农艺师》的深刻影响,而且也受到优秀电影的影响,因此,他是根据电影里全能的党委书记的形象来猜测现实中党的工作者,因而对未来的生活充满了神圣的憧憬。作品写林震受到优秀文艺作品的影响,客观上也说明作品的价值有赖于接受者的积极参与和自觉接受。

但是,即使优秀的文艺作品,刘世吾认为也不过是"那么回事"。在刘世吾看来,看小说只是消遣、有趣,很"入迷"而已,看完了又觉得没什么。他仅用一个星期就看完了四本《静静的顿河》,看后唯一的感受就是一句话——"就那么回事。"他认为,读一本好小说,可以梦想一种单纯的、美妙的、透明的生活,但现实"可还是得作什么组织部长"。《年轻人》写刘世吾与林震的对话与情节:

"我愿意荣幸地表示,我和你一样地爱读书:小说、诗歌,包括童话。解放以前,我最喜欢屠格涅夫,小学五年级,我已经读《贵族之家》,我为伦蒙那个德国老头儿流泪，我也喜欢叶琳娜；英沙罗夫写得却并不好……可他的书有一种清新的、委婉多情的调子。"他忽地站起来，走近林震，扶着沙发背，弯着腰继续说，"现在也爱看，看的时候很入迷，看完了又觉得没什么，你知道"，他紧挨林震坐下，又半闭起眼睛，"当我读一本好小说的时候，我梦想一种单纯的、美妙的、透明的生活。我想去作水手，或者穿上白衣服研究红血球，或者作一个花匠，专门培植十样锦……"他笑了，从来没这样笑过，不是用机智，而是用心。"可还是得作什么组织部长。"

在刘世吾看来，小说里描写的是理想，而工作很现实，他的结论是"党工作者不适合看小说"。刘世吾年轻时也非常喜欢读优秀小说，感叹自己那时的热情和年轻，而如今"忙得什么都习惯了，疲倦了""我们，党工作者，我们创造了新生活，结果，生活反倒不能激动我们……"很显然，在理想和现实的选择上，刘世吾选择了现实。从人才开发的角度来看，人生如果没有激情，没有理想的追求，一味地认同现实、顺从现实，忙得什么都习惯了，疲倦了，却没有时间处理处理自己的时候，就不可能做人生的主宰，就会失去人的主体性，在束缚和压抑个人潜能的同时，必然会影响到事业的发展。

《年轻人》蕴含丰富的思想，不只是通过林震一个形象表现出来的，而是通过林震、赵慧文、刘世吾等一系列人物形象表现出来的。林震的形象能够直接揭示作品主题，刘世吾等人的形象却具有复杂的思想内涵。无论如何，《年轻人》对理想的渴望与追求不但展现了林震的价值，而且也深藏在作者王蒙的内心深处。2016 年 10 月 29 日在中国海洋大学召开的"向经典致敬：王蒙《组织部来了个年轻人》发表 60 周年座谈会"上，王蒙向大家推荐了他在今年《人民文学》11 月号发表的《女神》，依然表现了他对青春、理想的向往，也可以作为《年轻人》很好的注脚。

（薛永武：中国海洋大学文学与新闻传播学院教授）

稀粥为什么坚硬？

——重读王蒙的《坚硬的稀粥》

胡 健

王蒙的《坚硬的稀粥》最初发表在 1989 年第 2 期的《中国作家》上，曾获第四届(1989—1990)短篇小说百花奖，这篇小说在当时还产生了不小的争议。

一

这是一篇反映改革开放中世态人情的现实感很强的小说，然而，它却具有很强的戏谑性。小说在表现现实中的世态人情时，用的不是平面镜，也不是多棱镜，而是哈哈镜，它通过对一个四世同堂大家庭的"膳食改革"过程的喜剧性描写，运用夸张与变形、暗示与象征的艺术手法，对开放中人们的盲目崇洋与改革中的浮躁心态进行了善意的讽刺与智慧的调侃，小说具有十分丰厚的象征意味。

这里，我们有必要先看一下这个家庭的主要人员。需要说明的是，这篇小说中的人物既不是"圆形人物"，也不是"扁平人物"，而是"符号化人物"或"象征性人物"：

爷爷——这个大家庭的当政者，是一种权威的象征；

儿子——一种新的力量，是改革开放中新一代青年的象征；

徐姐——这个家庭中长期的雇员，旧传统奉行者的象征；

堂妹夫——是喝了洋墨水的知识分子的象征；

爸爸——中间阶层的象征；

我和妻子——其他不同层次人们的象征。

"符号化人物"或"象征性人物"比起"圆形人物"与"扁平人物"，他们更抽象，因而也更具符号象征的意味。这篇小说的情节是通过这个家庭的"膳食改革"而展开的。随着"膳食改革"的展开，这些"符号化人物"或"象征性人物"的心态得到了生动而夸张的表现,人物之间的复杂微妙的纠葛也得到了充分而夸张的展示,小说从头至尾充满了让人忍俊不禁的调侃与幽默。

这个四世同堂大家庭的"膳食改革"的历程是这样的:原本一日三餐已经形成了传统,大家对之平静而自若,但随着社会上改革开放的开始,人们心中被压抑许久的热情被点燃了,开始了对于新鲜事物的向往,对美好生活的追求,这个家庭的"超稳定结构"也因之而发生了变化。作为这个家庭当政者的爷爷是非常开明的,他乐于接受社会上的新观念,也希望大家能改革开放。最初,这个家庭购进了当时社会上流行的收录机,新潮的收录机给这个家庭带来了从未有过的也是一时半晌的新奇与喜悦。面对社会上"新风日劲,新潮日猛",这个家庭成员们又产生了改善膳食的意愿,于是爷爷提出了"膳食维新"。这家原来的一日三餐都是由爷爷主管、徐姐操办的,几十年一贯制,如早上总是稀饭咸菜。此时,大家对此十分不满,于是决定改集权制为内阁制,通过了爸爸这样的内阁人选,并由他来负责主持全家膳食大业。于是,徐姐遇事便询问爸爸,爸爸却并不做主,仍去问爷爷,爷爷不满意,徐姐不满意,大家也都不满意,内阁制难以为继。作为新派的儿子,以西方科学的膳食为参照,对家中传统膳食进行了义正词严的批判,认为家中的传统膳食是落后于时代的典型。于是,大家决定由儿子来负责"膳食改革"。于是这个家庭以时尚的西餐代替了传统的中餐,这一改革最后以集体得胃肠道疾病而告终。于是,这个家庭又决定弃西餐而为分食。分食制改革后,又因厨房资源的欠缺而不方便大家使用而告终。堂姐夫对此发表了一番改革是因体制落后的高论,大家意识到"膳食改革"的失败与机制的不民主有关,于是开始了投票选举膳食负责人的尝试。在尝试中大家又意识到炊事技术要比民主选举与膳食改革的关系更为直接,便又改民主选举为炊事技术比赛……随着徐姐的悄然离去,叔叔婶婶的搬入新房,堂妹夫的出国留学,这个家庭的人员结构发生了变化,"膳食改革"也因此转向低潮。人们在经历了一番激情如火的喧闹之后,在膳食问题上又基本上恢复到了"膳食改革"之前的状态与平静,大家伙儿也在不同程度上认识到"膳食改革"的目的还是应该以吃得满意为主。

这篇小说取名为"坚硬的稀粥"。这个命名不但幽默,而且是富有深意的:这个家庭多少年来的早餐都是稀饭咸菜,这也是这个家庭要进行"膳食改革"的重要原因之一,但是折腾来折腾去的改革过后,不但爷爷家的早餐恢复了稀饭咸菜,而且出了国的喜欢西方文化的堂姐夫,在给家里写来的信中也非常深情地说:"在国外,我们最想吃的就是稀饭咸菜,一吃稀饭咸菜就充满了亲切怀恋之情，就不再因为身在异乡异国而苦闷，就如同回到了咱们的亲切朴质的家。有什么办法呢，也许我们的细胞里已经有了稀饭咸菜的遗传基因了吧！"更为有趣的是，连外国来的洋博士都对这家的稀饭咸菜有极大兴趣："多么朴素！多么温柔！多么舒服！多么文雅……只有古老的东方才有这样的神秘的膳食。"

稀粥为什么坚硬？经历了那么多的改革仍然坚挺？是因为这场"膳食改革"的不彻底？是因为偶然事件中断了改革？还是因稀粥具有反"膳食改革"的神奇力量？抑或是把稀粥改掉的改革本身就有问题？……王蒙把稀粥为什么坚硬的问题巧妙地放在了小说让人忍俊不禁的喜剧性甚至是闹剧性的情节中，让读者自己去思考，去领悟。

二

重读王蒙《坚硬的稀粥》，我会情不自禁地联想起两段古语：一是中国古人论"兴（诗）"的，"兴，言在此而义在彼""兴，依微拟义""兴在有意与无意之间"；一是《史记·滑稽列传》中说滑稽的话，"谈言微中，亦可解纷。"

先说"兴，言在此而意在彼""兴，依微拟义""兴在有意与无意之间"。"兴，言在此而意在彼"，这是说"兴诗"就是象征，它明说着一件事，却暗指另一件事；"依微拟义"是说"兴诗"往往具有以小事情来暗示大寓意的特点；"兴在有意与无意之间"，是说"兴诗"的意蕴不是明晰的概念化的，而是朦胧的多义的。说到底，"兴（诗）"就是象征的诗。我以为，中国古人论"兴（诗）"的这些话完全可以移用到王蒙的《坚硬的稀粥》上，因为《坚硬的稀粥》虽然不是诗，而是小说，但它的结构是象征的，它同样具有"兴（诗）""言在此而意在彼""依微拟义"与"在有意与无意之间"的审美特征，它可以说是富有象征意味的小说。

先看《坚硬的稀粥》的"言在此而意在彼"。很显然，小说中喋喋不休地谈论的"膳食改革"并不是作者的本意所在，作者是想借"膳食改革"这个能指，来表达对当时改革开放中中西文化问题的独到理解的所指，所以这部小说写的是"家事"，真正关心的却是"国事"，是一部具有社会政治意义的小说。"醉翁之意不在酒，在乎山水之间也"，同样，这篇小说之意不在"膳食改革"，而在于改革开放中的复杂多变的世态人情。再看"依微拟义"。中国文化原本有种家国同构的特点。这篇小说意在表达作者对改革开放中如何对待中西文化问题的思考，这显然是个社会政治问题，不可谓不大，作者却是通过"膳食改革"这种细碎琐事，来象征性地表达对中西文化问题的思考的。这就是"依微拟义"。还有，"兴在有意与无意之间"。我们知道，自近代以来，中西文化的问题是一直困扰着我们的问题。鲁迅先生当年曾用"早上打拱,晚上握手;上午'声光化电',下午'子曰诗云'"①,来形容当时中西文化带给现代中国人的生活困惑与尴尬。简略地讲,对中西文化问题,主要有三种看法:一是主张全盘西化的激进派,认为中国文化非常落后,必须把西方文化整个移植过来;一是主张文化守成的保守派,认为中国文化博大精深,什么对我们来说都是"古已有之";还有兼收并蓄的融合派,认为我们的现代文化要继承传统文化精华的部分,吸收西方文化先进的部分,来创造我们新的现代文化。融合派的说法显然更为合理,王蒙基本上是属于融合派的。我们知道,在改革开放的 20 世纪 80 年代,中西文化问题曾给当时的社会带来激烈的震荡,王蒙的《坚硬的稀粥》,可以说就是对当时社会问题的真实而敏锐的艺术反映与表现。然而,王蒙毕竟不是在写论文,而是在写小说,他要通过小说把中西文化碰撞中复杂多变的世态人心生动幽默地表现出来,把自己对这一问题的思考通过小说的情节暗示出来,从而让读者自己去反思。小说启示人们:任何事情都有两面性,开放当然是好的,但是也会带来选择的困惑;改革当然是好的,但也会转变成亢奋无效的折腾,或许,困惑就是开放的伴随物,折腾就是改革的附属物。但开放也好,改革也好,都不能沉醉于空洞的口号,停留于漂亮的理论,而应该尊重社会的实际与注重改革开放的实效。对于改革开放中的中西文化问题,小说好像什么也没讲,又好像什么都讲了。因为小说的"说"不是概念的"说",而是借着有趣的人物与好笑的情节来审美地"说"的。"形象大于思想",这就是这篇具有象征意味的小说的"兴在有意与无意之间"。

再说"谈言微中,亦可解纷"。《史记·滑稽列传》中的这段话的原意是:在风趣幽默的谈笑中,也可以把人们心中重大的思想纠结给无形地解开。王蒙《坚硬的稀粥》是篇具有象征意味的小说,同时还是篇富有喜剧性的具有象征意味的小说,它能让读者在相声般的风趣幽默中,在笑声中深入地思索与回味改革开放中的中西文化问题,思索与回味人们的复杂的心态问题,并在笑声中给人以无尽的启迪,在笑声中给人以无穷的智慧,在笑声中反思改革开放中人们的心态,反思中西文化的社会政治问题,这不也是"谈言微中,亦可解纷"吗?

在我们新时期的文学创作中,是有一股艺术探索的新潮的,当时有"新潮小说"的说法,而小说家王蒙,则是这股新潮中十分活跃的一位。他新时期的小说创作变化多端,新意迭出。《坚硬的稀粥》作为一篇非常成功的富有喜剧性的极

---

① 鲁迅《热风》,人民文学出版社 1973 年版,第 40 页。

富象征意味的小说，可以说是他这一时期小说探索的重要成果之一。

三

王蒙的《坚硬的稀粥》中可以说还有一个重要的角色，这就是它无处不在的幽默，调侃与戏谑，这就是这篇小说的喜剧性，就是王蒙的笑。

喜剧是把那些无价值的撕破给人看，笑则意味着我们比被笑者高明。喜剧性往往是由一种不伦不类的因素所构成的张力所引起的。老子说过"治大国若烹小鲜"，王蒙则是"谈政治若写小说"。应该说，《坚硬的稀粥》以一个家庭的"膳食改革"来暗示与象征国家的改革开放——改革开放中的一些复杂多变的世态人心，这种以小显大、寓庄于谐的象征性结构本身就充满了喜剧性张力。小说把改革开放中对待中西文化方面的种种偏激与幼稚，放在了小说的哈哈镜中，把这些无价值的撕破给人看。那些冠冕堂皇外来宏论、那些慷慨激昂的深刻大话，在小说的哈哈镜中都显露出了它们的可笑与肤浅，人们心中那些复杂微妙的偏颇心态在小说的哈哈镜中被夸张放大，同样显示出可怜与狭隘……把社会现实生活中无价值的撕破了给人看，这可以说就构成了王蒙这篇小说中笑的客观方面的因素。

王蒙《坚硬的稀粥》中的喜剧性或笑，还源于作者在对无价值的撕破时所显示出的特有的审美态度。他的"撕破"的态度是机智的、幽默的、调侃的、轻松的、无情的，也是善意的，甚至还有点居高临下。王蒙"撕破"的喜剧性态度，如前所说，与小家与国家之间不伦不类、亦庄亦谐的审美结构而引发的喜剧张力有关，更与这篇小说的成功地运用具有鲜明政治色彩的话语来叙述一个家庭的烦琐小事的戏谑化的语言有关，这两者同样形成一种不伦不类的结构并引发着小说喜剧的审美张力。如小说中的人物语言。号称"坚持走自己的路，由他人说去吧"的儿子曾这样批判家中的膳食传统："……以早餐为例，早晨吃馒头片稀粥咸菜……我的天啊！这难道是 20 世纪 80 年代的中华大城市具有中上收入的现代人的早餐？太可怕了！太愚昧了！稀粥咸菜本身就是东亚病夫的象征！就是慢性自杀！就是无知！就是炎黄子孙的耻辱！就是华夏文明衰落的根源！就是黄河文明式微的兆征！如果我们历来早晨不吃稀粥咸菜而吃黄油面包，1840 年的鸦片战争，英国能够得胜吗？1900 年的八国联军，西太后至于跑到承德吗？1931 年日本关东军敢于发动"九·一八"事变吗？1937 年小鬼子敢发动卢沟桥事变吗？"这是在谈家常，但像是在发表政治演说，然而，这种夸张性的话语在当时的现实生活中人们是时常可闻的，显然，这种亦庄亦谐与夸张夸大的人物语言也是与人物的符号化或象征性相一致的,这些也是这些符号或象征的衍生。再如,小说的叙述语言,明明是家庭生活的琐事,却同样用政治色彩极浓的亦庄亦谐与夸张夸大的语言来叙述,让人觉得陌生而好笑。如:"新风日劲、新潮日猛,万物动观皆自得,人间正道是沧桑。在兹四面反思含悲厌旧,八方涌起怀梦维新之际,连过去把我们树成标兵模范样板的亲朋好友也启发我们要变动变动,似乎是在广州要不干脆是在香港乃至美国出现了新的样板。于是爷爷首先提出,由元首制改行内阁制度,由他提名,家庭全体会议(包括徐姐,也是有发言权的列席代表)通过,由正式成员们轮流执政。除徐姐外都赞成,于是首先委托爸爸主持家政,并议决由他来进行膳食维新。"这样一种充满陌生感的戏谑化的语言,让小说的语言充满了一种喜剧性张力,让小说充满了戏谑的色彩,而且这是一种王蒙语言所独有的戏谑与喜剧的色彩。

而更为重要的是,《坚硬的稀粥》给人们的喜剧性,给人的王蒙的笑,还不仅仅是一般的搞笑,而且是一种意味深长的搞笑,因为它有一种能力把读者引入一种更深沉的思索之中,把人引向对社会现实与人性复杂的思索之中,或许,这才是王蒙《坚硬的稀粥》中的笑的与众不同之处。同样,王蒙小说中的笑之所以具有极高的美学价值,原因也在这里。

刘再复在谈中国新时期小说时,特别提到王蒙小说中的笑:"这个世纪的社会氛围太沉重,幽默文化不发达,像《阿Q正传》,实属于难得,到了80年代,能出现王蒙小说中的笑也不容易。"[1]应该说,这话是很有见地的。很显然,王蒙小说中的笑的出现,与王蒙本人独特的创作个性有关。王蒙14岁就参加革命;年轻时就因敏锐地反映社会现实生活的《组织部来了个年轻人》,而为毛泽东主席所赏识;后来又有下放新疆16年的经历;"文革"之后他重回北京,各方面都显出了一种过人的成熟,文学创作如井喷,并且成了共和国的文化部长……广阔的社会阅历与丰富的人生经验,使他对社会生活有着独到的理解,他特别警惕把社会生活划分为非红即黑的偏激与幼稚,而喜欢从"杂色"的社会生活经验出发,去更全面地思考各种社会现实问题,从而显示出一种真正的自信与过人的智慧。王蒙的这一特点,在《坚硬的稀粥》中也有很好地体现。王蒙的这一喜剧性的具有象征意味的小说,不但表现出了他对社会现实生活问题的极度关注与高度敏感,也表现出了他对改革开放中中西文化问题的独到而睿智的理解;同时,这篇小说也表现出了他对小说这一艺术形式的新的探索,表现出了他把喜

---

① 李泽厚《世纪新梦》,安徽文艺出版社1998年版,第398页。

剧性与象征性结合起来的大胆尝试,体现为他对自己创作空间的新的拓展。所以,刘再复说,王蒙小说中笑的出现"是不容易的",这种"不容易"是有着社会与美学的双重意义的,这不仅对王蒙本人的文学创作来说是如此,对中国当代文学的创作来说,同样如此。

（胡健：淮阴师范学院文学院教授）

"五四"文化的非典型继承者

——《活动变人形》新论

任梦媛

启蒙是"五四"思想文化的核心理念之一,这一理念是西方启蒙主义与中国"文以载道"传统双重作用下的产物。在当代文学中,"王蒙成为'五四'新文学以来'革命'主题文学的继承人和创新者。而近代中国知识分子政治化的过程,首先是以精英的角色、大众代言人和启蒙者身份出现,王蒙承续了这个话语系统。"①《活动变人形》是一部独特而又有着深厚精神内蕴的小说,王蒙在其中表现出来的审父意识有着明确的历史和社会文化批判指向,是探究王蒙与"五四"启蒙的关系时必须充分重视的文本。

一、家学渊源:"五四"启蒙的在场

王蒙最广为人知的身份是不到 14 岁即加入中国共产党的少年布尔什维克,是坚定的马克思主义者。很少有人注意到王蒙先生与"五四"的特殊渊源,"五四"于王蒙而言有着深刻的家学渊源。王蒙先生的祖父王章峰曾参加过公车上书,组织过"天足会",鼓励妇女不缠足,曾是康有为、梁启超为代表的改革派。王蒙先生的父亲出走河北南皮龙塘村,在北京大学哲学系就读过,北大毕业后又入日本东京帝国大学读了三年教育系。由此可见,在王蒙的家学传承中素来就有求新求变的因子,这也构成了王蒙思想中的最初的势与能。尤为值得注意的是,父亲王锦第留洋归来后"热爱新文化,崇拜欧美,喜欢与外国人结交"②。王锦第以新文化追随者的身份对王蒙进行了诸多西式礼仪与现代文明的熏陶,这些是"五四"启蒙在王蒙思想中的显性注入,实际上"五四"在王蒙生

---

① 温奉桥《多维视野中的王蒙》,中国海洋大学出版社 2004 年版。
② 王蒙《王蒙自传》第一部《半生多事》,花城出版社 2006 年版。

活中的在场远不限于此,喜好社交的父亲所营造的新学圈子也必然会对王蒙的思想带来耳濡目染的潜在影响。

《活动变人形》被誉为王蒙先生最好的一部长篇小说,也被视作一部以个人家庭为素材创作而成的一部传记性作品。按照小说中的人物对应,小说主人公倪吾诚的原型即王蒙的父亲王锦第,关于王蒙父子当年的生活细节已不可考,但透过小说中的记叙亦可从侧面管窥父辈王锦第、倪吾诚一代"五四"启蒙者对子辈王蒙、倪藻一代革命者带来的影响。《活动变人形》中倪吾诚俨然是"五四"启蒙知识分子的化身,9 岁,上洋学堂迷上了梁启超、章太炎、王国维等新式知识分子的文章;10 岁,见到表妹裹小脚即无师自通地反对缠足,抨击缠足的愚昧和野蛮,呼吁女性要自立自强突破封建陋习的束缚;14 岁,在家庭祭祖时,石破天惊地喊出磕头祭祖是封建迷信活动;17 岁,反抗母亲的安排坚决要去县里的洋学堂读书,并且意识到人应该追求自由恋爱,婚后去欧洲留学两年,归国后在北京担任大学讲师,并曾带妻子静宜去听蔡元培、胡适之、鲁迅、刘半农等"五四"精神导师的讲演。有孩子之后,给孩子买鱼肝油,教给他们现代文明与礼仪。尽管小说中王蒙是以审视、批判的目光叙述这一切,但不可否认作为"五四"一代父辈的启蒙在他们的童年生活中以强势的形态在场,在记忆中打下了深刻的烙印。

《活动变人形》折射出了"五四"启蒙在王蒙生活中的多重在场方式。其一,记忆的在场。这段关于父辈的"五四"记忆在王蒙的脑海中一直是在场的。王蒙先生曾经说过《活动变人形》的素材是刻骨铭心的记忆,是不肯离去的真实,这本书是"拼老命完成"的。父辈的启蒙构成了王蒙童年记忆的重要存在。作为"五四"之子的父亲接受了"五四"如火如荼的新思想,也落入了食洋不化的窠臼,所有的这一切都在王蒙的童年记忆中构成挥之不去的存在,它们在王蒙的记忆世界当中回荡、发酵,呼之欲出。因此王蒙在以这段记忆为素材创作《活动变人形》时一度进入疯狂写作的状态,"从早到晚,手上磨起了厚厚的茧子,腰酸背痛,一天写到一万五千字,写得比抄录还快,因为抄录要不断看原稿,而写作是念念有词,心急火燎,欲哭欲诉,顿足长叹,比爆炸还爆炸,比喷薄还喷薄。我头晕眼花。我声泪俱下。"①其二,现实的在场。尽管王蒙在自传和《活动变人形》中对父亲以及父亲的启蒙方式均给予了相对负面的评价,但是家学的传承给王蒙带来的影响是不可抹杀、不容忽视的,正如他在自传的第二部以调侃的

---

① 王蒙《关于〈活动变人形〉》,《南方文坛》2006 年第 6 期,第 26 页。

方式写到自己教育孩子如父亲当年一般只知教孩子游泳之类。王蒙能迅速接受新事物,14 岁即加入地下党参与新中国的建设当中,也是受父亲朋友的影响。实际上,他作为新中国有责任感、有使命感的年轻一代与父亲所推崇的"五四"启蒙有着异曲同工之妙,都是在变革的时代,以时代为己任,投身变革的大潮当中,宣扬新思想,一方面实现知识分子的自我拯救,另一方面也身体力行地肩负着启蒙民众的使命。其三,文学的在场。在王蒙的文学创作中启蒙一直是作者从未忘却的一条暗线。王蒙早期的创作《青春万岁》《组织部来了个年轻人》总体上映现了社会主义革命文学阶段的要求,但是值得注意的是其中隐含着"五四"文学阶段最为重视的启蒙传统。例如,《青春万岁》既通过郑波、李蔷云等人物的心理活动体现了一代年轻革命知识分子的自我启蒙不断丰赡自我的过程;又特别提到了一个信仰基督教的女生呼玛丽,通过其他先进同志对她的帮助,引导其走出精神困境,步入先进革命群体的过程,表现了知识分子对底层民众的启蒙与救赎。如果说王蒙早期的创作主要是对革命文学传统的继承,其中的启蒙意味还不是十分突出,那么他在 20 世纪 80 年代"重返文坛"后的一系列作品则可以被视为继"五四"之后的"新启蒙"之作。"重返文坛"后,王蒙在 70 年代末 80 年代初发表了一系列"集束手榴弹"式的意识流小说,在文坛引起广泛关注。正如陈晓明教授所言,王蒙 80 年代的创作与文学主潮保持着一种貌合神离的微妙关系。以《蝴蝶》为例,主人公的身份是从曾经意气风发、斗志昂扬的青年干部,到在疯狂的政治运动中被打下台流落至山村中无官衔、无权力、赤条条的老张头,再到如今位高权重、政务繁忙的张副部长。文章的叙事线索就在不同身份的视角中交织流转,表现张思远对党的事业与个人命运的得失的深层思考。尤其是张思远成为副部长后重返乡村,打算将秋文、儿子一同接走跟着自己享受荣华富贵时,这二人做出了拒绝的选择,这样的安排体现了王蒙对知识分子自我反思的超乎时代语境的启蒙高度。

二、审父:"五四"的否定之否定

王蒙先生曾在自传中直言:"父亲受到了启蒙主义自由恋爱全盘西化的害""新学、西学的冲击,呼唤着悲壮的先行者也呼唤着皮相的浮躁,激发着志士仁人也激发着大言欺世,造就着真正的猛士,也造就着悲喜剧的唐·吉诃德——搅屎棍。"①《活动变人形》在很大程度上就是作者个人的家庭史,倪吾诚是以王

---

① 王蒙《王蒙文集》(第 42 卷),人民文学出版社 2014 年版。

锦第为原型的,倪藻则带有作者本人的自传色彩。因此小说中倪藻的"审父"在一定程度上就是王蒙的"审父",倪藻对倪吾诚式启蒙的否定和批判亦是王蒙对"五四"启蒙的深刻反思。如上所述,《活动变人形》中塑造了倪吾诚这一"五四"启蒙化身的形象。总览全书,不难发现启蒙只是倪吾诚的一个面向,立体考察其身上的其他面向,这份启蒙知识分子的优越性便迅速消解。倪吾诚作为学校哲学系的教授,三个他最喜爱的学生的连续追问让他原形毕露。"但是那三个可爱的年轻人还是和他讨论,哲学有什么用?没有用,他回答说。没有用为什么要讲哲学?我不知道。中国正在受难。我知道。欧洲正在燃烧。我知道。我们怎么办呢?您打算怎么办呢?我不知道。您什么都不知道。您是大学讲师,您去过欧洲,您讲课的时候常常提到国家、社会、世界、进步、文明、科学……怎么样才能使我们的国家我们的社会我们的世界走向进步科学和文明呢?"①这一系列犀利的追问将倪吾诚逼至无处可逃的死胡同,其作为启蒙知识分子外套下空虚的内核以及自身思想的矛盾性表露无遗。回到历史语境当中重新定位倪吾诚,在"五四"启蒙的大潮之中倪吾诚实际上并不是鲁迅、胡适等引领时代潮流的精神导师,甚至也无法代表启蒙知识分子的正面形象。倪吾诚所代表的不过是如《伤逝》中的涓生、《围城》中的方鸿渐等启蒙末流者的角色。他们接受过"五四"启蒙思想的指引同时又因自身的局限性,在中西文化的冲突中未能把握住启蒙的内涵反而迷失自我,成为语言的巨人行动的矮子。在与日常生活的对接中凸显"五四"启蒙的不足,是鲁迅先生 1925 年在《伤逝》中就揭露出来的问题。由于无所附丽,涓生与子君的爱情理想最终走向幻灭的结局。1925 年鲁迅先生在启蒙的时代大潮中,敏锐地发现了"五四"启蒙的弊端并将其剖露出来以引起疗救的注意。80 年代在新启蒙的潮流之下,我们再一次将"启蒙"背后的弊病剖之于众。倪吾诚四处宣扬西方文明的好处,却连起码的温饱问题都解决不了。倪吾诚对西方文明肤浅化的追捧,缺乏现实的立足根基,从而产生了一幕幕食洋不化的闹剧。

倪吾诚对"五四"启蒙的认知和实践是肤浅的、流于表面的。王蒙在《活动变人形》中所进行的"审父",对"五四"启蒙的讽刺与批判并不意味着他全面否定了"五四"启蒙思想。相反地,王蒙对倪吾诚的讽刺恰恰是以否定之否定的形式达成了对"五四"启蒙思想的认同。如上文所述,倪吾诚代表的是"五四"启蒙群体中的末流者,因此王蒙所否定和批判的是"五四"启蒙思想中的糟粕。从传

---

① 王蒙《活动变人形》,人民文学出版社 2007 年版。

承的角度讲，王蒙承接的是鲁迅在《伤逝》中所展现的对"启蒙"知识分子弊病的深刻批判。王蒙是一个文学家，同时又是一位革命家，革命家的身份和经历在很大程度上影响了其反思历史目光的理性特质。革命家的身份使得他的创作总是关涉现实，他反思历史的目光则带有深度考察社会之后的理性精神，这一点是带有浪漫主义色彩的文人知识分子身上常常缺乏的，从文学作品中接受启蒙熏陶的涓生、子君如是，照搬教条只重物质享受的倪吾诚亦如是。《活动变人形》中交织着王蒙作为文学家与革命家的双重目光。作为革命家，他在时代激流中仍能保持冷静、理性与深刻。他以高度的责任感与使命感站在 80 年代"新启蒙"的大潮当中，理性地反思启蒙这一舶来品可能带来的问题，重溯"五四"启蒙一代的历史，他敏锐地搜寻到了启蒙背后的糟粕，缺乏对日常生活观照与对接的启蒙只能流于浅表，成为倪吾诚式的闹剧。这是对"五四"启蒙的反思，更是为 80 年代如火如荼的"新启蒙"打了一剂预防针。作为文学家，王蒙保持了其一贯的乐观精神，通过对"五四"启蒙的去蔽达成了对其的变相认同。康德认为启蒙是人类真正运用自己的理性而不是屈服于任何权威。从文学的角度看，无论是作者王蒙，还是小说主人公倪藻，归根结底都是王蒙的立场与声音。他在《活动变人形》中所表现出来的理性精神真正体现了对启蒙内核的准确把握。

三、接续："五四"启蒙与 80 年代"新启蒙"

《活动变人形》创作于 80 年代，小说立足的时间点亦是 80 年代。80 年代不仅仅是一个时间点，无论于作者个人而言，还是于历史而言，这都可以称之为一个"有意味的时间"。从宏观的角度来看，70 年代末"文革"结束，80 年代一切都开始回到向好的正轨。对于 80 年代，哲学大师李泽厚曾做过这样的描述："一切都令人想起五四时代。人的启蒙，人的觉醒，人道主义。人性复归……都围绕着感性血肉的个体，从作为理性异化的神的践踏蹂躏下要求解放出来的主题旋转。'人啊，人'的呐喊遍及了各个领域、各个方面。这是什么意思呢？相当朦胧，但有一点又异常清楚明白：一个造神造英雄来统治自己的时代过去了，回到了五四时期的感伤、憧憬、迷茫、叹惜和欢乐。但这已是经历了 60 年惨痛之后的复归。"①经过 60 年的探索、尝试、混乱，80 年代摆脱镣铐，重新呼吁解放，呼吁启蒙，挪用"五四"启蒙以重构"新启蒙"的历史合法性。《活动变人形》不仅是作者个人家庭史的简单回溯，更是特殊历史语境下的产物。从王蒙个人的生

---

① 李泽厚《中国现代思想史论》，天津社会科学院出版社 2003 年版。

命履历来看,80年代亦有着独特的地位。王蒙的一生颇具传奇色彩。50年代,因《组织部来了个年轻人》的发表受到最高领导人的关注而声名鹊起。60年代,忽然决定远赴新疆体验生活,由此开始长达16年的边疆生活,从北京到伊犁,从知名作家到农民,从青年到中年,经过新疆16年的放逐与淬炼,王蒙也实现了个人由一元到多元,由单声到多声的整合蜕变。80年代,回到北京,重返文坛。王蒙再次以探险家的姿态给文坛注入新的活力,一度成为红极一时的文坛盟主,并且登上政坛担任文化部长。王蒙在80年代的创作既是长期压抑失语后重握笔杆后的厚积薄发,又是站在时代前沿重构历史的博观而约取。《活动变人形》在作者记忆中经过几十年的发酵、酝酿,于80年代以疯狂的创作状态喷薄而出,小说主人公倪藻以80年代为立足点审视"五四"一代父辈的历史,是"审父",亦是"自审"。

谈及王蒙的思想,有学者曾指出王蒙先生是潮流中的逆潮流者。对于这一提法,王蒙先生本人曾明确表示过否定,并且指出自己就在潮流之中。诚如王蒙所言,他并非潮流中的逆潮流者,相反地,是潮流之中少有的理性者,是身处潮流之中又不失冷静与睿智的智者。80年代,在"新启蒙"的大潮之中,王蒙创作《活动变人形》对"五四"启蒙进行深刻反思,这不是与潮流的对抗,而恰恰是应和时代主潮,以对"五四"启蒙去蔽式的批判肯定了其主体部分的价值,达成了一种"否定之否定"的认可,从而在这种非同寻常的传承关系中接续了"五四"的启蒙与80年代的"新启蒙"。小说以审视历史的姿态开始,却抵达了现实,指涉着现实,这是《活动变人形》中接续历史话语的方式之一。上文所引的李泽厚先生的言论中有一点需要特别注意,他提到80年代是"经历了60年惨痛之后的复归",诚如先生所言80年代和"五四"存在一个历史断层,期间60年的探索,作过多种尝试,也走了一些弯路,尤以"文革"为甚。探索王蒙在小说中是如何处理横亘在"五四"与80年代之间的历史鸿沟,是本文考察其历史接续方式的另一重要面向。《活动变人形》小说完结后又附有五章续集,部分学者从文学创作的角度分析认为这一部分有冗余之嫌。但是《活动变人形》多次重新出版、辑录、重复印刷都没有将这部分删去,可见这部分并非一时心血来潮之作,而是别有深意。作者不顾文学创作的常规,执意增添这部分的意图值得研究者进行深入探究。回到文本当中,续集的第一章由一位国外某大学东方研究中心的女主任对"文革"后曾被迫害的知识分子能迅速重新投入国家建设的不解引出了作者对小说开篇赵微土的回答:"为了改变童年时代领教够了的生活,这一切的代价也许并不算太高。"①由此可以看出文本表层对倪吾诚一代人生活的反思背后关联着对其自身所经历时代的反思,其中就包括对于"文革"一段历史的反思,反思"五四"历史同时亦关联着对反思自身所走过的共和国历史的思索。小说开篇写到了倪藻与赵微土的谈话,赵微土的经历则让倪藻想起了他们这一代在"文革"那个特殊历史时期的遭际,也就是说作者的反思立场不仅仅立足于对"五四"一代、80年代的"新启蒙",同时也包括文本并未直接提及的"文革"时期。在反思的历史的过程中,"文革"这一段特殊时期被巧妙地隐藏在了"自审"的话语之后,轻易地滑过。再者,续集的第四章作者提到倪荷夫妇为培养第三代费尽心力,把自己的未实现的抱负寄托在下一代人身上。相对于父亲曾经迷信的鱼肝油,现在时兴的是蜂乳、花粉和维生素 E。这样的培养方式,社会的流行趋势俨然是倪吾诚一代在新时代的变体。两相比较之下,"审父"以对 80 年代"自审"的意味也就暗含其中了。从小说的深层意蕴来考察,作者关注的不仅仅是两代人、父与子之间的差异,更是其背后的文化冲突。倪荷夫妇教育孩子的例子也印证了作者所担忧的问题,"五四"启蒙一代身上暴露出来的问题,在 80 年代这个"新启蒙"时代的知识分子身上旧疾重发。

历史转换的话语纷争、接续了过去与现在,又意将导引未来。学者贺桂梅在其文章中曾提到:"从 70~80 年代之交'思想解放运动'中的'反封建'主题,到 80 年代中期的'新启蒙'思潮与'文化热','五四'进驻到当代中国文化阐释的中心位置,并构成了人们体认新时期的核心表述。"《活动变人形》中倪家的家庭史上复叠着民族的历史,倪吾诚与倪藻分别指称着不同时代的历史。小说既是倪藻对其父倪吾诚的"审父",又是王蒙对 80 年代"新启蒙"之父"五四"启蒙的审视。作者通过对"五四"启蒙传统的反省,一方面在解构"五四"启蒙之后,又以"去弊"的方式再度认同于"五四",另一方面也批判性地反思了 80 年代。王蒙借《活动变人形》完成了对父亲一代、对"五四"启蒙的非典型继承,也是通过对 80 年代"新启蒙"的反思来警醒热衷于"新启蒙"思潮的人们要立足民族文化的本位,才能博采众长,为我所用。正如他在小说中借史福岗之口所传达的:"我相信未来的中国肯定会回到自己的民族文化本位上来,不管形态发生什么变化。只有站在民族文化的本位上,中国才能对世界是重要的。"②

(任梦媛:中国海洋大学中国现当代文学专业硕士研究生)

---

① 王蒙《活动变人形》,人民文学出版社 2007 年版。
② 王蒙《活动变人形》,人民文学出版社 2007 年版。

精神支流的整合

——重读《杂色》

杨云芳

新时期小说的总体追求表现为"伤痕"和"反思",指认的是主流意识形态对个体的戕害。王蒙作为新中国成立后各种政治运动的亲历者,他没有血泪的控诉,而是在某种程度上淡化了笔下人物遭遇的身心痛苦,仍然讴歌着对青春的执着与对理想的热忱,这自然与他的人生态度有关。王蒙自称是"不可救药的乐观主义者",当然不只是天性使然。他的人生经历堪称跌宕起伏,乐观人生态度的选择同现实对他的磨砺和他与现实的磨合密不可分。这种磨砺和磨合的思绪流动过程在《杂色》中得到了较为完整的呈现。小说以精巧的叙事策略结构全篇,各种人称多重视角穿插其间,在纷繁的隐喻建构和流动意识中理清主人公曹千里的经历与思绪并非易事。而透过曹千里,我们才可以看到站在背后的王蒙。

——

《杂色》创作于 1980 年,是王蒙复归后发表的一篇颇有争议的中篇小说,"他写的是曹千里和他的杂灰色老马的一天的充满艰难困苦的路程(此物),可这种描写在读者的领悟中,已转移成对在极"左"路线控制下的苦难中国(彼物)的描写。"①小说中用许多细节渲染了当时的外部环境,供销社门市部的门面上写满了语录、曹千里通过念语录来顶饿劲儿、不识字的毡房主人家有毛主席像和令人踏实的"红宝书"……这样的历史记忆,来自在新疆生活了 16 年的王蒙。

---

① 童庆炳《隐喻与王蒙的〈杂色〉》,《文学自由谈》1997 年第 5 期。

　　王蒙"自愿"到新疆,既是基于客观形势的不得已,也带着他文人的天真烂漫色彩。尽管王蒙饱含深情地称颂他与新疆的感情,也写出了一部部与新疆有关的诗篇,比如《这边风景》《在伊犁》,但他作为"少共"经历"右派"劳改后放逐在新疆的 16 年未必就是称心遂意的。王蒙很少直接吐露自己经历的身心痛苦,借助文学形式的试验,他通过曹千里传递出了自己的隐秘心曲。

　　曹千里本身可以称为一名音乐家,因政治因素"自愿"来到边疆后,担任 Q 公社的文书、统计员。在这里,他见到公社革命委员会的马厩里最寒碜的一匹老马,马的鬃毛因无人修剪杂乱不堪,他正是骑着这匹杂色老马开始漫游的。

　　多处对老马的刻画和曹千里的感叹,都在暗示读者,曹千里就是这匹老马,或者说,这匹马正是曹千里境遇的写照。"也许,并不是他骑着马,而是马骑着他吧? 也许,那迈开四蹄,在干燥的灰土和坚硬滚烫的石子上艰难地负重行进的,正是他曹千里自己呢?"①他为老马脊背上的血疤心痛,为老马的破烂鞍子发牢骚,为减轻老马的痛苦不给它带嚼子。曹千里对老马的宽容与同情,根源于自己的遭遇。本是革命积极分子的他,在新的历史时期,竟然成了毒害青年一代、祸害祖国的危险分子。他感到惶惑,感到摸不着头脑。老马、曹千里、王蒙,在这里相互映照,王蒙将对自我境遇的审视投射到曹千里身上,曹千里又传递到老马身上,而曹千里对老马的同情恰恰折射了王蒙对曹千里以及他自身的同情。

　　文学与音乐同属文艺,曹千里爱音乐正如王蒙爱文学。当意识到自己的思想跟不上社会主流的时候,曹千里在自我审视、自我检讨,甚至不惜以粗话来贬损自己热爱的音乐,他毕竟不是极端的理想主义者。"去它的吧,音乐! 滚它的蛋吧,贝多芬和柴可夫斯基! 贝多芬有什么了不起,他会唱样板戏吗? 还有那个姓柴的,他是红五类?"②音乐是曹千里的审美追求,意识形态与之产生矛盾时,他选择唾弃自己的审美追求。"当曹千里拼命地贬低自己,把自己想得、说得既渺小又卑贱的时候,他的脸上会不由自主地焕发出一种闪光的笑容,虽然闹不清这笑容是出于自满自足还是自嘲自讽。"③这里的曹千里用了阿 Q 式的自嘲方式来拯救自己混乱的思想。当他自我贬低的时候,政治话语对他的压迫便天然地具有了某种合理性,尽管这种合理性是靠不住的,但毕竟为曹千里的

---

① 　王蒙《王蒙精选集》,北京燕山出版社 2015 年版,第 57 页。

② 　王蒙《王蒙精选集》,北京燕山出版社 2015 年版,第 68 页。

③ 　王蒙《王蒙精选集》,北京燕山出版社 2015 年版,第 56 页。

处境提供了一点解释。如此一来,曹千里为自己的境遇找到了逻辑链条。可这个链条脆弱到禁不起一点点冲击。看到供销社里维吾尔族女售货员鲜艳辉煌的头巾、染过色的眉毛,曹千里就像看到昨日梦里的玫瑰。当女售货员把圆锥形包包递给曹千里的时候,他恍惚看到繁华的都市。但是,这些感想都转瞬即逝,甚至他都拒绝承认。而且,他还通过坚称自愿来边疆来极力否认自己需要怜惜与安慰。

政治话语的权威性压倒一切的时候,个体的自由表达受到严格限制。在高压下,曹千里总是在试图否定过去的自己,他否定热爱的音乐,否定自己的性格,但从来没有否定他对党对革命的忠诚。曹千里的审美理想与意识形态理想发生激烈冲突时,他立即审视了自己的审美理想。但这种审视既严肃又有戏谑性的味道,他没有办法彻底摒弃自己的审美理想。同时他对意识形态理想又是怀有青春的热情的,对此,他毫不怀疑。坚定和冲突的两面在曹千里的心头激荡,他陷入混沌之中。

从曹千里的思绪中,我们可以一窥王蒙的心灵炼狱。王蒙是脱离不了政治的文学家,当诗性与政治产生矛盾的时候,他首先怀疑的是自己的诗性,继而陷入精神焦虑之中。这种身份认同的焦虑在他笔下的其他人物身上也有体现,例如钱文、萧连甲等。王蒙极少言说政治对文学压迫的一面,但透过他塑造的知识分子和《杂色》中曹千里与音乐的"隔阂"显露出这一点。

二

王蒙不仅是文学家,他还是深谙辩证哲学的思想家。当自我审视行不通的时候,他的视点从自我扩展到外界,寻求从混沌走向清明的道路。"从创作的一开始,王蒙就不是一个极端的理想主义者,他透明、坦荡与理性、随和的个性,使他在保持理想的纯洁性同时也随时准备去理解现实,并尽可能地以自己的理想去改造和建构现实,也就是说他并不准备以牺牲现实为代价来换取理想的纯洁性,而是试图整合理想与现实的矛盾⋯⋯"①王蒙对理想和现实的整合过程是从对政治话语的反讽和解构起步的。

当曹千里和老马蹒跚上路的时候,王蒙转变了叙述方式。他以作者的身份跳出来,用第一人称取代第三人称,对曹千里的简介、政历和要害情况进行了介绍。这里的介绍极其详尽,特别之处在于所有的语言都被置入政治话语的框架

_____

① 郭宝亮《论王蒙的文化心态及其传统认同》,《文学评论》2004年第2期。

之中。尚在吃奶而无缘无故地哭的曹千里会受到处分,上小学即是泡在资产阶级教育的染缸里,初中创作的曲词竟违背了永葆革命青春的指示,成为学生自治会的活跃分子是混入革命队伍,在音乐方面有的是资产阶级才能……还有扫"五气"、拔"白旗"、文艺黑线、老牌牛鬼蛇神等语词在竭力还原曹千里所处的时代环境。但这些政治语言毕竟不是出自曹千里,而是出自 20 世纪 80 年代的归来者王蒙之口。时过境迁,彼时严肃化的政治术语在新时代说起便有了某些调侃意味,读者和作者达成了语言和时代默契,对当年的政治话语形成了反讽效果。这样一来,曹千里所处的环境便具有不可靠性,他的混沌却有了合理性。这是王蒙从叙述策略上拉长了时空距离,在很大程度上,这种距离感将曹千里拉出了当时的政治框架。这也是王蒙以自己的理想改造、建构现实的写作冲动的体现。

但曹千里从自我到外界的过程,不是王蒙以现在的目光回顾过去就能完成的,还是要回到王蒙隐身的时候,回到第三人称,回到曹千里当时的情境。"虽然曹千里来这个公社只有三年,但他处处学着本地人的生活方式、本地人的语言、本地人的饮食。他模模糊糊地觉到,这种本地化的努力不但是改造的一个重要方面,而且是适应、生存、平衡的必需,甚至是尽可能多地获得生活乐趣的最主要的途径。"①当自我审视只能陷入混沌而对现实毫无益处的时候,曹千里迅速认清现实,着力于本地化的努力之中。一味的自怨自艾不能解救自己的思想,曹千里便在真实的生活中解救自己。他喝奶茶、吃囊饼,他对牧区中追逐行进的车马的狗司空见惯,他叫哈萨克老妇人老妈妈……这的确让曹千里在边疆的生活更好过一些。哈萨克人对人多礼又热情,路上离开小瀑布 40 分钟,曹千里因跟人打招呼就停顿了 7 次。打招呼的时候,他们相互屈身、握手,要摸脸摸胡须,还要互相询问对方的情况。哈萨克人没有因曹千里的落魄而怠慢他,对他尊敬又充满同情,这样浓厚的人情味显然已经冲破了政治话语的围墙。弥漫在哈萨克的人道主义情怀破坏了政治话语的权威性,解构了政治话语。

王蒙在对政治话语进行反讽和解构的过程中,帮助曹千里和自己从自我走向外界。此时走向外界的曹千里貌似吉凶不避、宠辱不惊,其实内心的荫翳并未消解。尽管他自以为已经接受了当地与世无争、心平气和的生活哲学了,但面对遭受不平对待的老马他还是骂了粗话,看着搁久不用变成废铁的铡刀,他还是会想到它曾经的威风,发出"天若有情天亦老,人间正道是沧桑"的感

---

① 王蒙《王蒙精选集》,北京燕山出版社 2015 年版,第 54 页。

叹。王蒙毕竟还是一个深受儒家入世思想影响的革命者,远离政治,茫然地生活在人道主义的温情之中绝非他内心所愿。他也无意塑造一个特殊年代里努力理解现状,而内心仍有不满的人物,因而他对精神支流的整合没有到此为止。

王蒙选择正视自己竭力丢到内心角落的荫翳,继续对曹千里进行精神挖掘,企图以强大的精神力量驱使曹千里走到真正的阳光地带。这样,投向外界的曹千里又收回视点,力图实现真正意义上的"超越",完成多重精神支流的整合。

三

王蒙从没有将文学和政治真正对立起来,作为归来者的他也没有声嘶力竭地指控政治的压迫。这与他精神上的成长和创作观的成熟不无关系,王蒙说,"我已经懂得了'凡存在的都是合理的'道理。懂得了讲'费厄泼赖',讲恕道,讲宽容和耐心,讲安定团结。尖酸刻薄后面我有温情,冷嘲热讽后面我有谅解,痛心疾首后面我仍然满怀热忱地期待着。我还懂得了人不能没有理想,但理想不能一下子变成现实,懂得了用小说干预生活毕竟比脚踏实地地去改变生活容易。所以我写小说的时候,比起用小说揭露矛盾、推动社会政治问题的解决,我更着眼于给读者以启迪、鼓舞和安慰"。① 在这种"存在即合理"和"给读者以安慰"的创作心态下,《杂色》中不存在极端激化的矛盾,暗潮汹涌的多重精神支流在王蒙的整合中化解。

王蒙着意叙述了边疆村里充满烟火气的生活,给曹千里放下思想负担的空间。在精神上相对宽松的氛围里,曹千里有了更为理性的思考时间。对城市生活有所怀恋的同时,他承认了时代的需要,也宣称了自己对边疆的爱,对售货员的爱。曹千里把感受到的这种爱的源处归于边疆,他庆幸自己能够到边疆来感受纯净笑容。这是曹千里第一次有这样的认知,这也是他思想转变的拐点。此时,他开始把政治理想带给他的不如意的境遇也纳入自己的审美视野。哈萨克的充溢着人情味的日常交往,还有边疆美好的自然环境都对曹千里的精神有净化纾解作用。在草地,生命力极旺盛的草平息了曹千里的忐忑,让他勇敢地唱起歌。尽管为自己不健康的情感流露深感惭愧,但他毕竟鼓起了勇气,也觉察到一时的荣辱微不足道。真正实现对曹千里精神洗礼的是草原上的大雨,淋雨的情节让读者联想到《蝴蝶》中张思远的"洗澡"。这一充满象征意味的情节让

---

① 王蒙《王蒙专集》,贵州人民出版社1984年版,第37页。

曹千里和张思远一样完成"化蛹为蝶"的蜕变,走向自由。

王蒙借曹千里之身体悟到,政治理想没有抛弃他,而是锻炼了他,让他的审美目光放得更加高远。他将边疆看到的感受到的一切都置入自己的审美视野中,政治现实和审美理想此时真正融合。有了这样的感触,当曹千里饿到晕眩累到疲惫的时候,他才敢于赞颂自己逝去的青春岁月了。"他有幸作为一个人,有苦恼,有疑惑,有期待也有希望,又会哭,又会笑,又会唱。他能感知这一切,思索这一切和记住这一切,这难道不是一个奇迹吗?这难道不值得赞美和感谢?"①在这里,王蒙将曹千里的思想境界推入一个新的高度,曹千里开始从生命意义、人的价值的角度看待自己经受的一切。小说中,王蒙还借老马的奔跑、腾飞暗喻曹千里的精神已经有质的飞跃,达到"超越"自我和外界的境地。归来后的王蒙正是持着这样的态度对新疆表达了一片深情,这也是王蒙对精神支流整合的结果。

王蒙一直以强大的理性姿态面对自己的遭遇,"王蒙小说的'八十年代'叙事如是看待'八十年代':我们付出巨大牺牲不是为了倾诉伤痕,不是为了以文学的形式唤起人们怜悯的情感。恰恰相反,在这个失而复得的'天堂'中,'政治'被解释成一种重新焕发的生命激情,一种与主流文学话语同构的承诺"。②王蒙对隐藏在《杂色》背后的"政治"的态度正是如此。身份认同的焦虑、政治对文学的压迫感、入世与被抛弃的矛盾……作为政治现实与审美理想背后的精神支流,在经历政治境遇下的体验审美化的加工之后实现了整合。这种整合是王蒙的政治策略,是性格使然,也是他的文学选择。在文学创作中,新疆资源成为王蒙取之不尽的素材库,他将经受的一切当作人生体验加以提炼后置于写作中。此外,新疆人的思维方式、生活态度等对王蒙的文学语言、风格也产生了深远影响。这是他选择以整合的姿态面对精神支流的良性结果。这种整合是精神"超越",也暗含着思想妥协,"我认为在他的世界里,交织着形而上与形而下的妥协、平民与贵族的妥协、本土与域外的妥协""阅读王蒙必须学会宽容与忍耐,他不会给你一个确切性的精神话语"。③没有绝对相悖的精神支流,一切存在都纳入王蒙特有的整合智慧中。

王蒙是新中国成立后历经政治变动的作家,他是"少共""团干""反党反社

---

① 王蒙《王蒙精选集》,北京燕山出版社 2015 年版,第 93 页。
② 徐妍《王蒙小说在八十年代叙事中的意义》,《文学评论》2007 年第 6 期。
③ 孙郁《王蒙:从纯粹到杂色》,《当代作家评论》1997 年第 6 期。

会主义的右派",他还是"部长""中央委员"。从身份焦虑的混沌状态到对政治话语进行反讽与解构的清明过程,再到审美理想与政治现实相融合的"超越"姿态,王蒙走过了艰辛又特殊的道路。他暗潮涌动的精神支流,他对纷杂的精神支流进行整合的选择,与他身上显示出或隐含着的各种复杂因素相关,因而也有多重解读的可能性。

(杨云芳:中国海洋大学中国现当代文学硕士研究生)

综合研究

当代中国文学与文化研究的双重标本

——王蒙作品的海外传播与研究

薛红云

王蒙是当代文学史上一个特殊的存在。他集作家、知识分子、官员等多重身份于一身,著述涉及文学创作、文学批评、《红楼梦》研究等多方面,又经历了新中国成立后的各种政治和文化风波,可以说是当代中国的一面镜子,是研究当代中国文学、文化包括政治的一个绝佳的标本。由于王蒙的特殊经历和特殊身份,他的很多作品被翻译到国外,并受到研究者的关注。很多学者在文学研究的基础上从"身份""场域"等角度对王蒙的作品进行文化研究,拓宽了王蒙研究的视野,弥补了国内研究的某些问题和不足。

近年来,当代文学的海外传播研究发展迅速并产生了一批成果。[①] 相比于莫言、余华等作家,相比于王蒙自身丰沛的创作,王蒙作品的海外传播及研究都有些单薄。本文拟通过考察王蒙作品的翻译和传播状况,特别是海外的研究状况,探讨影响王蒙作品传播的因素,借助"他者"的眼光发现王蒙创作的独特价值,同时对照国内的研究,在凸显国内外研究方法等的不同的基础上,力图呈现一个立体、多维的王蒙研究。

一、王蒙小说的海外译介情况

在当代作家中,王蒙的作品是较早翻译到海外的。据王蒙说,捷克共和国

[①] 如刘江凯《本土性与民族性的世界写作:莫言的海外传播与接受》,《当代作家评论》2011 年第 4 期;《当代文学诡异"风景"的美学统一:余华的海外接受》,《当代作家评论》2014年第 6 期;褚云侠《在"重构"与"创设"中走向世界——格非小说的海外传播与接受》,《当代作家评论》2015 年第 5 期;冯强《现代性、传统与全球化:欧美语境中的于坚诗歌海外传播》,《当代作家评论》2015 年第 5 期。其他如《长城》从 2012 年起就开始这方面的专栏讨论,近两年包括《南方文坛》《小说评论》等刊物都有相关讨论。

在 1959 年就翻译了他的《冬雨》,①但由于历史的原因,国外大规模的译介王蒙作品主要始于 20 世纪 80 年代。下面笔者将王蒙作品在海外的翻译和出版情况按照语种进行了梳理,以期相对清晰地呈现其海外传播的状貌与态势。②

英语:《蝴蝶及其他》(*Butterfly and Other Stories*),北京外文出版社,1983年;《王蒙作品选(2 卷)》(*Selected Works of Wang Meng 2 vols*),北京外文出版社,1989 年;《雪球》(*Snowball*,译者 Cathy Silber、Deidre Huang),北京外文出版社,1989 年;《布礼》(*A Bolshevik Salute:A Modernist Chinese Novel*,译者 Wendy Lar-son),华盛顿大学出版社,1989 年;《新疆下放故事》(*Tales from the Xinjiang exile*),纽约 Bogos & Rosenberg 出版社,1991 年;《坚硬的稀粥及其他》(*The Stubborn Porridge and Other Stories*,译者朱虹),George Braziller出版社,1994 年;《异化》(*Alienation*,译者 Nancy Lin、Tong Qi Lin),香港联合出版,1993 年。

法语:《蝴蝶》(Lepapillon),北京外文出版,1982 年;《布礼》(Le Salutbolchevique,译者 Chen-Andro),巴黎 Messidor 出版,1989 年;《新疆下放故事》(Contesde l'Ouestlointain:(nouvellesdu Xinjiang)、《淡灰色的眼珠》(Desyeuxgrisclair)、《智者的笑容》(Lessouriresdusage)、《跳舞》(Celle quidansait,译者 Francoise Naour)分别于 2002 年、2002 年、2003 年、2004 年由巴黎 Bleude Chine 出版,其中《跳舞》2005 年再版一次。

德语:《蝴蝶》,北京外文出版,1987 年;《蝴蝶》,柏林建设出版社,1988 年;《夜的眼》,瑞士第三世界对话出版社,1987 年;《说客盈门及其他》(Lauter Fursprecher und andere Geschichten,译者 Inse Cornelssen),波鸿 Brockmeyer 出版,1990 年;《活动变人形》,罗曼·瓦尔特库特出版社,1994 年。

意大利语:《西藏的遐思》,米兰赛维德书局出版,1987 年;《活动变人形》(译者康薇玛),米兰加尔赞蒂书局,1989 年;《不如酸辣汤及其他》,拉孔蒂马尔西利奥出版,1998 年;《坚硬的稀粥》,卡福斯卡里纳出版,1998 年。

韩语:《活动变人形》,韩国中央日报社出版,1989 年;《Pyonsininhyong:Wang

---

① 王蒙《王蒙自传·九命七羊》,花城出版社 2008 年版,第 260 页。

② 该数据以世界图书馆联机检索(WorldCat)为主要数据来源,由北京师范大学中国文化国际传播研究院博士后刘江凯提供,同时参考宋炳辉、张毅主编《王蒙研究资料》中的"王蒙创作系年"(天津人民出版社 2009 年版),和朱静宇的《域外风景:王蒙作品在海外》(《中国比较文学》2012 年第 3 期)。

Mongchan-gp'onsosol》(译者 Hyong-junChon)，首尔 Munhakkwa Chisongsa 出版，1996 年;《Nabi：Wang Mongtanpyonson》(译者 Uk-yonYi，Kyong-cholYu)，首尔 Munhakkwa Chissongsa 出版，2005 年。

日语:《蝴蝶》，大阪三铃书房出版，1981 年;《淡灰色的眼珠》德间书店，1987 年;《活动变人形》(译者林芳)，东京白帝社，1992 年。

越南语:《活动变人形》(Hoatdongbien nhanhinh)，河内文化信息出版社，2006 年;《蓝狐》(Cadxanh，译者阮伯听)，劳动出版社，2007 年。

匈牙利语:《说客盈门》，欧洲出版社，1984 年。

罗马尼亚语:《深的湖》，书籍出版社，1984 年。

西班牙语:《王蒙短篇小说集》Cnentos，墨西哥学院出版社，1985 年。

俄语:《王蒙选集》(Izbrannoe：〔sbo-rnik〕，译者华克生)，Moskva Raduga 出版社，1988 年。

泰语:《蝴蝶》(Phisu' a，译者 Siridhorn)，Krung Thep：Naanmilbuk 出版，1994 年，1999 年。

由以上统计可见，王蒙作品的译介有以下特点:首先是语种很丰富，英、法、德及西班牙语这几种国际通用的语言都有了，连匈牙利语、罗马尼亚语、越南语等应用范围相对狭窄的小语种也有译介，这使得王蒙作品传播的空间范围很广，可以说遍及欧、亚、美三大洲。其次是在海外传播中经历了一个从"送出去"到"迎出去"的过程:在 20 世纪 80 年代前期，主要是我国的北京外文出版社主动向海外特别是欧美推介王蒙的作品，到了 80 年代后期及以后，主要是国外出版社主动翻译传播王蒙作品。第三是译介面相对狭窄，主要集中于王蒙的中短篇小说，特别是 1980 年前后的《蝴蝶》《布礼》等一批作品和 80 年代末的事件性作品《坚硬的稀粥》上，长篇小说只有《活动变人形》被译介，早年的《组织部来了个年轻人》和 90 年代之后的"季节"系列等长篇目前尚未见有译介。

王蒙作品传播相对单薄有多方面的原因，如大众文化的冲击、部分知识分子对王蒙文化立场的不认同等，但主要的原因一方面跟作家和批评家的代际更替有关:90 年代后，寻根作家、先锋作家及"五〇后""六〇后"后批评家渐渐登上历史舞台，"右派"作家及其一代批评家渐渐淡出，在国内受到的学术关注较少，必然影响其海外的传播，另一方面跟王蒙在 90 年代后在创作上转入"语言的狂欢"有关，他汪洋恣肆、旁逸斜出的语言在一定程度上造成了传播和接受的难度，也正因此，国外对王蒙的研究(因笔者语言能力所限，此处主要指英语世界的研究)主要集中在《蝴蝶》和《坚硬的稀粥》等作品上。

　　笔者发现，在王蒙的海外研究方面，存在着文学研究和文化研究两个路向，而且这两方面的研究在时间顺序上基本上是文学研究在前，文化研究偏后。再有，《蝴蝶》等作品国外较多从文学史意义、主题、叙述声音等角度入手进行文化研究，而《坚硬的稀粥》本身的事件性使得国际研究很难只关注小说而不关心其背景，所以更偏重文化研究。当然，这种区分并不是绝对的，王蒙的早期作品也有很多被纳入思想史等文化研究的框架的。下面笔者拟通过梳理国外对王蒙不同时期作品的研究来看海外研究的特点，并与国内研究进行比较和对照，以对王蒙研究形成一个整体的观照。

二、"意识流"阶段的海外研究

　　王蒙在 20 世纪 80 年代前后发表的小说是译介最多的，也是引起西方研究最多的。《夜的眼》等小说在国内发表后，因为"意识流"的西方色彩和现代主义的特点，让人联想到"资产阶级的腐朽堕落"，因而在当时引起很大的争论。国内的批评也主要是围绕着"意识流"这种手法以及与现实的关系展开。很多人肯定这种手法的同时又努力撇清与西方的关系，如陈骏涛认为王蒙的探索"打破了传统小说的写法""探索是取得了可喜的成绩的"，但王蒙的小说并不是西方"意识流"的简单移植，因为西方的意识流没有故事情节，人物的意识流动是"下意识"的或者是琐碎的、荒诞的、颓废的意识活动，而王蒙的小说是讲究故事情节的、不描写下意识的。① 有的批评家则认为虽然王蒙"非常善于描摹人的意识状态"，但这只是王蒙创作的"外观"，他的小说是"扎根在现实的土壤上"的。② 用今天的眼光来看，这些批评有明显的局限性，因为他们把社会主义现实主义理论作为最高的甚至唯一的准则，但在当时，这是对王蒙的创作的很大肯定甚至保护。陈晓明多年以后也从"意识流"与现实的关系进行阐释，他的阐释可能更深刻、更具有穿透力：他认为王蒙的"书写始终与现实构成一种深刻的紧张关系""王蒙运用意识流手法，并不是出于纯粹的形式变革的需要，而是出于表现他意识到的复杂的内容，在当时的政治语境中难以直接表达的那些意义，他采取人物心理活动的方式，把那种复杂性呈现出来"，他是在运用艺术形式掩盖他的思想质疑，或者说"形式本身也就是内容"，那种恍恍惚惚的心理表明了劫后余生的人们"对现实的犹疑"。③

① 陈骏涛《发掘人物的内心世界——王蒙新作〈蝴蝶〉读启》，《文汇报》1980 年 8 月 27 日。
② 程德培《扎根在现实的土壤上——读小说〈相见时难〉》，《文汇报》1982 年 9 月 24 日。
③ 陈晓明《"胜过"现实的写作：王蒙创作与现实的关系》，《河北学刊》2004 年第 5 期。

海外对于王蒙这个时期的创作大多给予高度评价,如郑树森把这些作品放到文学史的框架中来看其意义,说"《海的梦》和之前讨论的两篇小说(指《夜的眼》《春之声》),总体来说,明确标志着一种新方向——不仅是王蒙的,也是中国小说的。这三篇小说不再强调情节的重要性,而是聚焦内在生命,显示了一种前所未有从模仿到心理的变化,这种变迁在中华人民共和国小说史上无疑是很先锋的",但他也指出"尽管这些技术创新可以说是现代主义的,但是王蒙一贯用与社会主义现实主义一致的光明的乐观主义的来结束他的小说"。[1] 这一点和李欧梵等人[2]的看法很相似。

菲利普·威廉姆斯(Philip Williams)对王蒙这个时期的作品进行了综合性研究并归纳出其共同特征。他把王蒙的作品主要分为三类"历史的反思、心理上的自我发现和讽刺类作品"。历史反思类作品包括《悠悠寸草心》《布礼》《蝴蝶》,心理上的自我发现类作品包括《海的梦》《夜的眼》。讽刺类作品包括《说客盈门》《买买提处长轶事》。在这些作品中,作者发现"几乎每一类都出现了四种共同特征:强调主人公对社会环境的情感和心理反应多过强调对环境本身的反应;采用了非历时手法例如闪回和非直接的(第三人称)内心独白的叙述结构;单人视点;从某种意义上的创伤中解脱出来的、以乐观结尾为标志的喜剧模式。"他高度评价王蒙的创作,认为"现代中国小说作为一种艺术的持续的提升或许更加依靠像王蒙这样的文体家的著作"[3]。

以上郑树森和菲利普·威廉姆斯等人的研究,基本上都是文学的内部研究,他们的结论和国内对于王蒙研究的一些定论是相通的,或者说是相同的,甚至在某种意义上来说,他们的研究并没有超越国内的研究。

在文化研究视野的观照下,国外对王蒙作品的研究呈现出很多新意。如马丁·赫尔马特(Martin Helmut)对《相见时难》的解读,他从当代中国文学中的外国主题切入研究,同时运用性别、身份等文化研究的角度,超越了纯粹主题研究的局限性。他认为小说对蓝佩玉和翁式含关系的描写有很深的含义:"不同文化和不同教育背景的中国人的交锋反映了中国与西方的交锋""它让人看到

---

① Tay William. Modernism and Socialist Realism: The Case of Wang Meng. World Literature Today, 1991,65(3): 411-413.

② 李欧梵《技巧的政治——中国当代小说中之文学异议》,尹慧珉译,《文学研究参考》1986 年第 4 期。

③ Williams Philip. Stylistic Variety in a PRC Writer: Wang Meng's Fiction of the 1979—1980 Cultural Thaw? Australian Journal of Chinese Affairs, 1984,11: 59-80.

重新定义中国人的自我意识的问题,向我们呈现出部分中国知识分子在对外开放政策所描绘的复兴蓝图中的心理定位。"在把王蒙小说与冯骥才的小说进行比较时发现他们都采取了"简单的选择:弱者遇见强者!绝望孤独的女性与强壮自信的爱国者(男性:笔者加)的对比"①。虽然作者没有涉及"第三世界文学"的理论,但王蒙的这篇小说恰恰属于"第三世界文学",是"民族寓言"②的绝好注脚,是第三世界国家的男性遭遇第一世界国家时的下意识反应:把对方女性化,特别是把对方描写为单身不幸的女性。当时李子云认为王蒙没有"能够把握住、揭示出她(指蓝佩玉)的充满矛盾很不一般的心理状态"③,可以说只是看到了表面,没有看到其实质。曾镇南看到小说中翁式含"保持着一个对蓝佩玉稍稍俯视的角度""对蓝佩玉与西方文化的内在的、现实的联系描绘不够,这是被他当时确定了的小说主题的取值方向决定的",因为作者要表达的是"中华民族的自信心与内聚力"。④ 用"第三世界文学"和"后殖民主义理论"来看,曾镇南仍然没有揭示王蒙小说中存在的这些不足的真正原因。

波拉·埃文(Paola Iovene)则把《相见时难》放在文化认同的视野中进行研究。她认为王蒙引用李商隐诗歌有深刻的用意,因为李商隐诗歌的互文性"在中国诗歌传统和现代主义的文学实践之间建立了密切关系和连续性",不仅如此,李商隐诗歌还与文化认同有关"按照叙述功能,李商隐的诗歌在主人公之间重建模糊的联系,为正在寻求从多年的政治暴力中康复的国家共同体提供了文化凝聚的可能元素"。⑤ 而文化认同与国家认同、身份认同之间有着密切而复杂的关系,建立了文化认同才有可能形成国家认同。在这个意义上,波拉与曾镇

---

① Martin Helmut. Painful Encounter: Wang Meng's Novel Hsiang chien shih nan and the "Foreign Theme" in Contempo-rary Chinese Literature. In Yu-ming Shaw,ed. China and Europe in the Twentieth Century. Taipei: Institute of International Relations,Chengchi University,1986: 32-42.

② 〔美〕杰姆逊《处于跨国资本主义时代中的第三世界文学》,《当代电影》1989 年第 6 期。

③ 李子云《关于创作的通信:致王蒙》,宋炳辉、张毅《王蒙研究资料》(上),天津人民出版社 2009 年版,第 325 页。

④ 曾镇南《一个富于时代感的难题的发现——〈相见时难〉的别一解》,《小说评论》1988 年第 1 期。

⑤ Paola Iovene. Why Is There a Poem in This Story? Li Shangy-in's Poetry,Contemporary Chinese Literature,and the Futures of the Past,Modern Chinese Literature and Culture,2007,19(2): 71-116.

南认为小说要表达的是"中华民族的自信心与内聚力"是异曲同工的。

知识分子的身份问题更是西方文化研究者所关注的。拉森·温迪(Larson Wendy)通过阅读王蒙的《布礼》来考察中国知识分子的处境。在对《布礼》进行细致的文本解读后,他发现王蒙尽管"对毛泽东时代的传统中国文学和社会主义现实主义维持着道德立场",但他还是用现代派的技巧和结构挑战了当代意识形态——这种意识形态宣扬知识分子也是能革命的,而王蒙则断言"从1949年到1979年间中国所定义的'革命'和'知识分子'的术语,是不相容的、自相矛盾的":"唯一确定'革命'身份的方法对知识分子来说是难以达到的——因为身体力行地积极参加革命不再可能,而即使知识分子参加体力劳动,他或者她的作为知识分子'真正的本性'被看作经常潜伏在表面之下。"因此,在《布礼》中,现代派的结构和技巧同时作用,创造了一种异化的、不完整的知识分子身份。①

鲁道夫·瓦格纳(Rudolph Wagner)也从"身份"入手研究王蒙的作品,他探讨的是王蒙的官员与作家的双重身份对作品的影响。他对《悠悠寸草心》的研究可谓新颖:既探讨小说的叙述声音,又把中国当时的漫画引入研究。他认为小说发表的时间——1979年9月,是一个"戏剧性的转折点",小说写出了"重放的鲜花"这一代"右派"作家在复出之后,在两头作战——外部要面对领导和读者对于文学的不信任、内部在邓小平提出"向前看"后要对自身经验的重新调整——的情况下重建信任的努力,表现出文学与政治之间的紧张。他认为王蒙采用了第一人称的叙述声音,用一个老老实实、技术熟练的理发师作为叙述者,是试图由此建立作品的可信性。作者联系当时的漫画,证明理发师的工作有象征含义,因为"剃剃头"是"让人接受严厉批评的一个常见的隐喻",而理发师/批评家和顾客/干部之间有"轻微的隐喻关系"王蒙在50年代中期《组织部新来的青年人》中就对官僚主义持一个温和的立场,在《悠悠寸草心》中同样认为"顾客"是愿意"理发"和"整容"的。因而,作者认为"文本中的理发师和领导以及他的同代人,更不用说他的诚实可靠的意图,可信性都很低""无论文本还是情节都与政治家王蒙附加上的物质相疏离",这表现出"一个技巧熟练的文学工匠和

---

① Larson Wendy. Wang Meng's Buli (Bolshevik salute): Chinese Modernism and Negative Intellectual Identity. In Bolshe-vik Salute: A Modernist Chinese Novel. Seattle: University of Washington Press, 1989: 133-54.

一个试图用某种必要性说服自己和他人的政治家之间的紧张"①。

国内对于王蒙的"意识流"小说除了早期的争论之外,较多仍在文学研究的基本框架之内,而海外研究者们并未特别关注"意识流"这种手法本身——除了台湾去美、相对更了解中国文化生态的郑树森等人外,他们在对文本进行细读的基础上,尤其关注小说人物的身份以及作家的身份,更多进行文化研究,把作品当作了解中国文学、了解中国知识分子处境及心态的标本。这种研究确实视野开阔,让人耳目一新,但由于王蒙的特殊身份,也由于国外研究者总不免有窥秘的心态,有时也不免把标本当作真实去考证而做出政治性解读,如鲁道夫·瓦格纳(Rudolph Wagner)认为《悠悠寸草心》中的"唐久远"与邓小平有千丝万缕的联系等,就显得牵强。

三、"稀粥风波"的海外研究

"稀粥风波"②出现后,港台及西方的媒体给予了很大关注,也引起了研究者的注意。但很多研究者更多关注的是这一事件,很有些窥秘、揭秘的性质,而很少关注《坚硬的稀粥》小说本身的美学价值。特别是有"中国通"之称的汉学家白杰明(Barme Geremie),把"稀粥风波"描述为王蒙和他的同仁对保守派的斗争,"从始至终不过是派系内斗的一个例子""尽管它可能对研究当代官方文化和精英文化的学生来说是迷人的,但它跟今天大众文化这一主要领域的革新没有任何关系。"③

凯泽(Keyser Anne Sytske)对《坚硬的稀粥》评价并不太高,认为小说是"一

---

① Rudolph Wagner. A Lonely Barber in China's Literary Shop: Wang Meng's 'You You cuncaoxin', (The Loyal Heart), In-side a Sevice Trade: Studies in Contemporary Chinese Prose. Harvard-Yenching Insititute Monograph; Harvard University Asia Center, 1992, 5(1): 481-531.

② 1989年3月,王蒙在《中国作家》第2期发表短篇小说《坚硬的稀粥》。1991年5月,该小说获《小说月报》"第四届(1989—1990)百花奖"短篇小说一等奖。1991年9月14日,《文艺报》发表署名"慎平"的读者来信,批评《坚硬的稀粥》影射中国共产党领导人邓小平,嘲讽社会主义改革。紧接着《中流》《文艺理论与批评》《文艺报》相继发表一系列文章,呼应慎平的"影射说"。10月9日,王蒙向北京市中级人民法院递交民事诉状,控告《文艺报》和慎平侵害了他的名誉权,但被驳回。在有关领导的干预下,关于小说的争论平息下来。

③ Barme Geremie. A Storm in a Rice Bowl: Wang Meng and Fictional Chinese Politics. China Information, 1992, 7(2): 12-19.

个讽刺性的寓言",是"对 1978 年后中国社会特定的群体和几代人以及他们对
改革态度的拙劣模仿"。但是旁观者清,他发现双方讨论的主要问题是"写作并
出版一个批评当代中国社会和改革的短篇小说是否是合法的",而从来没有人
提出文本自足性的问题"有一点很显著,那就是所有的批评都认为王蒙就是故
事中的'我',假设叙事者表达的观点就是王蒙自己的观点,没有人提出文本的
自足性的论据"。① 文学与生活、文学世界与现实世界的界限问题被忽略了。而
中国的研究者似乎一直没有意识到这一点。

由于以上两位研究者发表文章的时间(均为 1992 年)比较接近事件发生的
时间,所以他们还不能跳出争论有更深入的研究。而随着时间的沉淀,特别是
文化研究的兴起,学术界对于《坚硬的稀粥》有了更新颖独到的发现。

关注中国新启蒙运动的闵琳(Min Lin),把文学研究和思想研究紧密结合
起来。他深入《坚硬的稀粥》的文本内部进行分析,认为小说"表面简单实际复
杂""与其说小说是对中国政治场景中某些党派和个人攻击和批评,不如说它是
对改革过程中出现的不可避免的深层矛盾和问题的揭示",而这些矛盾和问题
从 19 世纪中期中国开始走上现代化之路时就已经存在了。他认为小说是新启
蒙思想在文学领域的体现,因为王蒙在描绘传统家长制的许多特性时,"突出了
家庭结构的超稳定性和旧秩序的异常顽固性""在许多方面呼应了金观涛和刘
青峰的著作",小说"可以看作对某些浪漫天真的现代主义者和传统保守派的批
评,而王蒙因此可以稳稳地置身于中国新启蒙知识分子的主流中"。② 从小说结
论可以看出,作者是通过文本细读来探讨王蒙这一身份复杂的作家与新启蒙运
动的关系,是从文学的角度来研究中国 20 世纪 80 年代的思想史。

与闵琳把《坚硬的稀粥》纳入思想史研究的框架不同,沙克哈·瑞哈夫
(Shakhar Rahav)把"稀粥风波"纳入布尔迪厄"场域"的框架内,虽然他也关注
事件多于关注文本,但由于视角的不同,他的研究呈现出一些很新颖的东西。

沙克哈·瑞哈夫(Shakhar Rahav)认为"稀粥风波"正好发生在 1989 年政
治风波和 1992 年邓小平视察南方谈话之间的过渡期。他的文章"试图阐明在

---

① Keyser Anne Sytske. Wang Meng's Story "Hard Thin Gruel": A Socio-Political
Satire. China Information, 1992, 7(2): 1-11.

② Min Lin and Maria Galikowaki. Wang Meng's "Hard Porridge"and the Paradox of
Reform in China, in The Search for Modernity: Chinese Intellectuals and Cultural Discourse
in the Post-Mao Era. NY: St. Martin's Press,1999: 71-88.

这个过渡期形塑中国文化政治的各种力量"。他认为"稀粥事件""标志着新中国成立后政党国家和知识分子之间暧昧的合作关系的一种变化":"在整个80年代,政党国家和知识分子大都在'改革开放'的共识下合作",但1989年王蒙离开政府职位则标志着知识分子和国家的联盟破裂,"1992年重新确认的改革可能提高了个人自由,但是它也使知识分子和国家更加分离,因为改革是由市场经济的逻辑驱动的"。作者在市场经济的背景下,利用"场域"理论分析"稀粥事件",认为文学上的突出成就使王蒙获得巨大声誉,而这无形的象征资本"使他成为政党国家的文化部长,也使他在疏远国家并抨击它时有了可能性"。王蒙胜出的过程"具有讽刺意味",因为"文化领域的迅速变化和国家文化机构可选择性的增加,责难王蒙的企图反而增加了他的象征资本"。所以,对王蒙的攻击反而进一步削弱了保守派在知识分子中的地位。

不仅如此,此文还指出了之前研究存在的不足:"许多关于这个事件的研究运用了一种知识分子与国家对立的二元框架:西方关于中国知识分子的研究经常把知识分子定义为不同政见者,并且把他们理想化为体现了自由民主理想的勇敢的个人。"①由此可见,这篇文章反映出西方学术界对于中国事件研究的视野的开阔,跳出了二元对立的框架,也跳出了揭秘、窥秘式的研究,更为客观公允,也更为深入了。

相对于海外研究的热烈,国内对于《坚硬的稀粥》的研究很是冷落,这一篇有国际影响的小说在批评界既没有批评大家的研究,也没有特别有分量的文章,只有一些零星的研究,如张志平在一篇研究文坛影射事件时,指出了文学与生活、文学世界与现实世界的界限问题,②指出了"稀粥风波"的盲区。在这篇作品的研读上,相对于西方研究的方法多样,国内的研究显得相对不足。

结　语

从以上研究可见,海外对于王蒙的研究一方面呈现出方法多样、视野开阔的特点,文化研究的方法以及对"身份""认同""场域"等的特殊关注,使得王蒙作品有更多的解读的可能性,这也启发国内的研究者可以尝试用文化研究的方

---

① Shakhar Rahav. Having One's Porridge and Eating It Too: Wang Meng as Intellectual and Bureaucrat in Late 20th-Century China. The China Quarterly, 2012: 1079-1098.

② 张志平《文坛"影射事件"的思想根源——以王蒙的遭际为例》,《学术界》2010年第2期。

法重新审视王蒙的作品;另一方面却显出很多不足,如某些研究过于关注作品内容,甚至过度阐释文本,将其作品当作研究中国文学、文化以至政治的标本,而对形成这个标本的"意识流"手法,对王蒙作品的语目、风格、文体意识等的研究,与国内比起来却十分缺乏。这当然有各有所长的原因:文化研究本来就是从西方传入中国的,而王蒙汪洋恣肆、原汁原味的语言可能更适合中国的研究者。① 除此之外,还有研究视域方面的不足:国外的研究主要集中于 20 世纪 80 年代的中短篇小说,而对同样译介较多的长篇小说《活动变人形》却无人关注。而对王蒙 90 年代之后的作品如"季节"系列和《青狐》等,无论是译介还是研究方面都还是空白。再有,就是整体上的量的不足,笔者几乎查阅了所有研究王蒙的英语资料,而其数量只有 30 篇左右,对于王蒙这样一位创作丰盛,身份与思想复杂,在文学史、文化史上具有重要意义的作家来说,未免太少了。

其实,不仅仅国外对于王蒙的研究相对不足,国内的研究也存在很多不足。自 90 年代以来,王蒙的作品似乎就淡出了研究者的视野——这本身就是一个值得研究的问题:是王蒙的思想立场引起一些人的反感,还是他的创作已经不合时宜? 是市场经济中大众文化的冲击,还是批评家的更新换代、兴趣转移? 还是这些原因兼而有之? 一直关注王蒙研究的朱寿桐认为:国内的王蒙研究"尚处于较为薄弱的环节,即是说,与王蒙的文学贡献、文化贡献乃至社会贡献相比,严格的学术研究尚处在起步阶段。这固然与一定的意识形态因素的疑虑及其约束有关,但毕竟是汉语新文学学术界的一个重要疏失"。② 笔者认为,或许正是国内研究的不足,才导致了海外重视不够,这就要求国内学界扎扎实实做好王蒙的学术研究,以弥补这一"重要疏失"。

(原载《当代作家评论》2017 年第 1 期)

(薛红云:北京联合大学生物化学工程学院副教授)

---

① 郜元宝的《戏弄与谋杀:追忆乌托邦的一种语言策略——诡说王蒙》、陈思和的《关于乌托邦语言的一点感想——致郜元宝,谈王蒙的小说特色》等文章,都对王蒙的语言进行了深入的研究。

② 朱寿桐《探讨王蒙研究的学术理路》,《理论学刊》2010 年第 1 期。

从"革命凯歌"到"改革新声"

——"新时期"与王蒙小说中的声音政治

刘欣玥　赵天成

一个穿军服的同志(当然,他也是党员!)大幅度地挥动着手臂,打着拍子教大家唱《国际歌》。过去,钟亦成只是在苏联小说里,在对布尔什维克就义的场面的描写中看到过这首歌。

快把那炉火烧得通红,

你要打铁就得趁热……

这词句,这旋律,这千百个本身就是饥寒交迫的奴隶——一钱不值的罪人——趁热打铁的英雄的共产党员的合唱,才两句就使钟亦成热血沸腾了。

——《布礼》

他试着哼了哼在旅途中听过的那首香港的什么"爱的寂寞"的歌曲,他哈哈大笑。他改唱起《兄妹开荒》来。

——《蝴蝶》

"您听音乐吧。"她说。好像是在对他说。是的,三支歌曲以后,她没有掀键钮。在《第一株烟草花》后面,是约翰·斯特劳斯的《春之声圆舞曲》。闷罐子车正随着这春天的旋律而轻轻地摇摆着,熏熏地陶醉着,袅袅地前行着。

——《春之声》

1979 年末到 1980 年初夏,重返北京的王蒙迎来了创作"爆发期"。短短数月中,王蒙发表了短篇小说《夜的眼》《风筝飘带》《春之声》《海的梦》和中篇小说《布礼》《蝴蝶》。这一系列作品当时被冠以"探索""意识流"之名,在文坛激起强烈反响。①

如文前摘引的小说片段所示,在王蒙"新时期"之初的小说文本中(包括但不限于被指认为"意识流"的作品),有着大量"声音"元素(具体表征为对语音、音乐、歌声,以及声音的传播媒介的文学修辞与文学叙事)的积极参与。可以说,与同时代作家相比,王蒙的一个特别之处,就在于他提供了一些"有声"的文本,记录了历史现场"众声喧哗"的声音风景。这首先得益于王蒙敏锐的"耳朵",他极为自觉地在写作中调动音乐性元素,歌声与音响也经常成为作品直接的灵感来源。② 更为重要的是,王蒙的这种听觉敏感,与其灵敏的政治嗅觉协同作用,故而小说中的"声音书写"往往是高度政治化、意识形态化的。与"声音"有关的细节,通常扮演着功能性,而非仅是修饰性的作用,隐含着历史转轨的丰富讯息,也透射出转型时期各种文化力量的冲突与角力。

究其根本,无论是实际的"声音",还是文学叙事中的"声音",它们本身都无所谓意义。只有经过听觉感知和解释群体的界定与评价,才能赋予"声音"好恶美丑等不同的价值。③ 因此,声音总是历史性和社会性的。而从文化政治的角度考量,可以发现现代声音与社会历史变迁深刻的同构性,历史剧烈错动的阶段,也往往是声音变迁最为活跃的时期。所谓"声音政治",即是关于声音的生产、控制、传输、接受等诸环节的政治,而贯穿其中的核心问题,即为"声音"与"政治""音乐"与"权力"的缠绕和互动。

声音的生产从来都是社会意识形态体系化生产的一个重要部分,却因为常常不易觉察,故而总能够天然地藏匿起某种政治性。法国经济学家贾克·阿达利在《噪音:音乐的政治经济学》中提出了"音乐"与"噪音"这对辩证概念,进而提供了一套理解声音如何参与政治秩序的塑造和维护的理论——通过差别化的方式,让人们把一种声音视为"噪音",而把另一种声音视为有秩序的"音乐",

---

① 北京市社会科学联合会、文艺学会筹备委员会编,由中国人民大学书报资料社"盗印"的《王蒙小说创新资料》(1980)和花城出版社的《夜的眼及其他》(1981)两书,都收录了这6篇小说,以及王蒙的创作谈和相关的争鸣和讨论文章,如1980年8月2日中国作协主办的王蒙创作讨论会的发言记录,及1980年夏《北京晚报》组织的关于王蒙小说的争鸣文章等。

② 参见王蒙的随笔及创作谈《音乐与我》(《北京艺术》1983年第1期)、《在声音的世界里》(《艺术世界》1992年第2期)、《歌声涌动六十年》(《人民日报》2009年8月26日)等,及《王蒙自传》中的相关章节。实际上,不限于这一时期,王蒙小说中对于音乐的表现,从早期代表作《组织部来了个年轻人》《青春万岁》开始,就一直体现出强烈的"症候性"。

③ 相关讨论可参见王敦《"声音"和"听觉"孰为重》,《学术研究》2015年第12期。

从而对"噪音"进行压抑和控制。① 落实到本文讨论的具体语境中,"新时期"声音政治的中心议题,就是随着拨乱反正到改革开放的历史脚步,"权力"如何通过对于"音乐"与"噪声"的政治重组,生产出与不同阶段的中心任务相配合的声音秩序,进而建立新的意识形态。

总而言之,选择以"声音政治"作为"问题与方法",重读王蒙这一时期的小说,或可从中发掘曾被忽略的意义。当我们穿越"意识流"的叙事迷雾,侧耳倾听,可以发现其中内置着一部从"革命凯歌"到"改革新声"的声音史,同时也是音乐与噪音此消彼长的斗争史。在这些小说中,能否以及怎样表现某种声音或音乐,都是极具"症候性"的细节。作为与"新时期"历史同时展开的文学写作,王蒙机敏而又小心翼翼地用对声音的书写,亦步亦趋地回应着国家的政策调整与社会转型。仰赖于王蒙听觉与政治的双重敏感,这些嘈杂的声音片段,极富意味地导向了充满矛盾与张力的历史现场,显示出"新时期"起源阶段的历史复杂性。

一、歌声与革命:声音"正统"的修复与重建

1979 年 6 月,远赴新疆 16 年的王蒙回到北京,被临时安排到市文化局下属的北池子招待所暂住。王蒙安顿之后的"亮相",就是将在新疆已经动笔的《布礼》续写完成。与从维熙、李国文等作家"复出"时的小说相似,《布礼》的创作动机也包含着强烈的自我"正名"意识。布礼,即布尔什维克的敬礼的简称,是在当时即已消失的词语,只有解放初期的共产党员才会在信件落款时使用,"我当时以此作为我的第一部中篇小说的标题,包含了弘扬自己的强项:少年布尔什维克的特殊经历与曾经的职业革命者身份的动机。"②《布礼》主人公钟亦成的半生历程,特别是作为"少布"的青年时代,也与作家本人的亲身经历关联甚密。③

在当时,《布礼》最为引人注目的,是以断裂、跳跃的时间碎片结构小说的形式特征。每一小节都以年月命名,连续性的历史线索被作者有意打断。如今不难理解,这种所谓"意识流"的技巧方法,实质是一个"回忆"的结构,即主人公钟

---

① 参考〔法〕贾克・阿达利《噪音:声音的政治经济学》,宋素凤、翁桂堂译,上海人民出版社 2000 年版。

② 王蒙《王蒙自传》第二部,花城出版社 2007 年版,第 43 页。

③ 对这一时期王蒙小说中"自传"性质的讨论,参见赵天成《另一部〈王蒙自传〉——〈夜的眼〉诞生记》,《当代作家评论》2016 年第 4 期。

亦成在 1979 年的历史节点,回望自己"风云三十年"的跌宕生涯。常被论者忽略的是,在小说看似纷乱的个人记忆里,"歌声"是其中的引导线索。王蒙意味深长地以一条"歌曲"的脉络,贯穿和表现钟亦成(也是王蒙自己)的"职业革命者"生涯。

在"一九四九年一月"的小节,王蒙描写共产党解放 P 城(即北平)的战斗。在作者笔下,新中国成立前的 P 城是一个"腐烂的""濒于死亡"的城市,充斥着"千奇百怪的像叫春的猫和阉了的狗的合唱一样的流行歌曲""三岁的小孩在那里唱'这样的女人简直是原子弹',二十岁的大小伙子唱'我的心里有两大块'……"而在解放 P 城之后的全市地下党员大会上,《国际歌》响彻会堂,钟亦成激动万分,"他从来没有听到过这样悲壮、这样激昂、这样情绪饱满的歌声,听到这歌声,人们就要去游行,去撒传单,去砸烂牢狱和铁锁链,去拿起刀枪举行武装起义,去向着旧世界的最后的顽固的堡垒冲击……"①

由此,共产党对国民党的战斗的胜利,就形象化地转译为"歌声"的胜利,慷慨激烈的"齐声合唱",几日之中就将柔弱萎靡的"流行歌曲"扫除和埋葬。在其他的回忆性文章中,王蒙也多次表达过"闻声"可知胜败之势的观点:"当社会上广泛唱起《吉普车上的女郎》《夫妻相骂》的时候,当'赵家庄的好姑娘'与'在森林和原野是多么逍遥'的歌曲,当新疆维吾尔族民歌与'太阳落山明朝依旧爬上来'也为革命所用的时候,中华民国这个政权确实是'气数已尽,无力回天'了";"(1945 年)我在国会街北大四院欣赏了大学生们演出的《黄河大合唱》,只觉得是惊天动地、气贯长虹,左翼意识形态尤其是文艺的气势压得国民党根本没有招架之力"②。

诚如王蒙所言,中国左翼文艺最重要的歌唱形式正是合唱。1923 年,瞿秋白在翻译《国际歌》歌词时,即认为曲词"不宜直译""要紧在有声节韵调能高唱""令中国受压迫的劳动平民,也能和世界的无产阶级得以'同声相应'"。③ 30 年代末至 40 年代初,在冼星海率先完成《黄河大合唱》的带动下,延安掀起了创

① 这段描述来源于王蒙的真实经历,参见《王蒙自传》第一部,花城出版社 2006 年版,第 66~69 页。文中引用《布礼》文本,均来自《当代》1979 年第 4 期。

② 王蒙《我目睹的中华民国》,《炎黄春秋》2015 年第 4 期。

③ 1923 年 6 月 15 日《新青年》(季刊)第 1 期"共产国际号"。瞿秋白介绍《国际歌》时说,"此歌原本是法文,——法革命诗人柏第埃(Porthier)所作,至'巴黎公社'时……遂成通行的革命歌,各国都有译本,而歌时则声调相同,真是'异语同声'——世界大同的兆象"。

作、表演大合唱的热潮。① 相比于其他的艺术类别,歌曲本来就具有最直接的情绪感染力。在大规模的集体歌唱中,则更容易使难以抑制的激情、冲动,甚至宗教性的狂热得到宣泄。在合唱中,个体的微弱声音,汇入强大的众声,从而在雄伟的气势和宏大的音量中,每个人都感到群体的力量,也受到集体的召唤。钱理群在讨论群众歌曲和"革命"之间的天然关系时有过精彩阐释:"当无数个个人的声音融入(也即消失)到一个声音里时,同时也就将同一的信仰、观念以被充分简化、因此而极其明确、强烈的形式(通常是一句简明的歌词,如'团结就是力量'之类)注入每一个个体的心灵深处,从而形成一个统一的意志与力量。……这是一个'个体'向'群体'趋归并反过来为群体控制的过程。这也正是'革命'所要求的:面对强大的暴力,是英勇的群体的反抗。"②

《布礼》中更为动人的"歌声"情节,出现在"一九五八年四月",钟亦成与凌雪的新婚之夜:

到晚上九点,屋子里就没有人了。但还有收音机,收音机里播送着鼓干劲的歌曲。凌雪关上了收音机,她说:"让我们共同唱唱歌吧,把我们从小爱唱的歌从头到尾唱一遍。你知道吗,我从来不记日记,我回忆往事的方法就是唱歌,每首歌代表一个年代,只要一唱起,该想的事就都想起来了。""我也是这样,我也是这样。"钟亦成说。

随后,二人从 1946 年的《喀秋莎》和"兄弟们,向太阳,向自由"(苏联歌曲《光明赞》)开始,唱起"路是我们开哟,树是我们栽哟,摩天楼是我们亲手造起来哟"(1947 年);"天快亮,更黑暗,路难行,跌倒是常事情"(1948 年);"没有共产党就没有新中国""大旗一举满天红啊"(1949 年);"五星红旗迎风飘扬""我们要和时间赛跑"(1950 年),一直唱到 1951 年的"雄赳赳,气昂昂"(《中国人民志愿军战歌》)。

---

① 这场"大合唱运动"的源起来自于冼星海的成功经验的启发。1939 年受鲁艺音乐系邀请抵达延安后,冼星海完成了以《黄河大合唱》为代表的一系列大合唱作品,标志着一种新的音乐体裁,即群众歌曲性的、多段组歌体的大合唱的产生。在冼星海的影响和带动下,延安接着产生了《八路军大合唱》(郑律成)、《青年大合唱》(金紫光)、《吕梁山大合唱》(马可)、《凤凰涅槃》(吕骥)、《女大大合唱》(李焕之)、《七月里在边区》(安波等)等一批作品。这些优秀的作品将大合唱这一声乐体裁与当时"艺术为抗战服务""艺术要唤醒民众"的时代要求紧密地联结在一起。见梁茂春、陈秉义主编《高等音乐(师范)院校音乐史论公共课系列教材:中国音乐通史教程》,中央音乐学院出版社 2005 年版,第 194 页。

② 钱理群《1948,天地玄黄》,山东教育出版社 2002 年版,第 64~65 页。

由《国际歌》到《中国人民志愿军战歌》，王蒙编织了一条连续性的、内在于革命传统的声音谱系，并以此串联起主人公的革命经历。这种"革命凯歌"的重唱行为，交叠嵌套在钟亦成的两层回忆之中：一是作为"故事讲述的年代"的1958年新婚之夜，二是作为"讲述故事的年代"的1979年平反之后。在第二层的回忆中，"歌声"与"革命"的联系又增添了另外一重意义。由参与"合唱"而形成的"声音/革命共同体"，在主人公的想象中予以重建。从而，个体记忆得以重新汇入同一性的集体记忆，少年时代"职业革命者"经历的合法性与正当性，也因之得到重新肯定。"在中国翻天覆地、高唱革命凯歌行进的年代成长起来的少年—青年人的精神面貌是非常动人和迷人的，特别是其中那些政治上相当早熟的'少年布尔什维克'，给我终生难忘的印象，当然，我也是其中的一个。"①

同时，重唱"革命凯歌"，不仅是"复出"作家的回归"正轨"与自我"正名"，也是政治与文艺拨乱反正的问题。在"文革"以后的官方叙述里，深度介入革命历程的"声音"，也在十年浩劫中遭受磨难："万恶的'四人帮'残酷扼杀革命文艺，在他们统治的岁月里，连我国人民音乐家聂耳、冼星海同志的作品，除被他们篡改过的少数歌曲之外，一律不许演出，也不能广播、出版，甚至连毛主席和周总理亲自肯定过的《黄河大合唱》也不许唱了。"②因此，声音秩序的修复与重建，也被纳入到"拨乱反正"的系统性工作之中。

几乎与《布礼》的发表同时，胡乔木在1980年3月纪念"左联"成立五十周年的大会上，作了以"携起手来，放声歌唱，鼓舞人民建设社会主义新生活"③为题的讲话。胡乔木首先以不容置疑的口吻，谈到当前文艺的性质和方向问题："我们现在的文艺和文化仍然是左翼文艺和左翼文化，是30年代的革命的文化运动的继续。"有意味的是，与通常仅在抽象意义上使用"歌唱"一词不同，胡乔木在"歌声"与"革命"紧密联结的认识高度，将"歌唱"落实到具体的层面，"有一位在北京的外国朋友曾经说过这样的话，他在中国很久，他觉得中国发生了一种变化，就是现在缺少歌声。他说在抗日战争时期的中国到处充满歌声；后来

---

① 王蒙《文学与我》，《花城》1983年第3期。

② 钱韵玲《忆星海》，《人民音乐》1977年第6期。冼星海夫人钱韵玲的这篇文章，原本是应《思想战线》编辑部之约，为1975年纪念冼星海与聂耳逝世活动所作，但由于"四人帮"的压制，当时未能顺利发表。有关1975年冼星海、聂耳逝世纪念音乐会的详细内容，可参考邓力群的回忆，见《邓力群自述》，人民出版社2015年版。

③ 引文出自《人民日报》1980年4月7日。

解放战争时期,也是到处有歌声;在解放初期,直到 60 年代,也还是到处有歌声。现在呢,歌声比较少。"由此,胡乔木就将左翼文艺、文化的传统,转喻为"歌声"的传统,而这种传统因"文革"的到来而发生了断裂。遵循这样的逻辑,修复左翼文艺与文化的"正统",也应通过"革命歌声"的重新唱响来实现:"我们应该永远振奋我们革命的精神,用我们革命的歌声、前进的歌声、健康的歌声来充满我们的生活,来充满我们的社会,充满我们的城市、农村、厂矿、军营和我们一切有生命活动的场所。"然而胡乔木也意识到"声音"是争斗之场,因而提出需要高度警惕潜在的自由化倾向:"一些地方,革命的、前进的、健康的歌声不去占领,就会有一些不知从什么地方来的不健康的歌声去占领。"因此,当前的首要任务,就是重新确立内在于左翼传统的声音"正统",重建评判何为"音乐"、何为"噪音"的声音秩序,进而以健康的"音乐",对不健康的"噪音"加以有效的压抑和控制。而被尊奉为声音"正统"的,就是"50 年前聂耳、冼星海他们所创始的、带领我们大家唱起来的歌声"。

二、开放与设限:"音乐"与"噪音"的边界

胡乔木的这番讲话,不仅是对内的号召与要求,同时也是向外的信号与声明。在有限度地肯定"我们的门开得更大,进出比过去更自由了"的现状之后,胡乔木重申绝不让步的原则和底线,为"自由"与"开放"设定限度:"但是,这绝不是说我们跟世界上任何的力量没有界限。我们无论在什么时候,决不会向那些对我们怀着敌意的人,想对我们施展阴谋手段,破坏我们的人开放。"他进一步指出,"毛泽东同志说:'谁是我们的敌人?谁是我们的朋友?这个问题是革命的首要问题。'这也是我们革命的文化、革命的文艺的首要问题"。顺着胡乔木的逻辑,作为革命文化、革命文艺的转喻,"噪音/音乐"的声音秩序就被重新配置到"敌人/朋友"的冷战意识形态与关系框架之中。

但事实上,随着中央逐渐走出冷战的思维模式,并将实现四个现代化作为新时期的总任务,以学习先进经验、引进外国技术为主要目标的对外开放,自十一届三中全会以后得到全面推行。中国对于日本、美国、西欧等"宿敌"的态度与政策,也在不断松动与调整。与之相应,"音乐"与"噪音"的边界也需要重新划定:哪些曾被视为"噪音"的部分得到接纳,重新划归为秩序承认、保护的"音乐";哪些仍被认为需要控制、清洗,甚至消除;这条变动中的"声音"边界,又如何动态地表现在文学叙事中,就显得格外意味深长。

《布礼》之后,王蒙写作了短篇小说《夜的眼》①。小说中有这样一个细节,在主人公陈杲办事碰壁,无功而返的一刻:

陈杲昏昏然,临走到门口的时候他忽然停下了脚,不由得侧起了耳朵,录音机里放送的是真正的音乐,匈牙利作曲家韦哈尔的《舞会圆舞曲》。

在张皇失措的时候,"真正的音乐"安慰了陈杲。一个"危险"的问题,就这样被王蒙不露声色地提了出来——什么是"真正的音乐"? 在现实与表征的双层意义上,"音乐"的响起又意味着什么?

尽管青年时代多少有些"小资"情调②的王蒙,对于欧洲古典音乐确有偏爱,但《舞会圆舞曲》在这里,远远超越了个人趣味的层面,而在小说的文本内外释放出宽松的信号。一方面,广播电台可以放送的音乐不断"扩容",逐步恢复到"十七年"时的开放程度:"写《夜的眼》的时候,收音机里正播放韦哈尔的《舞会圆舞曲》。'文革'以后,已经许久没有听到过欧洲音乐的播放了"③;"粉碎'四人帮'后不久,当收音机里传出诗歌朗诵会上王昆、郭兰英、王玉珍的歌声的时候,多少人的眼泪湿透了衣衫。后来,我们又听到了列宁喜爱的歌,听到贝多芬的《命运》交响乐,听到了《刘三姐》和《花儿为什么这样红》。最近,我又从收音机里听到了舒曼的《梦幻曲》。"④另一方面,《夜的眼》的顺利发表也意味着,采用"肯定"的笔调书写异质性的欧洲音乐已得到默许,尽管王蒙此时仍选择了东欧作曲家以规避风险,"没有说俄罗斯的也没有说西欧的作曲家,避开当时尚不方便的修正主义或者资本主义的话题。"⑤

因此,《夜的眼》就在"听音乐"与"写音乐"的两个书写层面取得了突破禁区的意义。即使在"十七年"时期,"听音乐"也不被简单视作私人性的问题,而时常上升为阶级情感与阶级本能,乃至社会主义与资本主义阵营的意识形态斗争问题,"写音乐"亦是如此。鉴于王蒙灵敏的政治嗅觉,他这一时期的小说,折射出"真正的音乐"不断扩充领地的过程。伴随着国家对外开放的脚步,"尚不方

---

① 《夜的眼》初刊《光明日报》1979 年 10 月 21 日,本文中的小说文本都引自该版本,下不一一注明。

② 比如 1962 年在北京师范学院担任助教的那段时间中,每逢节假日,王蒙会带着妻子和两个孩子逛公园,或者进城吃西餐。王蒙在东安市场买过西餐刀子、咖啡、可可粉、价格昂贵的外国唱片等"奢侈品"。

③ 王蒙《王蒙自传》第二部,花城出版社 2007 年版,第 49 页。

④ 王蒙《我收听了〈梦幻曲〉》,《文汇》1980 年第 4 期。

⑤ 王蒙《王蒙自传》第二部,花城出版社 2007 年版,第 49 页。

便的修正主义或者资本主义的话题"也在一一变得"安全":《风筝飘带》提到了"古老的德国民歌"《毋忘我》;《海的梦》收录了奥地利和苏联歌曲;《春之声》不仅以约翰·施特劳斯的《春之声圆舞曲》作为小说的主旋律,还有三支德语歌曲《小鸟,你回来了》《五月的轮转舞》《第一株烟草花》作为陪衬。在《夜的眼》与这几部小说微小的"时间差"中,向"噪音"全面开放的愿望与趋势呼之欲出。

然而,融冰化雪的"春之声"只是问题的一面。在匈牙利、德国、奥地利等外国歌曲渐次被"音乐"收编的同时,"港台歌曲"却作为一种新的"噪音",在王蒙笔下频频登场。如果说欧洲歌曲的文本痕迹呼应着"新时期"文化政策的松动,那么作为改革开放的"副产品"而流入大陆的港台流行音乐,则在作家"否定"的态度中显示出开放的限度。反过来说,以邓丽君为火力焦点,七八十年代之交围绕港台流行音乐而展开的争论与批判,也可由王蒙的小说窥得一斑。

在《布礼》中,当作为钟亦成"反面"的"灰影子",以典型的"时髦青年"打扮而在"一九七九年"登场:"穿着特利灵短袖衬衫、快巴的确良喇叭裤,头发留得很长,斜叼着过滤嘴烟,怀抱着夏威夷电吉他。他是一个青年,口袋里还装有袖珍录音机,磁带上录制许多'珍贵的'香港歌曲。"此时"香港歌曲"还只是装饰性的修辞,王蒙的冷嘲热讽也限定在对虚无主义的"问题青年"的质疑之内。到了《夜的眼》,王蒙则将自己对于这种"新事物"的隔膜和拒斥进一步具体化:"香港'歌星'的歌声,声音软,吐字硬,舌头大,嗓子细。听起来总叫人禁不住一笑。如果把这条录音带拿到边远小镇放一放,也许比入侵一个骑兵团还要怕人。"值得一提的是,当韦哈尔的《舞会圆舞曲》被主人公称赞为"真正的音乐"时,"香港歌曲"作为其对立面相形见绌。

王蒙对待港台流行音乐的轻蔑立场,到了写作《蝴蝶》时,演化成了一场火力全开的攻击,被怒斥为"彻头彻尾的虚假""彻头彻尾的轻浮"的对象,正是邓丽君的名曲《千言万语》(在小说中作者称之为"爱的寂寞"):

一首矫揉造作的歌。一首虚情假意的歌。一首浅薄的甚至是庸俗的歌。嗓子不如郭兰英,不如郭淑珍,不如许多姓郭的和不姓郭的女歌唱家。但是这首歌得意扬扬,这首歌打败了众多的对手,即使禁止——我们不会再干这样的蠢事了吧?谁知道呢?——也禁止不住。①

颇具意味的是,面对风靡全国的"爱的寂寞",官复原职的老干部张思远直

---

① 《蝴蝶》,《十月》1980 年第 4 期。本文中《蝴蝶》的引文皆来自《十月》,下不一一注明。

接将它放置在"革命歌唱传统"的对立面:"现在是怎么回事?三十年的教育,三十年的训练,唱了三十年的'社会主义好'、'年青人,火热的心',甚至还唱了几年'老三篇不但战士要学,干部也要学'之后,一首'爱的寂寞'征服了全国!"

热火朝天、朝气蓬勃的集体合唱与无病呻吟、谈情说爱的"靡靡之音"形成鲜明对比,在前者光明、健朗、英雄式的"崇高美学"映衬下,后者在道德与趣味双层意义上的"低俗"和"不健康"不言自喻。

联系第一章所讨论的革命"正统"与自我"正名"的关系,就不难理解在《蝴蝶》的尾声,张思远为什么会在无意间哼起"旅途中听过的那首香港的什么'爱的寂寞'"之后,立即"改唱起《兄妹开荒》",并且自嘲地大笑起来。胡乔木所忧虑的——"一些地方,革命的、前进的、健康的歌声不去占领,就会有一些不知从什么地方来的不健康的歌声去占领",就在个人层面被张思远用"自我"对"本我"的压抑所克服。彼时彼刻,重唱诞生于延安的《兄妹开荒》,无论是否隐含着向"讲话"遥相致敬的深意,至少通过对于革命传统的正本清源,重新划定了"音乐/噪音"的界限。当港台流行音乐的异质之声悄然进入中国大陆时,迎接它们的是主流意识形态的迎头讨伐,以及"资本主义世界闯入者"的帽子。① 而在文本之外的80年代,一面是年轻人偷听、传播邓丽君的热情不减,一面是官方话语的控制与打压,比如在公开出版物上作出不点名批评,以及"广大青年要学会识别和正确对待港台歌曲"的劝诫,又在各学校、单位下达"禁听"邓丽君的文件。② 在"禁止"与"禁止不住"之间,"红色音乐"与"黄色音乐"在官方与民间展开的"颜色"之争,携带着鲜明的象征意味参与型构了80年代的现代化想象,也预示出现代化进程中的问题与困境。最初以民心所向、众望所归的"共识"面目示人的现代化方案,逐渐在"现代"的不同面孔之间生出裂隙。

三、呼唤与迷思:"新媒介"与改革开放"新声"

翻阅王蒙新时期初的小说创作,不难发现在大量与音乐、音响和听觉体验相关的文学叙事之外,其笔下传播声音的媒介同样值得关注——城市住宅区中

---

① 1978年前后,以邓丽君为代表的港台歌曲逐渐传入中国大陆,被意识形态管理部门视为"洪水猛兽",认为是"资本主义自由化"在音乐领域的危险表现。1982年6月,《人民音乐》编辑部编辑出版《怎样鉴别黄色歌曲》一书,所收文章虽都未提及邓丽君之名(常以"某歌星"代之),但谈到港台流行歌曲时,所举的例子却差不多全是邓丽君演唱过的歌曲。

② 雷颐《三十年前如此"批邓"》,《同舟共进》2010年第8期。

传出的电视声（《夜的眼》）、公园里"推送游客须知"的喇叭声（《风筝飘带》）、火车上的广播声（《蝴蝶》）等，共同勾画出一幅七八十年代之交公共听觉空间的小景。在王蒙笔之所及的种种媒介中，最引人注意，也最具有时代症候的，当属反复出现的"进口录音机"。事实上，伴随着改革开放的步伐进入中国内地的录音机，是参与并见证 80 年代社会变迁的关键事物。虽然在王蒙写作的 1980 年前后，方兴未艾的录音机消费尚未释放出它对于文化变革的全部能量，但是嗅觉（或说"听觉"）灵敏的作家已经通过文学的方式捕捉到了这一新兴媒介的身影。我们有足够的理由相信，作者对"进口录音机"蕴含的时代信息和文化象征意味是高度自觉的。[1]

但是，更加引人注意的，是王蒙笔下存在着一对媒介与内容，或说物质与文化现代性的悖论：一方面，作者对于象征着科技现代化与经济贸易回暖的"进口录音机"给予了热情赞颂；而另一方面，伴随着录音机一同传入的"进口磁带"里的境外歌曲，却引发了明确的他者警觉与区隔意识。可以说，王蒙的暧昧态度，正投射在这种试图剥离物质躯壳与文化内容，"拥抱"前者而"过滤"后者的举动之中，与官方立场趋同。除此之外，一台承载着科学技术与精神文化双重"现代化"信号的录音机，如何用与"革命传统"截然不同的音乐挑战传统，并征服年青一代的耳朵？如何改变了公共—私人听觉空间中听众的身份？在召唤个性化主体的过程中，又折射出怎样的现代性迷思？进口录音机、磁带与"现代化"意识形态的关系，为我们探索王蒙新时期的声音书写提供了又一具有生产性的思考维度。

刚刚从德国考察归国的工程物理学家岳之峰，在落后的"闷罐子车厢"中听到了动人的外国歌曲，这是《春之声》的故事主线。这篇小说的主角，可以说正是那台放送着音乐的"进口录音机"。录音机里流淌的德语童声合唱，令正在为国内条件落后而倍感懊丧的主人公为之一振，仿佛听见了"春天的声音"：

什么？一台录音机。在这个地方听起了录音。一支歌以后又是一支歌，然后是一个成人的歌。三支歌放完了，是叭啦叭啦的揿动键钮的声音，然后三支

---

[1]　最典型的表现，当属以一台"闷罐子火车"上的录音机为核心的《春之声》。"在落后的、破旧的、令人不适的闷罐子车里，却有先进的、精巧的进口录音机在放音乐歌曲，这本身就够'典型'的了。这种事大概只能发生于一九八〇年的中国，这件事本身就既有时代特点也有象征意义。这怎么能不令我神思，令我激动，令我反复咀嚼呢？"（王蒙《关于〈春之声〉的通信》，《小说选刊》1980 年第 1 期）

歌重新开始。顽强的,低哑的,不熟练的女声也重新开始。这声音盖过了一切喧嚣。①

这一充满张力的文学场景,浓缩了转型时期新与旧、先进与落后的交叠与碰撞,其所释放出的时代信号,与工作重心向经济建设转移,全面建设"现代化"的任务形成了在场的互动。② 与其他小说中所出现的录音机略有不同,王蒙在《春之声》中特别强调,这一台录音机是当时在中国内地"还很稀罕"的日本三洋牌。在小说中,"日本三洋牌录音机"与"斯图加特的奔驰汽车工厂""西门子公司"相并置,作为典型的西方式工业化符码,寄寓着改革开放以来中国对于先进技术的迫切向往。而虚实相间的工厂装配线与明亮车间,高速公路和异域盛开的花朵,反复通过文学化的热情想象,描摹出现代化社会的理想形态,也抒发着奋起直追的豪情壮志——"赶上!赶上""快点开,快点开"。连抱小孩的妇女都在跟着录音机学习外语③:"她为什么学德语学得这样起劲?她在追赶那失去了的时间吗?"对迈入新时期的中国而言,现代化已经成为在时间(速度、效率)与空间(中—西)秩序对比中迫切的集体认同,并有着具体的任务与实现手段。有趣的是,1980 年的中国尚不具备这样的大型机械化和自动化水平,当发达工业社会还未以视觉景观的方式呈现在人们面前时,人们首先"听见"了现代的声音风景:进口录音机作为"先驱",不仅率先进入了中国城镇百姓的视野,还携带着发达国家的语音和乐音,以春天般的"先声"之姿唤醒了人们的耳朵,并以"跟唱"的方式汇入现代化的时代共振中。

回顾《春之声》的创作时,王蒙谈到了一个有意的"改造":"我确实在车厢里听到了当时还是稀罕物的日本造的录放音响放盒带的响动,三洋牌的录放机,大得像一块砖头,一头厚,一头薄。不过不是约翰·施特劳斯的《春之声》,而是邓丽君的软绵绵的歌曲。是我改造了这个细节。也是增加亮色,源于生活与高于生活。"④这则被替换的"声音记忆"不仅更接近于"历史原貌",而且以媒介文化史的角度观之,作为 80 年代文化现象的"邓丽君热"本身就与录音机有着千丝万缕的联系。更有意思的是,综观王蒙本时期的其他小说,但凡出现"录音

---

① 原文引自《春之声》,《人民文学》1980 年第 5 期。

② 关于"新时期"与"新时期文学"的起源、内涵与相互关系的讨论,参见黄平《"新时期文学"起源考释》,《文学评论》2016 年第 1 期。

③ "录音机的主人从男人改成一个抱小孩的女人,这样,就增加了色彩,也强调了大家都在为四化而抢时间努力学习的热劲。"参见《关于〈春之声〉的通信》。

④ 王蒙《王蒙自传》第二部,花城出版社 2007 年版,第 88 页。

机"之处，往往伴随着邓丽君的歌曲或其指代的"港台歌曲"，但作者本人态度的暧昧变动，又在明朗热烈的现代化想象之外，关涉到某些态度更为闪烁的现代性迷思。

在《蝴蝶》中，张思远"恍惚听说许多青年在录制香港的歌曲"，一首"爱的寂寞"正是他从"一个贸易公司采购员所携带的录音机"那儿反复听来的。在《夜的眼》中，因为小伙子不肯把那台"四个喇叭的袖珍录音机"的声音调小，"香港'歌星'的声音"不断干扰着紧张叙述来意的陈杲，让他变得结结巴巴，前言不搭后语，直到他"连说话的声音也变了，好像不是他自己的声音，而是一把钝锯在锯榆木"。录音机里发出的电磁声响干扰着老一辈的人心，也撩拨着"文革"后年轻一代的人心。在主人公们的恼怒、不适与无措背后，是引吭高歌的革命激情渐渐退却，低吟浅唱的港台歌曲粉墨登场，向人们提示了另外一种生活的可能性——陌生、"危险"，却充满柔软的"人性"魅力。

有学者描述过港台歌曲初入大陆的情形："港台流行歌曲在大陆重获生机，进而席卷各地，实在是很短时日内的事情，它始自 1978 年底政府宣布收音机与录音机被允许放宽自港澳带返国内之时，港澳、台湾等的流行曲，便通过卡式录音带、收音机，经由回乡探亲的港澳同胞带到北京、上海、广州等各大城市。"①除此以外，大量产自中国香港、台湾以及日本的录音机或收录机，以及许多港台歌曲磁带，陆续通过走私进入中国百姓的日常生活中，但走私途径与在内地的销售渠道至今仍然不明。② 事实上，邓丽君的歌声正是以磁带为载体漂洋过海继而俘获人心的。小说中提及的"录制香港歌曲"也确有历史实情可考。年轻人竞相翻录、流转邓丽君的磁带，尽管官方三令五申，仍然无法扑灭这股朴素的"声音复制"的热情。③ 不同于收音机，录音机所具有的自主灌制、转录、擦洗磁带的功能可以说是革命性的。诚如张闳所言，在这个"声音走私时代"，公众的

---

① 毕小舟《从闭塞到交流的中国大陆歌坛——1979 年国内乐坛的一个剖面》，《国外音乐资料》1980 年第 5 辑。

② 徐敏《消费、电子媒介与文化变迁——1980 年前后中国内地走私录音机与日常生活》，《文艺研究》2013 年第 12 期。

③ 雷颐的论述也可供参考："1979 年随着国门初启，中国的大街小巷突然响起睽违已久的流行音乐。'流行'的再次流行，当然得益于'初春'的政治气候，在相当程度上，还得益于盒式录音机这种'新技术'的引进，大量'水货'录音机和港台流行音乐磁带如潮水般涌入，进入千家万户，翻录成为家常便饭，实难禁止。"见《三十年前这样'批邓'》，《同舟共进》2010 年第 8 期。

角色从被动的接受者和消费者变成了声音的生产者。① 聆听者从此不仅获得了多元、个性化的娱乐选择，更重要的是，第一次取得了自主"发声"的能动手段。

王蒙对于"港台音乐"的轻蔑与愤怒，似乎与政府的警惕和敌视互相配合，共同维持着为主流意识形态"定调"的官方文化话语秩序。但在《蝴蝶》中，张思远复杂的心理活动，已经透露出了作者的游移：

但是这首歌得意扬扬，这首歌打败了众多的对手，即使禁止——我们不会再干这样的蠢事了吧？谁知道呢？——也禁止不住。

甚至是一首昏昏欲睡的歌。也是在大喊大叫所招致的疲劳和麻木后面，昏昏欲睡是大脑皮层的发展必然？

即使对港台歌曲充满不屑，王蒙仍然明确表达了对于"禁声"——以政治手段对文艺横加干涉的做法本身，及其有效性的否定。这一否定姿态，释放出了王蒙在与官方话语交涉时的另一重暧昧。作者清醒地认识到，极端的"大喊大叫"已是昨日梦魇，但仍然给国家和公众留下了身心疲惫乃至情感麻木的"后遗症"。正是在这乍暖还寒的历史转轨处，邓丽君缠绵甜软的歌声隔岸飘来，在疗愈与镇痛之外，也唤醒了被革命话语长久遮蔽、压制、否定的个人情感和世俗价值。正如蔡翔在回忆中所言："毫无疑问的是，邓丽君提供的是一种个人生活的幻觉。我们那时太想有一种轻松的、自由的、闲暇的、富裕的，甚至多愁善感的个人生活。并且积极地妄想着从公共政治的控制中逃离。"②如果按照阿尔都塞对于政治的著名定义，蔡翔们所想要改变的，乃是"个人与其实在生存条件的想象关系"。尽管"个人生活"与"政治生活"，都可以视作特定"意识形态"营造出来的幻象，但对于"多愁善感的个人生活"的向往，对于种种私人化的情感体验的表达自由的期待，确实内在于 80 年代的"新启蒙"话语之中。当邓丽君的歌声以不可阻挡之势唤醒了久违的"个人"情感、情欲时，也通过确证"人"的主体情感与世俗价值，间接拆解了"齐声合唱"建构起来的革命/声音共同体。歌唱的主体也就从群众音乐里的"我们"，重新变成了不可归约的、个性化的、拥有选择自由的"我"。

如果联系前文引述的钱理群对合唱的讨论——"当无数个个人的声音融入

---

① 张闳《现代国家的声音神话及其没落》，朱大可、张闳主编《21 世纪中国文化地图 2005 卷》，上海大学出版社 2006 年版，第 7 页。

② 蔡翔《七十年代末：末代回忆》，北岛、李陀主编《七十年代》，生活·读书·新知三联书店 2009 年版，第 343 页。

(也即消失)到一个声音里时……从而形成一个统一的意志与力量……这是一个'个体'向'群体'趋归并反过来为群体控制的过程。"我们可以发现,从二三十年代兴起的左翼音乐传统到80年代流行音乐,从《黄河大合唱》到邓丽君,历史中的"歌唱"主体发生了一次意味深长的"个人——集体——个人"的身份往复。作为"告别革命"的"前奏",曾经消失在同一集体中的"个人",在80年代初期以逃离、脱落、疏离或回归的种种方式回到大众文化和日常生活中。公共—私人听觉空间的历史错动,也见证了一段从"救亡/革命"到"启蒙"的,长达半个世纪的声音政治的变迁。而在"新时期"初期,王蒙的小说创作恰好高度浓缩了两次时代转折处的丰富信息——其笔下流淌的歌声,或在歌声中流淌的历史,则为我们提供了一次"有声"的回望。

(原载《扬子江评论》2017 年第 1 期)

(刘欣玥:北京大学中文系博士生;赵天成:中国人民大学文学院博士生)

评王蒙新作《奇葩奇葩处处哀》

杨 一

2015 年 8 月 16 日,第九届茅盾文学奖评奖结果正式公布,著名作家王蒙凭借其描绘新疆生活图景的长篇小说《这边风景》获此殊荣。从 1953 年以《青春万岁》步入文坛,到 2013 年定稿出版《这边风景》;从 19 岁的翩翩少年,到年近八旬的耄耋老人。在长达六十一甲子的岁月中,他始终摘埴索涂、孜孜以求,保持着绵延不息的创作活力。作家张炜用"风雨兼程"一词来形容王蒙的创作道路,认为"他是新时期最活跃的、始终处在生长攀登状态的一个代表,这是作为作家最了不起的一件事情"①。

王蒙对文学创作不懈的追求,也许因为丰富坎坷的人生际遇提供给他取之不竭的生动素材,也许源自强大自由的内心世界赋予了他推陈出新的不懈追求。更为重要的一点是,无论历经怎样的世事变幻、命运浮沉,皆不改其对写作的忠诚眷爱。如王蒙本人的茅盾文学奖获奖致辞:"历史并未切断与摘除,文学不相信空白,不管时隔多年,该延续的自然要延续,该弥合的也不难弥合,命名不合乎时宜了,内容仍然可以真实生动。青春能万岁,生活就能万岁,文学也能万岁!文学不会是得奖热闹一阵就夭折,我始终相信文学有一种免疫力,它不会因一时的夸张而混乱,不会因一时的冷遇而沮丧,不会因特殊的局限而失落它的真诚与动人。"②

2015 年 4 月,已 81 岁高龄的王蒙再度公布新作,中篇小说《奇葩奇葩处处哀》连载于《上海文学》,并于同年七月结集出版"风姿风月风韵风情万种奇技奇葩奇缘奇遇千般"③。这部命名颇具当今时代特色的新作品,主要表现了一个怎

---

① 王蒙《只要坚持文学前途光明》,《南国都市报》2013 年 9 月 17 日,024 版。

② 《王蒙:文学不相信空白》,《北京青年报》2015 年 9 月 30 日,A21 版。

③ 本文中所引《奇葩奇葩处处哀》原文,均出自王蒙《奇葩奇葩处处哀》,四川文艺出版社 2015 年版。

样的主题？承袭了王蒙先前小说写作中哪些独特的风格？又如何展示出不同以往的创作特点？

一、"其实我远未衰老"

"八〇后王蒙二〇一五年最新巨献"，《奇葩奇葩处处哀》的扉页上打出了这样的旗号。"八〇后"本是一个社会学名词，后被大众传媒广泛接受，用于泛指中国出生于 1980 年 1 月 1 日至 1989 年 12 月 31 日的年轻一代。此处反其道而行之，借用一个巧妙的双关概念，利用谐音点出王蒙本人已年过八旬的真实年龄，也暗指作品的现代创作背景以及蕴含的新兴元素。

小说一开篇，即是男主角老干部兼老知识分子的沈卓然与发妻淑珍的金婚庆典。此时的老沈，深感命运待他不薄，伉俪情深地携手走过岁月里的重重磨难，终于可以尽享相濡以沫的甘美和相依为命的温暖。但未曾料想两年后淑珍因病去世，晚年丧妻给沈卓然以沉重的打击，也彻底颠覆了他计划中原本安稳平静的退休生活。在好心人热情不断地介绍下，在新女性毛遂自荐的错愕中，老沈择偶再婚的过程风波不断，可谓是一地鸡毛。与连亦怜、聂娟娟、吕媛和乐水珊四位女性的纠葛，伴随着对初恋蔚圆老师的感怀，对亡妻淑珍的追思。一个男子与六个奇女子的故事，可笑可叹。

《奇葩奇葩处处哀》与王蒙开启自 20 世纪 80 年代，以《坚硬的稀粥》《风筝飘带》《活动变人形》等作品为代表的叙事模式和语言风格一脉相承。即在意识流的内聚焦叙事下，结合黑色幽默的辛辣讽刺，注重文本的文学性和语言的节奏感。

王蒙本人认为："写小说也好，写议论文字也好，关键是来自生活。用类似生活的原貌的方式写小说，是一种快活，是性情的游走，是感觉的铺陈，是想象的花朵的盛开，是逗你玩儿。"①《奇葩奇葩处处哀》虽然大体上以时间发展先后安排人物出场的顺序，但王蒙不时借男主角的思维活动作轴线，用意识流打乱有条不紊的叙事秩序。现实中穿插着经由感官刺激、事物联想下出现的反思或回忆。故事在真实情节与原生意识间辗转挪移，组建了多层次的立体时空秩序。

他觉得小乐劝他服用的不是化学药片，而是关怀，是仁义，是温柔，是 21 世纪的科学与人文背景，是生命的安慰与将息，是男人的干枯最需要的滋润与浇灌的露与雨。

---

① 王蒙《明年我将衰老》前言，花城出版社 2013 年版。

如果说这也是一种老年人的爱情的话,这是无爱的爱情,这是行将消失的晚霞余晖。这是仍旧的落日照大旗,马鸣风萧萧。这是蒙头盖脸、天花乱坠、相激相荡、出神入化、谈笑风生、内容空洞、色即是空、空即是色的爱情,或绝对非爱情。

近5万字的中篇小说中,此类表述夸张超出常理的排比句式不胜枚举。关于文学的语言问题,王蒙曾提出:"怎样才能有味道呢?怎样才能避免那种千篇一律、一般化、毫无特色的构思、手法和语言呢?问题在于你是'说'还是'唱'。'说'是指用最一般的方式,用最一般的语言,只求表达介绍清楚,却不追求一定的色彩和曲调。而唱却需要感情的燃烧,需要特殊的表达方式,需要经过精选的,具有内在统一性的语言。"①《奇葩奇葩处处哀》里,作者从容不迫地调动着脑海中的词汇大军,纵横笔墨、汪洋恣意,展现着对文字得心应手的控制能力,并将俄国形式主义评论家什克洛夫斯基的陌生化理论运用到了极致。创作的野心不止步于清晰简明的描述,而是传递着对文学张力和语势的强调。各种原本含混、相悖、对立、冲突的词素,被巧妙融合为一个统一的整体,支撑起完成的意义句子的排列同词语的组合间,看似如单口相声般,将满腹牢骚竹筒倒豆,不吐不快,实则将荒诞与真实、欢笑和痛苦、健康同病态杂糅在一起,体现出不俗文采和生动讽喻。形式上刻意背离了读者常见的规范化表述,给人以崭新的语言视野及刺激的情感触动,最后在艺术上达到超越平庸的效果。

虽然王蒙把2013年出版的新作集命名为《明年我将衰老》,但事实上,从《奇葩奇葩处处哀》的表现来看,2015年的王蒙其实远未衰老。和同时代的作家们相比,与老年王蒙对话往往离不开他对新兴事物永不停歇的包容及好奇。2013年《合肥晚报》的专访,就以"八十王蒙的'青春之歌'"为标题。他向记者透露,自己看《超级女声》、看《中国好声音》,而且也用苹果、发微信。不无自豪地坦言:"王蒙老矣,但还要和年轻人竞赛。不仅敢跟年轻人比质量,还能比数量。"②对自己的心态活力颇具信心。

广泛运用新词汇、新意象,紧跟时代步伐,也是《奇葩奇葩处处哀》的主要写作特点之一。从标题来看"奇葩逸丽,淑质艳光",在古文中本指奇特而美丽的花朵。随着语言所指的历时发展,当今的奇葩,逐渐演变成一个网络用语。寓意也由褒至贬,从代指不同寻常的优秀奇才,到影射那些行为不合常理、难以理

---

① 王蒙《当你拿起笔》,北京出版社1981年版,第142页。
② 《八十王蒙的"青春之歌"》,《合肥晚报》2013年11月5日,7版。

解的人或现象。王蒙以此意象,为笔下的诸位女性形象分类"女人都是奇葩,吕
是力量型葩。连是周密型葩。聂是才智型葩。那位老师是贵族型葩。"细小调
侃间轻松道破各个女性角色的不同特点。此外,书中的出场人物,虽然看似都
已不再年轻,但他们联络用三星最新款 S5 手机;写字有京东网出售的自来水
笔;聚会到精心挑选的湘菜馆;业余时间收看电视相亲节目《为爱向前冲》《我们
约会吧》。不仅生活模式与现实中真实的"八〇后""九〇后"青年接轨,其语言
也新潮到令人难以相信出自一位"三〇后"八旬老人。

二、空间、时间、性别,三元素纠结激荡

我们曾经熟悉的王蒙,是《组织部新来的青年人》,穿梭于 20 世纪 50 年代
老北京的胡同里;是《买买提处长轶事》,行走在 70 年代新疆的大漠中。《奇葩
奇葩处处哀》的场景,则转向了 21 世纪现代都市灯红酒绿的花花世界。即便语
言、空间、时间都变换了,不变的是作者一以贯之的,对女性命运的重视与思索。

20 世纪 50 年代,19 岁的王蒙写下了长篇小说《青春万岁》,这部新旧时代
交替之初,集英雄主义、理想主义、革命浪漫主义于一身的作品,主角便是一群
青春洋溢的北京女二中高三学生。创作于 20 世纪 90 年代的《恋爱的季节》,同
样描绘了多个性格鲜明的女性形象,浪漫的周碧云、纯真的叶东梅、率直的洪
嘉、倔强的闵秀梅如花朵般绽放的生命,点亮了激情燃烧的岁月。在王蒙的创
作生涯中,"他一直比较关注女性的命运,对女性充满怜爱和同情,倡导她们追
求人格独立和自我价值。"[1]关怀女性,为女性发言的创作特色,与王蒙在现实生
活中对女性的评价几乎一脉相承。在社会不断进步;公民受教育程度不断提
高;女性意识逐步觉醒的今天,因对女性发表了不当言论而遭到口诛笔伐的新
闻屡见不鲜。但王蒙并未因此选择静默无言,在与媒体人窦文涛对话时,他敢
于主动谈女性,认为女性穿着暴露是权利,但须自我保护。[2] 在做客河南卫视文
化节目《成语英雄》时,他又一次提出:选择做"剩女"是人性的自由。"当我们面
对剩女时,不要给她们太大压力,应当尊重她们的选择。"[3]不仅关注女性群体在
当代面临的生存状况和精神困境,并且在论及女性个人道路抉择时,鼓励她们

---

① 　陈真真《论王蒙小说中的女性形象》摘要,中国海洋大学硕士论文,2011。

② 　"凤凰卫视 锵锵三人行",引自:http://v. ifeng. com/news/ society/201506/013bac91-
f9c9-4dc0-8487-c3bdfd339527. shtml。

③ 　《王蒙差评"剩女"惹争议回应:实为人性自龄》,《大连晚报》2014 年 4 月 29 日,B11 版。

走出社会沉疴偏见的桎梏，主动追求自己理想的生活。

这种写作态度，同样延续到 2015 年的《奇葩奇葩处处哀》，尽管作者王蒙是男性，作为叙事人的沈卓然也是一位老年男性，但女性人物绝非男性角色的附庸或陪衬。作品集中展现的，其实是六个不同性格、不同命运、不同职业、不同背景的女性，读者实际通过男主角的观察视角，一起了解诸位女性的故事。

女性形象在男性创作中的固化，一直是现当代女性批评主要关注的问题。1968 年，玛丽·埃尔曼（Mary Ellmann）在《想想妇女们》（*Thinking about Women*）中指出，西方文化中充斥着一种"性别类推"（*thought by sexualanalogy*）的思维习惯，她从不同社会层次的男性作家笔下的妇女形象中总结出了十种女性模式。桑德拉·吉尔伯特（Sandra Gilbert）和苏珊·格巴（Susan Gubar）于 1979 年发表女性批评名著《阁楼上的疯女人——女作家与十九世纪的文学想象》（*The Mad Woman in the Attic*）。该书主要揭示了西方 19 世纪前男性文学中两种模式化女性形象天使和妖妇（angel and monster），批判这些形象背后隐藏着的男性父权制社会对女性的歪曲和压抑。反观《奇葩奇葩处处哀》，没有模式化的女性书写，也没有男权思想的僵直投射。六位奇葩女子各具精彩、各有特色。作者为每个女性角色精心设计了丰富的人生经历和立体多面的人物性格，她们不是天使，亦非祸水，而是芸芸众生中，常常出现在我们身边的鲜活女子。

第一个出场的发妻淑珍，有着传统中国妇女善良、隐忍的美德。她陪伴老沈从青年时代一路风雨兼程走到金婚，即便面临死神的威胁，亦表现得安详从容。淑珍去世后，失去妻子支持、陪伴的老沈开始失眠消瘦。原本健康的身体开始两腮凹陷、头发干枯。他蓦然意识到，淑珍"是根，是树，是枝，是叶，它提供荫庇，提供硕果，提供氧气，提供生命的范本"。发妻的离世，让老沈开始相信"乐极生悲、因果报应"，回顾检讨自己的一生。"在满坡松柏的山岭下，在刚刚启用的墓葬新区，他站在青石镌刻的墓碑前泪流满面。究竟是什么样的罪过罪孽罪恶，让他在这样一个老来志得意满的时刻失去了淑珍呢？"

在老沈的回忆中，时光退回新中国成立之前。"在一个贫困、饥饿、混乱、褴褛、獐头鼠目、孱弱佝偻、萎靡龌龊、斜视斗鸡眼、罗圈腿瘌痢头的时代，出来一个亭亭玉立、高高大大、自信自足、眉目端庄、一举手一投足都充满优雅和美丽的英语女教师，这简直是与时代为敌，与众生为仇，为社会所难容。她这是为了提醒他人的卑贱与不幸，为了污辱与压迫众生才出现在这个时间这个空间的一位异类。"作为少年时代沈卓然的情感启蒙者，出身名门风采卓然的英文女教师蔚阗,让他懂得了超越时代局限的美好和尊严,也反衬了他面对被侮辱被损害之时的怯懦与妥协。

为了帮助老沈走出丧妻的阴影,诸位热心人开始为他张罗再婚事宜,介绍了一个个对象,展开了与"奇葩"共舞的旅程。

刚刚 50 岁的前女护士长连亦怜,人如其名。楚楚可怜的外表,精湛的厨艺,加之沉默周到的个性。虽然带着患有慢性病的儿子,但无论从哪方面来看,都是沈卓然不可错过的理想再婚对象。"她是美女、大厨、菲佣、老婆、保健员、护士、天使的完美集合。"76 岁的沈卓然,从连亦怜身上感受到了从"灭亡"到"新生"的过程。在喜出望外的幸福中,老沈与连亦怜周游全国,向诸位亲朋好友宣布要在五一劳动节结婚。但令沈卓然完全想不到的是,此时连亦怜一反之前表现出的旧式女子的温和顺从,条理清晰且态度坚决地提出了关于房产、存款等的一系列要求。无法接受这种变相剥夺全部财产的方案,两人的缘分因此告终。

为了表示对老沈好事告吹的安慰,老首长亲自向他介绍了一位知识型女性。六十出头的女教授聂娟娟出场了。聂娟娟没有女护士长连亦怜温柔美貌,鲜少进食的生活方式异于常人,光彩熠熠的简历也让沈卓然心存疑虑。"一个女性,学历很高,运气很糟,生活很孤独,这样的怪人首长为什么要介绍给他?"但无所不知的聂娟娟,用自己文理兼通的学识与不俗谈吐赢得了老沈的敬爱。他们频繁通电话,共享人生的经验与回忆。但一次意外的拜访,让沈卓然了解到聂娟娟电话之外,位于城中村窄小的住所,和日常以卖报为主的生活方式。未能等沈卓然厘清疑惑,聂娟娟的失联则让一切永远成谜,也为这一段建立在心灵沟通之上的乌托邦之恋画上不无遗憾的句点。

与聂娟娟确切失联 39 天之后,沈卓然家迎来了一位新客人,退休女公务员吕媛。"雄伟",沈卓然如此形容她。如果说淑珍是痴情的鸟儿,连亦怜是攀缘的凌霄花,聂娟娟是泉源送来清凉的慰藉,那么吕媛则是不折不扣的木棉,带着一树红硕的花朵,像英勇的火炬。从身高体重,到稿费退休金,吕媛都与老沈不相上下。她的骄傲自信,配合着喧宾夺主的强势,让沈卓然感到自己身为男性的尊严受到了全方位的挑战,之后的拒绝亦在情理之中。

比沈卓然独生子还要小一岁的"七〇后"女性乐水珊,此时主动登门拜访。她年轻、新潮,哼英文歌曲,吃各种各样的零食,但也能投其所好,与沈卓然畅聊李长吉与李义山。"给老沈家带来了无数新一代的生活、动感、气息。"她信誓旦旦地表示,对博学多才的沈老师一直怀有崇敬和憧憬,愿意无条件陪伴他,直到终老。然而沈卓然在天使降临的喜悦过后,渐渐发现,乐水珊真挚体贴的行为表现下,隐藏着时刻保持着的戒备。照顾他的真实目的,并非宋庆龄恋上孙中山那样,出于少女罗曼蒂克的念头,成就了一段旷世传奇。而是为"寻找一室写字间加半室临时住房……成为中国信息产业与文化产业的巨鳄巨星。"遭到利用而备受打击的沈卓然大病一场,最后回到淑珍墓前,继续忏悔着,思索着。

沈卓然与六个女人的故事,到此告一段落。作为一位男性作家,受传统男权意识影响,王蒙的男性视角,很大程度上来自外部历史语境和深层集体意识,为社会力量所塑造。因此王蒙的文学创作其实不可能完全摆脱父权制的视野,彻底背离自身的性别立场,磨灭掉男性的话语和声音。因此在《奇葩奇葩处处哀》中,权力亦影响着文学,男性主导框架被编码进入了文字结构中。有的女性显示出藤蔓般的弱者姿态,需要攀附于男性,离不开他们的庇护和照顾。而与之相反,从经济到人格都独立自主,敢于发表意见的新女性,又让男性陷入无力掌控的惴惴不安中。有的女性目的动机让人唏嘘,有的女性行为话语令人结舌,不可否认其中传达出男女地位和两性关系某种程度上的不平等。王蒙本人亦不避讳这一点,他在"后记"里大方承认自己的局限:"这把年纪,已经可以叫作'落在时代后边'了,尤其落在当今女性的心思后边。"但同时尽量摒弃男性中心主义的影响,从女性的角度思考,为她们发言。他不仅大胆尖刻地讽刺当今社会"一种男人就是与某个女人发生了一些来往,八字还没有一撇,就拿出去说事,乃至是去卖弄自己在女性方面调情方面的成功。有的人甚至于拿出某个女人的动情的信给一帮只想猎艳的狗男人看,这样的男人狗彘不如,这样的男人应该毫不犹豫地割舌去势"这种欺骗女性情感、物化女性的丑陋现象,也设计男主角在结束与诸位女性的纠葛后仍不表怨愤"我不能怨她们,她们都有她们的理由,她们都有她们的精彩,她们也有太多的痛苦与想说而完全没有说出的话。她们的问题永远无解,与女权主义,与普世价值,与后现代完全无关。她们都是耀眼的奇葩,是给所有男性的热情的拥抱与响亮的耳光。她们也可能有刺、有毒、有假。她们都有自己的可爱……无论如何,她们是干净的,比男人更好些……她们的干净使我看到了历史的进化,我并不悲观"。充分肯定女性的存在与价值,在嘲讽的表象下,其实取了"奇葩"最初的褒义,将女性视为珍奇而逸丽的花朵。

王蒙的《奇葩奇葩处处哀》里的大部分女性其实并不完美,从思想到性格均有不同程度的缺陷。比如连亦怜对金钱的执着追求,比如乐水珊对沈卓然的欺骗与利用。看似有丑化女性之嫌疑。但实际上,这些女性在字里行间赢得了为自己发声的权利,可以选择不同的人生目标和理想追求。从男主角老沈的自白："感谢她们让我了解了更多的生命的奇妙与人生的滋味，特别是女性们的百态千姿。"我们能够看到，作者摆脱了"德言容功"的单一评判标准，肯定女性多姿多彩的差异性，展现了她们忠于自我、努力实现个体价值的现代女性意识。作者对两性的思考，跨越了年龄与性别的局限，始终坚持传达正面、宽容，乃至尊敬的态度。

三、个人、历史、命运的万花筒

作为中国当代文学大师，见证了共和国的风雨兴衰。王蒙的小说创作所表达的思想，既有《青春万岁》《组织部新来的青年人》等对革命、真理的理想追求，也有《春之声》《蝴蝶》等经历时代风云变幻，个人际遇积淀之后，对整个国家民族的历史、当下和未来的深沉反思。

《奇葩奇葩处处哀》的后记里，王蒙这样解释自己的写作动因："我早就积累了这方面素材：老年丧偶，好心人关心介绍，谈情论友，谈婚论嫁，形形色色，可叹可爱可哭。久久不想写，是因为太容易写成家长里短肥皂剧。"然而深厚的文学功底和悲悯的人文情怀让他"一旦敲键，就一点也不肥皂了"。作者"且写且加深""不再仅仅是泡沫，不再仅仅是卑微，不再仅仅是奇闻八卦家长里短，而是无限的人生命运的叹息，无数的悲欢离合的撩拨，无数的失望与希望的变奏，无数的自有其理的常态与变态"。

因此《奇葩奇葩处处哀》作为一个审美客体，在作者的有意为之之下，与社会、历史间发生了多角度的关联。文学为历史时刻所形塑，是文化诗学的一个重要观点。需要将文本置于不同的文化语境之中，与历史事实相结合，体会作者在作品中展现出的人文关怀，而并非孤立地加以理解。

《奇葩奇葩处处哀》表面上是一段又一段洋相百出的啼笑因缘；是格局"小到不能再小"的鸡毛蒜皮；最多不过是以一个男人的视角，反映了当下现实生活中，女人各种择偶标准及人生追求。但实际上，在"茅屋土炕、人间烟火、爱憎情仇、悲欢离合"的背后，隐藏着王蒙透露天机、勾画世态的创作野心，画满女性图形的俗世风景里，有着飞速变化的时代烙印，更折射了大历史下，集体命运的"高高低低、坑坑洼洼、苦苦甜甜"。

最早出现在沈卓然情感历程中的蔚圆老师，在民国时代与他一起见证了动荡不安、积贫积弱的旧中国。淑珍陪伴沈卓然经历"文革"的苦难，在理性丧失，被恐惧笼罩的时刻，沈卓然拒绝庇护惨遭批斗的老师。寥寥几段回忆，映照了黑暗中人性善与美饱经摧折，浓缩了十年间一代人承受过的惨痛经验。连亦怜不幸的家庭生活、聂娟娟被打断的求学生涯，原来都源自于政治运动的蝴蝶效应。王蒙借书中人物之口说道："这不是我个人的事，这是历史，这是沧桑，这是大时代的小小悲哀。"面对历史带来的劫难，王蒙把生命不可承受之重和岁月年轮接续起来，以他特有的幽默风趣的笔法解构了历史叙事的权威。不见伤痕文学、寻根文学常有的感伤基调，而是以一种笑中带泪、反思但不乏宽容的态度，在现代语境的认知与情感下，利用文学来叙述特定事件如何扇动翅膀，席卷为不可逆转的浩劫；通过文字来检讨群体中的个体如何屈从于如江河般倾泻而下的狂暴激情，丧失了冷静的独立性，反省个人对历史应负的职责。

因而书中的每段故事、每位人物，既有着被作者赋予的角色身份，也有着抽象的文化身份。从他们身上，传递出历史漩涡的不可抗力，传递出个人苦难与民族苦难间不可分割的关联。他们是社会渺小的一员，他们是颠倒的历史镜像，他们被时代的洪流裹挟着前进，他们抑或根本就是时代本身。他们在王蒙笔下，获得了超越一般性的启蒙意义。《奇葩奇葩处处哀》里的历史语境，是从个人经历中挖掘出的事实真相，作者关注的焦点集中在劫后余生的普通人。每一重角色代表着不同的声音，在喧哗中谱写出一阕记录 40 年来，一代人茫然与恐慌，苦难和勇气的交响曲。如童庆炳教授所言："这也正体现了王蒙这一代人反思历史的特有方式，不是从个人的立场，而是以民众的代言人乃至于民族良知的身份发言，个人的所有情感体验和精神矛盾最终都在汇入群体和历史的过程中才能得以解决，才会获得意义。"①

综上所述，王蒙新作《奇葩奇葩处处哀》，语言一如既往地巧妙精彩，体现着文学大师宝刀未老。作为现实主义新作的又一典范，它既是一幅全景式女性彩图，也关注着晚年丧偶的社会问题。它流露着生老病死的忧伤，也呈现着爱情的多彩缤纷。"无限的人生命运的叹息，无数的悲欢离合的撩拨"，还有"永远的善良万岁"。时代拷问、人性追索、觉悟与悲悯，个人的坎坷遭遇超越了个体的局限，走出国家的灾难，抚平历史的伤痕。理想和浪漫，依然在俗世风景里熠熠生光。

（原载《当代作家评论》2016 年第 2 期）

（杨一：香港大学中文学院博士候选人）

---

① 童庆炳《作为中国当代小说艺术的"探险家"的王蒙》，《中国海洋大学学报》（社会科学版）2003 年第 6 期。

王蒙与新疆

这边有色调浓郁的风景

——评王蒙《这边风景》

雷　达

　　王蒙 2013 年拿出了他主要写于"文革"时期,"文革"后有所修改,却一直尘封着的长篇小说《这边风景》。小说长达 70 万言,写 20 世纪 60 年代前期新疆农村的生活,以伊犁事件背景下一桩公社粮食盗窃案作为切入点,在若即若离地破解悬念的同时,展开了丰富多彩的伊犁地区独特的风土人情,为读者展现了一幅巨大的"文革"前夕少数民族日常生活的色调浓郁的风俗画。有人戏称这部作品为"出土文物",它也确实沉睡了多年,一朝见天,对于当今读者、当代文学史和王蒙本人,无疑都是重要的,但它同时提出了一个必须面对的问题:这部写于"文革"时期的作品,究竟有怎样的思想艺术质地,应该怎样评价它的审美形态,怎样确认它的文学史站位,以及怎样把它放在当代文学史的序列和王蒙的创作序列中来看。

　　王蒙其实是很重视他的这个"孩子"的。1978 年,笔者作为文艺报记者访问王蒙时,他那时还未完全"平反",就曾郑重地向我谈过他写作时间最长的这部作品。但事实是,似乎总是找不到合适的机会面世。此后,新时期文学一浪高过一浪,王蒙写《蝴蝶》《杂色》《布礼》《相见时难》,写《夜的眼》《春之声》《如歌的行板》,一会儿深切地反思,一会儿搞先锋实验,忙得不亦乐乎,而《这边风景》因为带着明显的"十七年"文学的胎记和"文革"时代的少许印痕则变得越来越不合拍了。再往后,王蒙以新启蒙的姿态审视和批判中国传统文化人格,写出了《活动变人形》,既揭露中国文化的"吃人",又写它的"自食",既写撕裂,又写变形,相比之下,《这边风景》的思路就更对不上了。到了今天,思潮的转换再也不那么明显和急促,我们相对进入了一个文化大发展的兼容时期,也就有了《这边风景》的出版和问世。王蒙考虑到年代的疏隔与青年一代读者的接受障碍,在每章后面加上了新写的"小说人语",对该章加以评点,重在不同语境下的对比与和合。这既是两个时代同一作者的自我对话,也是作者与今天读者的对话,起到缓冲一下遥远陌生感的作用,尽可能将之拉回今天的语境。

那么,在今天看来,《这边风景》的品相怎么样?我认为它仍然拥有强烈的真实性,众多人物由于来自生活而非观念就仍有活泼的生命,它的人文内涵,尤其是伊犁少数民族人民的乐观性格与人文风貌,表现得更为丰沛。从时空上看,作品确实显得有点遥远,伊犁边民事件,四清运动,也早已淡出人们的视线,但作品保存了大量 20 世纪六七十年代的精神生态真实,涉笔人物达 50 多个,他们的家庭与社会关系的纠结,他们情感生活的原貌,边疆地区特有的风俗都跃然纸上。当然,作品肯定离不开当时流行的政治观念、术语,甚至斗争场面,但这恰恰保存了它的历史感。它的可贵还在于,既写出了那种特定的极难表现的紧张而又动荡的"人惊了"的时代情绪,又写出了那个时代斗争生活掩盖下的仍未绝迹的舒缓的盎然诗意和迷人风情,即民族文化的阶段性的表征。对作者而言,也许这并非他的预期,也许他当时就想发表,但不管怎么说,这部书因为时空的悬置而有了历史的、审美的、风俗史的价值,以及地域文化和民族文化的价值。它应该加进文学史之中,但加在哪里为好呢?

我曾写过《浩然,十七年文学的最后一个歌者》的文章,认为浩然的《艳阳天》是"十七年"文学的幕终曲,因而自有其价值。现在看来,随着《这边风景》的出版,从时间上算,真正的幕终曲,应该还是王蒙的《这边风景》。我要特别强调的是,它们在审美上都不属于"文革文学"——因为没有那种"三突出"的绝对和所谓"无产阶级专政下的继续革命"的极"左"品性,当然也不同于"文革"中的"地下写作",而是大体上延续着"十七年"文学的某些特征。我认为,"十七年"文学与"文革"文学是有极大区别的,虽然二者有深刻的联系,比如"左"的思潮,阶级斗争与路线斗争的基本骨架等。但在"十七年"文学中,仍然有较为丰富的人民的"火热斗争生活",人物有原型有真实血肉,即使写战争和斗争,也有一种美感——它有它自己的诗学,虽是偏斜的诗学。现在不提阶级斗争了,但并不意味着阶级斗争完全不曾存在过,也不意味当时的文学没有自己的诗性和美学。

需要研究的是,什么使王蒙在极"左"思潮泛滥的"文革"中还能以沉静之心,写出这样一部作品?王蒙并非身在世外桃源,也非不关心政治,并非没有压力和忧虑,也非可以逃离人人自危的环境,为什么他还是能保持住作品良好的人文品质?为什么在"三突出"作为普遍价值尺度的年代,他并没有向"三突出",根本任务论的方向走去?这就不能不从作者的政治观人生观的深刻层面,作者的经历与个性，作者的偏爱，作者的创作方法，作者的审美意识诸多方面加以探讨。

鲁迅先生说创作总根于爱，这话很适用于理解王蒙的这次写作，我甚至把它作为最重要的原因。看得出来，王蒙非常喜爱维吾尔族，哈萨克族及其少数民族的人民，他好奇、赞赏、肯定，认同之情溢于言表，在他们的幽默与他的幽默之间，好像找到了知音和同类。王蒙于 1963 年"自我流放"，申请从北京来到新疆，后至伊犁，借住在当地维吾尔族农民的家中，与他们一起下地植种，同室而眠，朝夕相处如家人。后来，他成了生产队的副队长，学会了一口流利的维吾尔语。对于王蒙能学会维语或不止一种，文坛上一向视为奇迹，看来这不仅是聪明，还是喜爱。王蒙喜爱新疆各民族的文化，小说中对伊犁的自然风情、物产、气候、风俗，都极为欣赏夸赞。且看写伊力哈穆归乡一节，进伊犁的过程就是赞伊犁的过程，车上人说什么阿勒泰山太冷，冬天得提着棍子，边尿边敲；吐鲁番太热，县长得泡在浴缸里办公，而伊犁，插一根电线杆子也能长出青枝绿叶，说伊犁人哪怕只剩两个馕，也要拿出一个当手鼓敲打着起舞。作品写劳动场面堪称一绝，不论舞钐镰，割苜蓿，还是拌石灰，刷墙壁；写吃食则满嘴流香，无论打馕和面，还是烤羊肉，喝啤沃，总之，吃喝拉撒、婚丧嫁娶、衣食住行、宗教生活，都写到了。事实上，最根本的还是写出了他们幽默、机智、豁达、浪漫的性格，总体上生动地表达了维吾尔族人民的原生态的生存方式、思维理念、宗教文明，以及积淀在其民族性格中的精神原色。

须知，这一切是作为一个汉族外来者的眼光写出来的，能达到这样的深度和韵味，殊为难得。王蒙在"小说人语"中叹道，谁能不爱伊犁，谁能不爱伊犁河边的春夏秋冬，谁能不爱伊犁的鸟鸣和万种生命，谁又能干净地摆脱那斗争年代的斗争的辛苦与累累伤痕？并且说，他不得不靠近"文革"思维以求"正确"，但同时他"怨怼的锋芒仍然指向极左！"这些话很重要，有助于理解全作。

我认为，理想主义的内在倾向在创作中也起了很大作用。在王蒙的创作史上，革命理想居于重要位置，这部作品基本属于前期的王蒙。在审美上与《青春万岁》《组织部新来的青年人》很靠近，有血缘关系上的一脉相承。王蒙 22 岁写《组织部新来的青年人》，其时入党已 8 年，他满怀少年布尔什维克精神。总有一种"我热爱"的激情和"我相信"的信念支撑。他的名句如："让所有的日子都来吧，让我编织你们，用青春的金线和幸福的璎珞。"在他的笔下，热爱人民，热爱劳动，追求光明和幸福，讴歌生活是多么美好，相信共产主义事业一定胜利，于是在文体上夹叙夹议，常常禁不住要站出来抒情。比如，小说写"我临离开新疆时，雪林姑丽夫妇为我送行，做了很多可口的饭菜……你腰上扎着一条白色挑花的围裙，头系头巾而不是花帽，你已经从阿图什人变成了伊犁人。临行前，你说了一句，如果他们用不着你，你就回来，我们这里有要你做的事情。这么多年来，你们了解我的为人，正像我了解你们。你说的这句话，你用你那天真的和温和的嗓音说的这句话，像雷霆一样在我心头响起！这真是金石之声，黄钟大吕。这是什么样的褒奖和鼓励！一点天良，拳拳此心，一腔热血又在全身奔流，此生此世，更复何求。谢谢您呀，我的妹妹，谢谢您呀，雪林姑丽……"这样的大力抒情随处可见。

所以，《这边风景》也可看作一支人民的赞歌。它有较强的政治性，却有更强的人民性、理想性；后一点救了这部作品。与《青春万岁》比，虽然沉郁了许多；与《组织部新来的青年人》比，虽然少了一种自负与尖锐，少了批判麻木不仁的那种锋芒，变得小心翼翼，但"林震"还在，他的浪漫主义的革命理想遇到挫折后，理想主义未变。王蒙是主动要求到伊犁的，此前他不愿更平安地当大学教师，也不愿蹲城市机关，而是选择走向民间，走向基层，扎根大地，不无浪漫成分。他说他是毛泽东《讲话》的认真的实践者，并非虚语，没有这些，就不可能有《这边风景》的产生。

若从创作方法的角度看，又可发现，坚持现实主义精神是它穿越时空而葆有新鲜感的一个原因。现实主义的要义是忠于生活，是追求生活的真实性与生活的深刻性。王蒙自己说他写得太老实了，是的，若与他后来的汪洋恣肆相比，与他的意识流，语言爆炸，杂语洪流相比，差异太明显，从中不难嗅到19世纪批判现实主义文学的质朴气息。它的语言，具有双语特色，唯其遥远，唯其写实，充满了民间的智慧。有意思的是，当时王蒙才39岁，理应是下笔最为奔放无忌的年代。这恰好映衬出，新时期思想解放多么伟大，中老年的王蒙还能挥洒自如。然而，自由是双面的，自由固然有利于创作，但不会使用自由，又会使自由成为创作之累。戴着镣铐的跳舞，有时反倒有可能跳出"天籁激情之舞"。王蒙忠于生活，崇拜生活，热爱大地和大自然，陶醉于少数民族的风情，有作为人民之子的一面。他热衷于表现生活的鲜活与灵动，当政治性与人民性冲突的时候，他选择人民性。

是的，这部作品里，"生活"才是主角，才是无所不在的主题。生活是净化剂；生活有永恒性；生活是诗意的泉源；不管多么黯然的生存，生活的内部总有强大的力量，犹如"幽暗的时光隧道中的雷鸣电闪"。正如王蒙说的，不妥的政策会扭曲生活，而劳动人民的真实与热烈的生活，却完全可以消解假大空的

"左"的荒唐。我们看,就在那个压抑年代,人们的口头禅是"我哪里知道",表现出了万般的无奈与无助,确有如乌尔汗与伊木萨冬一家的大不幸,但在这里,爱情仍在燃烧,爱弥拉与泰外库的爱情美丽得让人落泪,莱希曼肖盖提的抗婚、私奔,并引出了女儿莱依拉侨民证的纠纷。这里友情依然感人,如老王与里希提之几十年交情的笃实;这里干部仍然勤勉、热心,清醒而坚定,如伊力哈穆、尹中信、赵志恒们。"即使政策是偏颇的,民生是艰难的,生活仍然是强健的、丰富多彩的。"这就是现实主义的胜利。

然而,不能不看到,这部作品里当时政治意识形态和极"左"政治的某些痕迹仍是明显的,在那个以斗争哲学为基础的时代,作者仍未跳出那个时代的典型的创作模式。作品围绕粮食盗窃案与伊犁事件,作为大悬念,沿着破案,抓境内外的敌人,展开一场激烈的阶级斗争和路线斗争的线索来构思全作。所幸的是,它并没有按这模式去强化阶级斗争,相反,在这个模式中,它缓解,消弭,更多篇幅写的不是一分为二的"斗",而是合二为一的"合"。也许开始,作者想把伊力哈穆作为反潮流的青年英雄形象来塑造,他当过工人,入党早,根红苗正,他在伊犁事件当口归乡让我们想起某种模式,但可喜的是,他归乡后并没有带头打斗,却在处处保护村民,带领村民在困难时期改变贫穷面貌,以致遭到批斗。他的农民的灵魂重新回到他的伊犁人的躯壳,他的身心又回到自己的家园。

2013 年 5 月 29 日

(雷达:中国作家协会创研部研究员)

重识新疆文学及其当代意义

——以闻捷、王蒙等人的新疆题材创作为中心

袁盛勇

新疆文学在总体上以往并未受到太多关注，是被边缘化的存在，人们往往在评介其发展走向及其相关内涵时，多以边地文学、少数民族文学和中国西部文学指称。这样一些名称，尤其是人们用得最多的西部文学，其实是存在很大问题的。因为中国西部不论就地理空间、行政区划还是文化与审美属性而言，都不是一个统一的存在，而是在不同区域具有其各自不同的特性，有的即使在同一区域内又可以存在各种不一样的文化和人生。再者，西部文学中的"西部"总是给人一种单调、粗犷，尽管神奇但又落后的想象。在内地和沿海很多人的心中，即使到了资讯非常发达和迅捷的今天，西部给人的感觉和想象还是跟落后和野蛮联系在一起的。也许，在经济规划和建设上，人们把中国区分为东部、中部和西部，有其客观而积极的价值，但是把"西部"这个说法套用在文学和文化上，笔者以为是很不确切的，因为它在中国文化的某些层面，未尝没有一种在价值上予以贬低的心理暗示和导引，是或多或少有着某种并不高看的意味在里边的。总之，无论从何种意义上说，笔者是不赞同用一个西部文学来概括所有产生在中国西部的文学，尤其当我们面对新疆文学这一具有独特美学和文化内涵的文学历史和存在形态时，更是如此。

令人欣喜的是，21世纪以来，新疆本土的文学批评家和研究者对此有较为自觉和清醒的认知，新疆文学正在以一种不容置疑的积极面貌呈现在人们的精神世界里。这方面的突出成就，应该说是以夏冠洲等人撰述的《新疆当代多民族文学史》的出版为标志。该书于2006年由新疆人民出版社出版，共分小说卷、诗歌卷、散文·报告文学卷、戏剧·影视文学卷、文学翻译卷、文学评论卷六大卷，规模宏大，并请王蒙等人作序，用心良苦，在学术界产生了较大影响。正如有研究者指出：该书把从新中国成立初至20世纪末这一"半个多世纪中新疆

出现的重要作家、重要作品、文学思潮、文学流派等复杂的文学现象，放在世界语境和新疆多元文化的大背景下进行了认真的梳理、论析和整合，并对新疆当代多民族文学的文学源流、基本成就、发展历程、创作经验、相互影响、发展规律、文学的共性和个性等问题第一次进行全面检阅和系统研究，集中反映出新疆当代多民族文学的丰富性和整体性"，因而它是"新疆当代文学研究中一部全景式的集大成之作"。① 可以说，这部当代新疆文学史著作凝聚了新疆本土研究者的多年心血，学理性的严肃中含蕴了他们在审视新疆文学时所具有的自豪感和尊严感，也寄托了他们对于当下和未来新疆文学的深刻期许。其间所包含的一些研究和写作经验，不仅在区域文学史研究和写作领域具有重要启示价值，而且对于如何重新认识新疆文学的当代性生成及其跟当代中国文学的互动性关系，也具有非常重要的参照意义。此后，新疆文学发展中出现的种种文学现象、文学思潮、文学作品等，大都重新进入研究者的视野，也出现了一些较为坚实而富有创见的成果。当然，严格说来，这些成果中大部分还是不够丰厚的，值得研究者尤其是新疆本土的研究者付出持续而更大的努力。

不妨以几位具体作家比如闻捷、王蒙等人的创作为例，来谈谈我对新疆文学之一部分的重新理解。新疆文学在当代中国文学地图上，无疑属于一个区域文学的概念，是大的中华文学或中国文学总体中一个不可缺少的重要部分。探究区域文学与文化的关系，在一个全球化的进程中，其实是一个具有世界性和人类性的课题。在《新疆当代多民族文学史》中，夏冠洲等学者认为当代与新疆有关的作家作品和文学现象均可看作新疆文学的一部分。根据作家作品对新疆的生存体验及其书写的不同程度来分：一类是长期居住和生活在新疆的本土作家，这里既有汉族作家，更有少数民族作家，他们创作的作品毫无疑问属于新疆文学研究的重要对象；二类是曾经长期留驻新疆后来才移居到内地的作家，他们以新疆为背景创作的作品也属于新疆文学的一部分；第三类是对新疆做过短期访问的作家，他们以在新疆所见所闻所感为题材创作的作品。② 应该说，这种看法还是较为合理的，它既考虑了作家，又顾及了新疆，还兼顾了作品所写的实情。在这样的阐释框架中，闻捷、碧野以及后来的张承志等人创作的新疆题材文学作品，无疑属于第三类；而为大家津津乐道的王蒙，无疑属于留驻新疆较

---

① 郑亚捷《地域文学研究的新收获——评〈新疆当代多民族文学史〉》，《民族文学研究》2009年第3期。

② 参阅夏冠洲等《新疆当代多民族文学史》，新疆人民出版社2006年版，第9页。

长的作家了。

说实话,就笔者的个人阅读经历而言,最初吸引我对新疆颇感兴趣的,是那个不仅在新疆而且后来在内地广为流传并深受喜爱的阿凡提,他的聪慧、幽默,他的不畏强权,言行举止中所透露的人性之美,其实不仅仅是属于新疆的,而且是属于中国的,也是属于世界的。然后就是闻捷抒情诗集《天山牧歌》中的爱情诗吸引了我,其间所表达的那种健康向上的爱情观念,那种女性柔情的坚定和优美,那种牧歌般动听的语言和诗歌所营造的美的氛围,很长时间不仅引起了我对当代诗歌的阅读激情,而且引起了我对天山南北的遐想和神往。《葡萄成熟了》《苹果树下》《种瓜姑娘》《夜莺飞去了》等诗作,真是耳熟能详,这在当代诗歌史上应该说是比较少见的现象。闻捷的爱情诗在 20 世纪 50 年代之所以风靡一时,并且至今仍能受到读者的喜爱,一个重要原因就在于诗人把一个时代的气质,比如对劳动的推崇,和新疆相对于内地而言的异域风情以及爱情等永恒的文学元素结合起来。闻捷当时所写的大都是维吾尔族、哈萨克族等年轻一代的感情生活,它们如花朵一样盛开在吐鲁番、和硕草原、开都河畔等地。种瓜姑娘对于追逐自己的青年,尽管她受到了对方火样激情歌唱的感染,但仍然坚守一个原则,这就是“要我嫁给你吗? 你衣襟上少着一枚奖章”(《种瓜姑娘》)。对于新的爱情——劳动观念的抒写,在其诗作《金色的麦田》《送别》《信》等中也曾得到反复表达。可能有人据此以为闻捷的爱情诗是一种虚假的矫情,是一种属于意识形态的东西,更何况他所叙写的是少数民族男女的爱情,诗人只是一个旁观者,但问题是,对于劳动的肯定和歌颂难道就不是文学的一个永恒主题吗? 劳动对于人类来说难道真的就只是一种没有恒定意义的矫情吗? 闻捷在对“他们”——新疆青年男女——爱情生活的优美而不乏幽默、机智的书写中,难道就真的没有自己对于爱情的想象和遐想蕴含其中吗? 应该说,在 20 世纪 50 年代初期,整个国家和社会还是非常清明的,具有一种积极向上的精神,所以,闻捷的书写应该说表达了一个时代的真实。他在生活于新疆的各民族人民尤其是青年人身上,看到了这样一种新的气象,无疑跟当时整个国家和社会的气氛是相当一致的。换言之,诗人在爱情诗的创构中,把自己的观察、思考与对国家大家庭和睦幸福远景的向往或想象巧妙融汇在一起,诗歌的情感和更为宽广的符号化功能得以艺术地延展。应该说,这在当时是难能可贵的,值得肯定。闻捷的爱情诗其实也包含了他对远在内地的亲人的思念,是有着属于他自己的那份对于爱的神往和执着在其中的,是一种感性和理性非常丰沛的存在,是在一定程度上可以克服一个时代的局限而产生超越时空的美学魅力的。

再说王蒙。王蒙跟新疆的关系非同寻常,他称新疆为第二故乡。这是因为,他以"右派作家"的身份于 1963 年底从北京被放逐到新疆,到后来离开,他在此度过了漫长的 16 年,这段时间正是他人生 29 岁至 45 岁的黄金时期,可以说,他把自己生命当中最好的年华都献给新疆了。有研究者指出,"王蒙与新疆之间其实是一种双向互动的关系,新疆既有大恩于王蒙,王蒙也有力地馈赠回报了新疆"。① 这个观点是非常准确、实在的。王蒙正是感恩于新疆的人生,才会不断地回报新疆。对于一个作家而言,其馈赠的最好礼品无疑就是他关乎新疆经历的书写了。他先后以新疆为背景和题材创作了大量作品,多达百余万字。其中既有小说,也有散文。而其叙述和抒情的基点,其实大多表现在他那为人称赞的八篇系列小说《在伊犁》。他的所思,所爱,他对新疆悠长绵远的诗情回味,在这些小说中都有了。在新疆题材的作品中,研究者认为,王蒙"表现了维吾尔、汉、哈萨克、回等各族人民追求幸福而同命运抗争的勇气、智慧和信心,并对他们逐步告别旧生活、迈进现代文明表示了深情的祝福"。又说,王蒙小说中"众多人物性格的特征和发展轨迹,甚至某个习惯的动作表情,无不体现了本民族地域文化的特点和民族精神,也无一例外地可以找到其民族文化心理的内在依据,因此显得十分自然、妥帖、真实、生动。而小说中那数以百计的、精细的、出色的风情民俗事象的描绘,也极大地提高了这批小说地域文化的氛围和美学品味。十分显然,王蒙作为一位汉族作家,在表现新疆少数民族地域文化上的成功经验,在新疆汉语小说家中的经典价值或标本意义是不言而喻的。"②应该说,这个论断也是比较中肯的。王蒙的创作跟新疆尤其是伊犁是那样难以分割地联系在一起,曾有学者称他为伊犁河畔的诗人,我想,这是确切的。人们曾感到,王蒙在其重返北京之后的工作与生活中,无论多么忙碌,只要其把思维的触角伸向伊犁,他的灵魂就能得到安慰,归于平静,所以伊犁是他心灵栖息的港湾,是可以给他精神疗伤的原初之地,是他可以开始人生逍遥游的地方。王蒙的内心应该说是纯净的,有着一种基于老布尔什维克信仰的纯粹,他笔下的伊犁,风物人情,都是那样温馨,令人流连。可以说,他在对于沉重岁月踪迹的回味和书写中,发掘和礼赞了底层民众生活的丰富和意志的坚强。这也是其新疆题材作品最为感动人心的地方之一。但是,问题也于此浮现出来。

王蒙笔下的新疆,是重回北京鲜花重放之后缕缕思念和想象的结晶,新疆

---

① 夏冠洲《王蒙对于新疆文学的意义》,《伊犁师范学院学报》(社科版)2011 年第 1 期。
② 夏冠洲《王蒙对于新疆文学的意义》,《伊犁师范学院学报》(社科版)2011 年第 1 期。

已经成了一种充满诗意的遥远存在,是诗与真的结合。他的地位、身份,仿佛一下子又高大起来,在回味和书写中,一个老布尔什维克的姿态总是顽强地屹立在他内心深处,这既是一种信仰,一种阳光,也可能是一种暗影,是一种意念的幻象。王蒙在很多时候,已经自觉不自觉地,把自己"从组织部来了个年轻人"忽然提拔、成长或自诩为一个具有反思意识但在骨子里仍是那样高高在上的老干部张思远(《蝴蝶》)了。这就使得王蒙笔下的新疆有可能成为一个意念的幻象之幻象。新疆在那样一个水深火热的岁月里,不可能只有温馨和甜蜜,其忧伤和悲凉所凸显的生活的复杂性、文化的复杂性、人性的复杂性,在王蒙的新疆图景中显然被过滤了。在这一意义上,王蒙新疆书写所表达的真实性值得质疑,至少在我看来,是不够真实的,是没有表达出一个时代的历史真实,是没有表现那个时代痛彻心扉的痛感的。王蒙的新疆书写有时读来,感到缺乏那样一种史诗般的大气,一个重要原因或许正在此处。或许是爱屋及乌的缘故吧,热爱王蒙的研究者有时总是采取一种仰视的视角看待王蒙及其作品,有时不由自主地就采取了一种神化王蒙的态度。比如,有研究者在探究王蒙对于新疆文学的经典意义时,就把王蒙曾经在新疆尤其是伊犁六年的农村生活上升到了是作家善于深入底层生活的"表率意义"①的高度来进行论述。我在前面引述了这位前辈学者的不少观点,以为是切中肯綮的,而唯独对此却难以苟同。何故?主要在于王蒙来到新疆本是其一种无奈的选择,是一个时代的悲剧。试想,倘若他没有被划为"右派",倘若政治清明、国家祥和、社会安定,他会挈妇将雏自我放逐到边地来吗?王蒙的离开北京,其实是一种被迫选择的投机。当然,事后看来此种投机的胜利也可以从一个侧面反映出他的政治和人生智慧。王蒙后来之所以感恩新疆,一个重要原因就是这让他有可能在远离政治中心的地方躲过了一场生命的浩劫。在这一意义上,王蒙即使后来选择到伊犁农村劳动生活六年,在客观上让他深入了解并融入了底层维吾尔族农民的生活与文化,但在笔者看来,也不能据此把这个举动作为一个深入生活的榜样来宣扬。重新理解王蒙这类作家对于新疆的书写,需要人们对之采取一种还原和反思并重的态度。难道不是吗?

当然,不论对于王蒙还是闻捷等人,他们之所以能够被新疆人们记住,一个重要原因就在于他们发自内心地对于新疆这片神奇土地和文化的爱。鲁迅说,创作总根于爱。没有那种真挚而深沉的爱,作品是不会永远打动人的。但是,

---

① 夏冠洲《王蒙对于新疆文学的意义》,《伊犁师范学院学报》(社科版)2011年第1期。

文学也是一种审美的艺术。王蒙、闻捷等人的作品之所以令人喜爱,在新疆题材的创作中不难看出他们对新疆各民族艺术和文化资源的创造性借鉴和转化。倘若能够在这部分的新疆文学中找到那种汉族文学对于少数民族艺术资源的自觉化用,总结一些成功的经验,那么,新疆文学在当代中国文学中的价值就会得到进一步增强。比如闻捷《天山牧歌》中的一些诗作对于维吾尔族情歌的互文性运用,其叙事长诗《复仇的火焰》中的一部分对于哈萨克族民间叙事诗《萨里哈与萨曼》在情节设置上的成功借鉴,以及在创作形式上对于哈萨克族阿肯对唱———一种独特的诗歌创作方式———的化用,①如此等等,不一而足。只要通过深入细致的研究,把闻捷诗歌创作中的这些新疆民间文学和文化元素揭示出来,发掘其受到影响的路径、方式及其成为新的经典作品之后所产生的美学与文化效果,那么重新理解闻捷也就为重识新疆文学及其当代意义找到了一条很有意味的林中之道。对于王蒙新疆题材的小说创作也可作如是观。倘若真能如此去勘探其小说跟新疆各民族文学和文化的关系,找到其受到影响的方式,洞察其受到影响的程度,并且理解其创造性转化运用之后所达到的新的美学和文化高度,那么,新疆文学对于当代中国文学发展的更大价值不是可以得到进一步证明和诠释吗?! 况且,倘若把那些富有创造特色的新疆本土尤其是维吾尔族等族群作家的创作充分考虑进来,并把他们用本民族语言写成的优秀作品大量译介成汉语发表,让他们的作品为更多人所了解和熟悉,那么,其间所含有的种种跟汉语文学不一样的美学质素在总体上就更能给当代中国文学以启发和推进。在中外文学史上,有一个重要现象,就是一个民族和国家的文学,往往是在主流文学、文化跟异域或异族文学、文化的碰撞与交融中不断发生着自我质变和发展的。在这一意义上,新疆文学所内在具有的深度和广度,不仅值得批评家和研究者予以更为深入的认识和发掘,而且值得当代中国的作家们对其给以深刻认知和汲取。作家们往往把吸取美学营养的眼光投向西方,投向欧美,这并没有错,但也要更加关注像新疆文学一样具有不同风情的文学,更何况,它们本来就是中华民族文学的一部分,汉族作家或以汉语言写作为主的作家应该自觉打破一种执迷于自我中心主义的迷思,应该具有一种鲁迅所曾赞美和向往的汉唐气魄,让自己的创作显出一种别样的豁达和雄浑来。

季羡林曾经指出:"世界上历史悠久、地域广阔、自成体系、影响深远的文化

---

① 成湘丽《重读闻捷"异质性"与审美"合法化"的获得》,《新疆大学学报》(哲社版)2008 年第 6 期。

体系只有四个：中国、印度、希腊、伊斯兰，再没有第五个；而这四个文化体系汇流的地方只有一个，就是中国的敦煌和新疆地区，再没有第二个。"①这是一个多么鼓舞人心的论说，也是一个多么不容争议的历史事实。新疆多元民族文化交流和融合的历史与现实，已经在新疆文学作品中得到过不同程度的表达。我想，随着新疆文学主体性的觉醒和确立，新疆各民族的作家必将在这样一个具有历史性意义的文化汇合之处，创作出无愧于时代和这片神奇大地的更多优秀作品。也许到了那一天，人们对新疆文学及其所具有的重大历史价值和当代意义的认识，又会重新开始。

（原载《当代作家评论》2016 年第 3 期）

（袁盛勇：重庆师范大学文学院教授）

---

① 季羡林《敦煌学、吐鲁番学在中国文化史上的地位和作用》，《比较文学与民间文学》，北京大学出版社 1991 年版，第 112 页。

论王蒙笔下新疆叙事的构建和意义

袁文卓

2015 年 8 月 16 日,耄耋之年的王蒙凭其新疆叙事长篇小说《这边风景》(上下卷)荣获第九届"茅盾文学奖",王蒙及其笔下的新疆叙事再一次引起学界关注。王蒙的新疆叙事具有鲜明的地域特色和浓郁的少数民族风情,作者以"民族志"的书写方式全景地再现了新疆人民的真实生存境遇,歌颂了边疆人民在苦难与生存面前那种质朴淳厚的人生哲学。维吾尔语的灵活运用以及对新疆少数民族文化的理解与认同,使得王蒙笔下的新疆叙事相较其他刻写新疆题材的作家视野更宽广和深邃。王蒙启蒙于汉文化区,受惠于新疆人民,这种双重文化视域下的生活体验给予了王蒙多元的文学表达范式。南北疆自然与人文景观的书写、新疆少数民族民俗文化、流寓作家心灵深处的苦难与挣扎、边疆的传统与现代化等多元视野共同构成了王蒙新疆叙事的内涵和外延。

一、新疆叙事的界定

我国自古以来就有自己的叙事理论和叙事传统,但叙事学作为一门独立的学科最早诞生于西方。正如申丹教授所言:"中国当代叙事学研究则是在西方叙事学的影响下逐渐建立和发展起来的。"①新疆叙事的提法并非笔者臆断或独创,纵观国内学界关于新疆叙事的研究,最早提出(或对王蒙的新疆叙事这一概念进行界定)的是浙江师范大学副教授首作帝。在其《论王蒙的新疆叙事与少数民族文化的关系》一文中,他谈道:"王安忆曾经说过,她最喜欢王蒙写新疆的作品。这些写新疆的少数民族生活的作品,地域色彩鲜明,边疆风味浓郁,我们称之为新疆叙事。"②由这段表述可知,首作帝副教授所沿用关于新疆叙事的界

---

① 申丹《西方叙事学:经典与后经典》,北京大学出版社 2010 年版,第 1 页。
② 首作帝《论王蒙的新疆叙事与少数民族文化的关系》,《克拉玛依学刊》2013 年第 3 期。

定,正是基于作家王安忆对王蒙新疆题材作品感受基础之上的延展和深化。

王蒙小说中的新疆叙事研究,主要是对王蒙以新疆题材为主要内容创作的文学作品的审美探究。就新疆叙事可能涉及的研究内容而言主要有:对王蒙新疆叙事作品中的南北疆风景民族风情的描述,对新疆叙事作品里人物形象的描摹,对王蒙新疆叙事作品的美学价值和文艺思想的探究等。此外,王蒙关于新疆发展的现代性反思也应是新疆叙事研究的应有之义;这样一方面既能够挖掘王蒙笔下新疆叙事作品的美学价值;另一方面也可以借王蒙先生的关注视野,为新疆和内地的文化等方面的交流拓宽道路。

汉学家拉铁摩尔曾在其著作《中国的亚洲内陆边疆》一书中谈道:

当汉族完全发展到草原边缘,长城也连成一体时,就出现了草原边疆历史发展的框架。真正草原生活的技术、经济以及社会结构的起源是多源的,也有草原那一边的边缘绿洲及森林地区的影响。对于汉族是边缘的长城地带,对整个的亚洲内陆却是一个中心。①

拉铁摩尔的观点无疑倾覆了我们以往对边疆和中心的固定思维模式,边疆不再是边疆,中心也不再恒定不变。拉铁摩尔的研究视野打破了我们思维中固有的边疆认知模式。具体到新疆地区,以往我们以内地和中原视角来观照西北的视野必须改变,因为对于内地是西北边疆的新疆,对整个亚洲内陆来说却是一个中心。从拉铁摩尔的这一关于"互为边疆"的理论,可以为我们研究文学提供借鉴。边疆文学或西部文学与中原文学或主体文学之间,应该是一种互补和互通的关系,一方面西部文学的发展离不开一定时期主流意识形态文化下的创作思潮和方法;另一方面由于地域文化的差异性,西部文学则呈现出一种与主流文学不一样的审美体验,并对主流文学起到了一种有力的补充。正如赵学勇教授曾在《革命·乡土·地域——中国当代西部小说史论》一书中所言:

同样是看西部小说,那种出于对中国社会基本情况和底层生活了解的阅读,开始被越来越多的读者所抛弃,而从西部小说中试图找到有别于中原文化的"异类景观"却正在成为读者们打开西部小说的主要目的。②

也可以认为正是由于西部小说,诸如新疆叙事、西藏叙事或内蒙古叙事本身所具有的独特的文化审美特质,使得读者产生了极大的阅读兴趣。而通过这

---

① 〔美〕拉铁摩尔《中国的亚洲内陆边疆》,江苏人民出版社 2008 年版,第 326~327 页。
② 赵学勇、孟绍勇《革命·乡土·地域——中国当代西部小说史论》,中国人民大学出版社 2009 年版,第 231~232 页。

种边疆叙事却从另外一个层面促进了不同文化和地域之间的文化交流和互通，这是一个双向的过程。

二、新疆风貌的书写与民俗文化视域下的人文反思

新疆古称西域，地处我国西北部，居中亚大陆腹地，面积约占中国国土面积总量的 1/6。作为古代以及现代"丝绸之路"的必经之地，新疆具有璀璨多元的文化和浓厚独特的少数民族风情。从"离京赴疆"到 16 年后"离疆返京"，新疆 16 年的生活经历让王蒙真正完成了"换心手术"。在离开新疆返回北京后，王蒙创作了一系列新疆叙事的文学作品。这类作品往往以其浓厚的少数民族风情，以及独特的美学风格为读者打开了一扇了解西域文化的窗口。王蒙将那段特定年代里边疆人民的深情厚爱倾注于其笔下的新疆叙事，为 20 世纪 80 年代的文坛注入了一股新鲜活力的同时，也在"伤痕文学"以及"反思文学"之外开启了一种专属于自己的言说方式。而在这一系列的新疆叙事作品中，对新疆南北疆风光的描述，以及对以维吾尔族为主体的新疆多元民族以及民俗文化的描摹尤为深刻。

1. 新疆南北疆自然风光的呈现

一直以来，新疆凭借其独特的自然风光和人文景观吸引着海内外广大游客。王蒙在"西山读书会"上，被文艺工作者们所处地域的独特风土人情所吸引，他当即萌生了想去基层锻炼的想法，甘肃、江西、新疆的领导也都对王蒙表示热烈欢迎。而当时的王蒙却觉得：

新疆最有味道，去新疆最浪漫最有魅力。……我不能只有北海白塔和西单大街的灯火，我更需要的是茫茫沙漠，雪峰冰河，天山昆仑山，绿洲草原，胡杨骆驼刺，烽火边关。①

虽未踏足新疆，但王蒙内心对新疆大地尤其是新疆那绝世的美景充满期待：沙漠、冰雪、山峰、绿洲、草原、胡杨、骆驼刺以及烽火等自然和人文景观共同构成了王蒙对记忆新疆的初始印象。而当他真正地踏足这片神奇的土地，通过亲身经历去感受边疆生活之时，更是将新疆的美景倾注于笔端。翻开王蒙的第一部自传《半生多事》，伊犁的美景一一呈现。王蒙在文中写道：

伊犁河谷是一片绿洲。从乌市出发，一过三台海子——赛里木湖，就是雪

---

① 王蒙《王蒙自传》第一部《半生多事》，花城出版社 2006 年版，第 220 页。

松连着雪松,牧场连着牧场,农田连着农田,村庄连着村庄了。无怪乎有塞外江南的美誉,但伊犁并不像江南,伊犁就是伊犁自身。它小巧舒适,随意自然,高高的白杨,满城绿荫,明渠绕城,流水潺潺。①

伊犁风景优美,景色宜人,自古以来就有"塞外江南"的美称。伊犁市是伊犁哈萨克自治州首府所在地。王蒙从1965年4月下放到新疆伊犁巴彦岱红旗人民公社,直至1971年4月返回乌鲁木齐,王蒙把一生中最美好的6年时光奉献给了新疆伊犁。新疆的风光不仅仅呈现在其后期的自传里,南北疆优美的自然风光和人文景观同样投射在其新疆叙事的作品中。如他在《这边风景》第一章中假借黑胡子阿哥的口吻谈到的:

伊犁的泥土,伊犁的空气……其实,整个伊宁市就是一个大公园。随着车辆的下坡行驶,针叶树渐渐稀少了,现在山间两旁,是成片的野果林,正是花开的季节,枝头的花朵,像一块一块铺展开的雪白的丝绢,阵阵沁人心肺的芳香,不时袭入车内,令人清爽愉悦。②

其实王蒙的笔触不仅停留在北疆,在刚到乌鲁木齐文联不久后,他便随单位领导一起赴基层采风,甚至在南疆的麦盖提县生活了好几个月。而在这段时间里,王蒙真正地深入基层去观察生活,不仅仅是下决心学习维吾尔族语言和文化,更为重要的是他以一位作家独特的审美视角去书写和颂扬这群虽处艰苦的环境,但对未来充满着无限期盼的人们。王蒙曾对南疆人文景观有过这样的一段描述:

六月了,我正式在麦盖提县红旗人民公社住了下来。这里是叶尔羌河流域,叶河是一条季节河,冬春季基本无水,没有桥梁,汽车过河就在河滩上颠簸,摇得五脏乱颤。夏秋大水漫流,无固定河道,宽阔恣肆,不失雄奇,有的地方水仍然很浅,汽车仍然可以穿行。③

寥寥数语便刻画出了一幅生动的南疆叶尔羌河流域的景象。叶尔羌河发源于喀喇昆仑山脉,叶河水系包含叶尔羌河、柯克亚河、提孜那甫河以及乌鲁克河四条主要的河流,全长1179千米,流经南疆喀什地区的叶城县、塔县、泽普县、莎车县等多个县和地区,滋养着近190万人口。再如《大漠孤烟直》一文中,作者谈道:"麦盖提是严峻的,走出农田和村庄就是荒原,没有中间,没有过渡地

---

① 王蒙《王蒙自传》第一部《半生多事》,花城出版社2006年版,第240页。
② 王蒙《这边风景》(上卷),花城出版社2013年版,第3页。
③ 王蒙《王蒙自传》第一部《半生多事》,花城出版社2006年版,第228页。

带。大队与大队之间、生产队与生产队之间,也往往是荒野。绿洲是被戈壁所分割的,在被分割与包围的情况下坚守着的绿洲显得悲壮。"①这段简短的文字由几个关键词农田、村庄、荒原、荒野、绿洲以及戈壁连缀起来,共同为我们描绘出了一幅南疆绿洲农业的实际景象。而"悲壮"一词确为画龙点睛之笔,一方面向我们揭示了生存的艰辛;另一方面则呈现出了一种对人主体价值的肯定,以及对艰苦环境里不屈不挠精神品质的颂扬。

当然,王蒙的笔触不只停留在南北疆优美的自然风光,对新疆少数民族民俗文化风情景观的刻画和描摹更是独具匠心。且不说南北疆独具特色的饮食文化(如南疆喀什噶尔维吾尔人和北疆伊犁维吾尔人的拉面做法迥然不同),就连普通维吾尔人家庭里的格局和布设也进行了细致的雕琢。这些融自然和人文于一体的民俗文化景观的精彩呈现,无疑为王蒙的新疆叙事平添了一份灵动色彩。而通过对王蒙笔下新疆民俗叙事的考查,可以很直观地感受该民族在长期的生产和生活过程中所形成的独特文化。

2. 新疆民俗文化视域下的人文反思

民俗学家钟敬文先生曾在其《民俗学概论》一文中谈道:"民俗,指的是一个国家或民族中广大民众所创造、享用和传承的生活文化。"②王蒙小说中的新疆民俗文化书写是"以维吾尔族为主体的新疆少数民族同胞在历史发展中传承的独特印记和审美情趣"③。从某种程度上来说,通过对一个民族的民俗文化进行考察,可以洞悉该民族在特定阶段的生产力和物质及精神文明发展水平。

王蒙笔下刻画的新疆民俗文化景观大到婚丧嫁娶、宗教伦理,小到饮食生产、家庭布设。作者对边疆少数民族民俗文化的深入考究基于民族间平等、互爱和尊重的原则,抱着一颗学习的心态去体悟兄弟民族的真实生存状态。新疆经历使王蒙与维吾尔族人结下深厚的友谊,每逢穆斯林同胞的重要节日,你总会看见王蒙帮忙张罗匆忙的身影,他早已扎根于这片沃土。在王蒙的新疆叙事长篇小说《这边风景》中,有一段便体现了老王对新疆少数民族同胞民俗文化的理解和尊重:

新中国成立以来,哪次维吾尔农民的喜庆、祝祷、丧葬或者聚会娱乐的场合

---

① 王蒙《王蒙文集》(第 41 卷),人民文学出版社 2012 年版,第 268 页。

② 钟敬文《民俗学概论》,上海文艺出版社 2010 年版,第 3 页。

③ 袁文卓《民俗文化与美学价值的双重汇流——基于茅盾文学获奖作品〈这边风景〉的民俗文化探究》,《西安石油大学学报(社会科学版)》2016 年第 1 期。

没有老王恪守礼节地坐在那里？他也和维吾尔人一样地伸出双手,抹脸,念一声"阿门",不是由于宗教信仰,而是由于对乡邻的习惯的尊重。甚至在穆斯林的节日:开斋节或者宰牲节的日子,老王同样收拾整洁,炸上两盘馓子。人们说,老王一年要过三次"年",既过春节又过开斋节、宰牲节,还有人说,老王家在穆斯林节日时的摆设和待客的食品,搞得比有些维吾尔人还像维吾尔呢……①

王蒙的新疆叙事,从某种程度而言也属于一种非虚构、非小说。进而言之,这类作品的创作基于作者的一种切实生存体验。上述这段对老王的描写也与王蒙后来在自传中每逢古尔邦节的待客陈设相互印证。饮食文化属于民俗文学中的一个重要组成,在王蒙的新疆叙事作品中馕的出现较为频繁。同样,在新疆叙事长篇作品《这边风景》的第 49 章,有一段描写雪林古丽制作维吾尔族传统美食馕的描述。文中写道:

米琪儿婉回到家来,雪林古丽已经把一大盆面和好,她展开做饭用的大粗布,把面团盖住,又用旧棉衣和皮大衣盖在上边,把木盆放在灶边,保持温度。过了四十多分钟,她们打开大布,检查了一下面团发酵的情况。维吾尔人吃发面从来不放碱,需要的是把握面剂子膨而不酸的时机。看看面团的发酵已经接近于完成,她们便去土炉里点火,土炉最底上放了一些干树叶,将点着了的麦草带着火苗自上口抛入土炉,把树叶引着之后,再从上面加柴火,迅即大火在土炉内轰地燃烧起来,烟气升腾。②

尽管是通过小说的口吻将北疆伊犁馕的制作工艺展现出来,但通读这段描写,读者对新疆传统美食馕的制作流程便有了一个大致的了解。因为馕具有耐储存、易携带的特点,所以一直以来被视为维吾尔族人的重要食物之一。其实,这种对新疆边疆少数民族民俗文化的细致描述,在王蒙的新疆叙事作品中随处可见,它们共同建构了王蒙的新疆叙事。这一方面体现出维吾尔族人勤劳的品质和朴素的人生智慧;另一方面也表现出作者王蒙对新疆少数民族民俗文化观察之细致,这正是基于作者真正地深入基层以及与边疆百姓同吃同住和同劳动的经历。正是由于对兄弟民族文化和语言的热爱,才使得王蒙刚到新疆便下定决心要学好维吾尔语。初到伊犁巴彦岱红旗公社劳动的王蒙除白天劳动的时间外,利用一切可以利用的时间和资源学习维吾尔族语言和文化。他拜一切维吾尔族同胞为师,终于他可以灵活地运用并且达到同声翻译的水准。只有对一

---

① 王蒙《这边风景》(上卷),花城出版社 2013 年版,第 111 页。

② 王蒙《这边风景》(下卷),花城出版社 2013 年版,第 607 页。

个民族的文化和语言有了深刻的理解,你才能够真正地融入基层,进而赢得当地百姓的信任和爱戴。在《在伊犁》系列作品和长篇小说《这边风景》中,读者经常可以看到小说中的老王(或者王大队长)与维吾尔族为主体的新疆少数同胞同吃同住同劳作,正是在这样的朝夕相处中,才能够更好地走进他们的心里。也正如上文谈到的,老王不是由于信仰伊斯兰教,而是从骨子里面萌生出来的对乡邻少数民族同胞的尊重和理解。

另外,翻开王蒙的新疆叙事作品,王蒙往往既是故事中的叙事者,又是一位小说中的贯穿人物。为此,新疆文艺评论家陈柏中曾在一篇回忆文章《王蒙与维吾尔语》中谈道:"作品中的'我'即'王民'(王蒙的维语转音),作为叙事者的王蒙自然是以一位汉族作家今天的文化视角去回忆、思索、比照逝去了的生活;但作为当事者的'王民',去描述活跃在特定环境中的少数民族人物形象时,却转换成维吾尔语的思维方式。"[1]

双重文化视域指的是具有两种(或以上)文化视角;而这两种文化视域间"彼此独立而又相互关联"。[2] 王蒙祖籍河北南皮,出生于北京沙滩。在 29 岁赴新疆之前,王蒙基本上都待在汉文化主体区;而当他离京赴疆扎根边疆 16 年后,维吾尔语言的熟练掌握以及多元文化的理解与互通,使王蒙俨然已经成了一位新疆人。启蒙于传统的汉文化,又蒙受维吾尔文化恩泽,双重文化视域下的思维方式和文化碰撞,使得王蒙能够以多元和独特的视角去回忆和思考。维吾尔族人天性乐观、幽默风趣,对食物的珍惜和对生命的敬畏几乎贯穿于他们生活的方方面面,也锻造了该民族独特而质朴的生存哲学,而这种潜移默化的影响也对王蒙看问题的世界观和人生观产生了深远的影响。新疆经历不仅对王蒙后期人生观、价值观起到了重构和重塑的作用;而且对王蒙后期文学创作亦产生了深远的影响。多年之后,当王蒙满怀感激地谈到第二故乡的时候,动情地说道:

新疆,我们有缘,你对我有恩,客观上,正是新疆人保护了我,新疆的风习培育了我,新疆的雄阔开拓了我,新疆的尤其是维吾尔人的幽默熏陶了我。无论是在什么特殊情况下来的新疆,新疆好,新疆维吾尔自治区好,新疆的值得学习消化的知识多,新疆的文化对于逆境者是一件御寒的裕袢,是一碗热茶。有生之年,我永远爱新疆,想念新疆,我永远会怀着最美好的心情回忆我在新疆的经

---

① 王蒙《你好,新疆》,人民文学出版社 2011 年版,第 442 页。

② 袁文卓《王蒙小说中的新疆题材研究》,喀什大学硕士学位论文,2016 年。

历。虽然也有苦涩,整体是阳光。①

王蒙之所以谈到新疆对自己有恩,这是因为"文革"期间,正是伊犁巴彦岱乡亲们的保护,才使得曾被划为"右派"并被认定为"有问题"的王蒙得以平安度过"文革"那段艰辛岁月。多年后,当王蒙再次回到北京,和好友故交在"文革"期间受到的苦难相比,王蒙不禁深感新疆人民的恩情重如泰山。

双重文化视域下的人文反思,正是基于王蒙对新疆维吾尔文化和语言的掌握,更是基于王蒙以一颗平等之心去观照兄弟民族的真实生存状态。王蒙在新疆的经历深刻而难忘,离疆返京的王蒙也极力用笔记叙那段艰难岁月里汉维一家亲的真挚情感。这一方面既体现出了维吾尔人朴素的人生哲学——对落难的人报以尊重和爱护,包容和接纳;另一方面作家对新疆穆斯林节日中民俗文化的熟谙和相关礼节的严格恪守,也深刻体现了王蒙在尊重维吾尔文化的基础上,对中华民族一体多元文化精神意蕴的称颂与弘扬。

三、王蒙新疆叙事的意义及对新时期文学发展的启示

王蒙新疆叙事作品发表于20世纪80年代,从年代分期来看,新疆叙事作品应归为"新时期文学"。1977年11月以刘心武的短篇小说《班主任》的发表为标志,掀开了新时期文学发展和改革的序幕。70年代末80年代初,出现了"伤痕文学"和"反思文学";"涕泪交零"和"声嘶力竭"成为当时文坛的主要美学导向。王蒙与李国文、从维熙、张贤亮、方之以及高晓声等一批敢于思考并且富有人生阅历的作家率先突破了"伤痕文学"所倡导的"恢复现实主义创作方法"的口号,而提出了"现实主义升华"的主张。这批作家以自己的亲身实践为基点,创作了一批具有相当思想深度和哲理思考的作品,他们被作为新时期"反思文学"的代表而写入文学史。

学界以往对王蒙80年代重返文坛的文学作品,较多倾向于从反思文学的角度切入和阐释,从而忽略了他的边疆题材书写。其实也正是在这一时期,王蒙将自己的视野不仅仅局限于揭露以及控斥,而是主动对准了新疆这个第二故乡。在王蒙看来:"新疆的生活,伊犁的生活是我的宝贵财富,对比它与北京,是本作者小说灵感的一个重要源泉与特色。我不会放过我的独一无二的创作本钱。"②

----

① 王蒙《王蒙自传》第二部《大块文章》,花城出版社2007年版,第38页。
② 王蒙《王蒙自传》第二部《大块文章》,花城出版社2007年版,第50页。

作者独一无二的创作本钱指的是新疆 16 年的生存经历,正是由于真切的生存体验和岁月磨砺,新疆叙事正是基于这样的生存体验,这段经历也成为王蒙后期重返文坛从事文学创作的重要素材和精神源泉。对边疆少数民族同胞形象的描摹、对边疆少数民族民俗风情的全景再现以及对维吾尔人"塔玛霞尔"乐观积极的人生哲学的刻写等,没有基层生活经历,是断然写不出来的。王蒙的新疆叙事以其在新疆的生活经历为蓝本,倾注了那个特定年代里汉族与边疆少数民族同胞们团结互助互爱的真情实感,这是诗人对那段难忘青春岁月的回首与追忆。

它的意义首先在于将当代文学研究的范围扩展至边疆和边地题材,关注到了以往被文坛忽视和遗忘的文学题材。以王蒙、张承志、张贤亮、红柯、董立勃为代表的一批作家将笔端对准了西部文学和边疆题材书写,为文坛呈现了别样的新疆叙事或者西部叙事。而边疆文学素材和文学现象的探索和发掘,对于丰富新时期的文学多样化极具指导意义。

其次,王蒙新疆叙事在叙事艺术技巧(如意识流和狂欢理论)、人物形象塑造(由对林震式的人物聚焦为边疆底层人物形象)以及小说人物语言方面(维吾尔人影响下的幽默元素运用等)都区别于作者之前的"青春政治叙事体"(作者早年在成名作《组织部来了个年轻人》中的人物形象塑造),这些都更加丰富了新时期文学的表达范式。

此外,在国家"一带一路"发展战略的提出,以及新疆被正式确立为陆上丝绸之路经济带核心区的大背景下,王蒙新疆叙事作品不仅在一定程度上让内地读者了解到了别样的丝路风情,也进一步弘扬了中华民族一体多元的精神意蕴,这对于加强内地与疆内的文化沟通以及新疆的现代化极具促进意义。

正如丁帆教授曾在《中国西部现代文学史》一书中所言:"西部本土作家的崛起为西部现代文学的进一步发展奠定了良好的基础,而流寓及客居作家的创作则为西部文学提供了更多更新的审美视角,他们共同为中国西部现代文学做出了不可磨灭的贡献。"①

从整体的发展来看,西部文学属于中国文学的一个重要组成,因为它不仅承接着中华民族悠久的文学传统,而且也始终应和着时代的脉搏。其实越是民族的,就越是世界的,很难区分王蒙的新疆叙事作品究竟属于主体区文化还是西部文学,又从何种程度上来断言王蒙的新疆叙事作品属于西部小说? 其实我

---

① 丁帆《中国西部现代文学史》,人民文学出版社 2004 年版,第 9 页。

们大可不必纠结于西部文学概念的生成，而应该以文本为基础，在充分解读的基础上进行美学分析。以往似乎扣以西部文学或者某种地域文学的"帽子"会显示出某些作家（或作家群）在文学创作上的共同倾向，殊不知往往在建构的同时也是在自我禁锢。换言之，西部文学看似范围广了，地域扩大了，而恰恰是局限了这类作家以及作品的进一步阐释，一味地对一类作家打上地域标签是否得当？这类问题尚且值得商榷。笔者所认为的西部文学以及新疆文学之间其实有着某种内在的联系和逻辑，好比"新时期文学"和"80年代文学"这二者一样，尽管"新时期文学"曾被分割为"80年代"和"90年代"两个部分。但就这两者的表述内容而言，正如王尧先生所言"'80年代'作为'新时期'的一部分应当是没有疑问的。"①回到西部文学与新疆文学，主体区叙事与新疆叙事的问题上来，其实对某位个体的作家而言，其自身的存在以及作品所涉及的题材本身就是一个复杂的矛盾综合体，也就是说很难将某类作家完全归为某种类型。尽管如此，本文拟在通过对作家的整体的创作倾向中所体现出的某种叙事倾向作出一种初步的尝试和归纳，从这个角度而言，王蒙的新疆叙事正属于西部文学中的一个组成毋庸置疑。简而言之，王蒙新疆叙事文学的启示意义主要在于一方面为内地读者了解新疆、感受新疆文化打开了一扇窗；另一方面也促进了西部文学参与中国文学的整体构建，为新时期中国当代文学的发展拓宽了学术道路。

从政治漩涡中心的北京来到西部边疆，王蒙西迁新疆的决定与其说是一次主动"逃离"，倒不如说是作家对异域文化、对写作、对文学乃至对祖国大千世界的热爱和憧憬，也可以认为这是遵循鲁迅先生当年在《小说卷·呐喊》自序中谈到的："走异地，逃异地，去寻求别样的人们。"②如果说王蒙当初作出西迁之行的决定，或多或少有一种诗人的浪漫主义情调；而当他真正地深入基层，特别是在伊犁巴彦岱红旗公社扎根的日子，实际的生存体验绝非想象中那样美好。好在王蒙在扎根边疆的伊始，就把学习和掌握维吾尔族语言和文化作为自己的重要目标，并且通过自己的不懈努力在边疆安身立命并受到少数民族同胞的关心和信任。在新时期解读王蒙及其笔下的新疆叙事，将文学研究的视野聚焦于边地文学，这样不仅有利于观照当代文学题材的广泛性以及当代文学研究的整体性，也在很大程度上促进了各地文学百花齐放、百家争鸣的格局。

王蒙新疆叙事作品基于其16年的边疆生存体验，其理论核心主要体现在

---

① 王尧《作为问题的八十年代》，三联书店2013年版，第21页。
② 鲁迅《鲁迅全集》（卷三），线装书局2014年版，第406页。

维吾尔族文化对王蒙价值观和人生观的重构。这种蜕变和反思性的生存体验,反映在其文学作品上则具化为新疆叙事的话语的构建,在延伸和拓宽新疆叙事作品文学审美价值的同时,也极大地丰富了西部文学作品表达的深度与广度。这不仅体现在对旧有学科思维定式的冲决,还体现为在新时期对各种交叉学科融会贯通的基础上的理论构建。拉铁摩尔的"互为边疆理论"为我们认识新疆与内陆、草原文明和农耕文明、绿洲文明与边地文明拓宽了研究的广度和深度,边疆不再是传统意义中的地理分界,中心的主体地位也被进一步解构和重组。寻找边缘是为了更好地突破中心,以往以中原文化视野观照中国边疆的狭隘视野应该改变。这一研究视野,不仅对我们当前正在进行的文艺理论批评具有指导意义,而且也极大地促进了跨学科之间的交融和互通。思维的开阔和解放反过来进一步促进了读者对王蒙新疆叙事作品的认知、理解和接受,从这个意义上来讲,王蒙的新疆叙事是值得我们探索和研究的。

(原载《创作与评论》2017 年第 1 期)

(袁文卓:南京大学文学院博士生)

青年工作坊

重返历史虚境的"真实"救赎
——浅析《仉仉》

霰忠欣

王蒙小说《仉仉》原载于《人民文学》2015年第4期,王蒙的作品是在时间历史体验下存在的,然而历史并未成为王蒙单一的生命形态,他在小说、诗歌、散文、评论等的不断探索成为心灵意志对实在体验的一种延伸,他在被动的历史中获得了真正的主体意识,在辩证地生活中炼铸并沉积了一种"清明洒脱的沧桑感"①。《仉仉》中的李文采成为王蒙建构的一个"虚境重构"中存在的人物,在这个虚境之中存在一个"被阐释的世界",这个世界是由李文采的两次回归所产生的,分别是第一次人物在场的回归,第二次情感救赎的回归,最终这一双重回归因其本身的想象而存在于历史的合理与悖谬之中。历史的记录在真实与虚假中被戴上虚无的帽子,无论是李文采的极力返回真实现实,还是王蒙对记忆的若隐若现之呈现,都将自己的心灵委身于虚构的空间,在重返历史虚境中获得存在的力量,在说出《勿忘我》时是否存在遗忘的可能性,从善之心得以安放之点,情感也成为唯一真实的救赎,追寻超乎时间之外的记忆,找回那似乎已经失去,但其实不过是被遗忘所掩盖的时间和生命。王蒙试图消解时间的痕迹,在辩证地生活中炼铸并沉积了这种清明洒脱的沧桑感,实践着历史的合理与悖谬,也超越历史所在的时间。

一、虚境的重构

王蒙小说的开始将原本真实的现实放置于一个模糊的时间边界:"在金色而且模糊的头颅缓缓颤动的时候,他清醒地觉得自己是重新睡着了。"②"清醒"

---

① 曾镇南《王蒙论》,中国社会科学出版社1987年版,第7页。
② 王蒙《王蒙文集》(第17卷),人民文学出版社2014年版,第75~192页。

与"睡着"这一组悖论的阐释成为李文采的"虚空之境"，如同佛陀的"法身"虽无形无名，却可以表现为有形的万有，以"治其心"，达到心灵自由、专一和空灵，进入自在自为的心理状态，才能一任自由的心灵，率意而为，不期然而然，以自致广大，自达无穷，使心与宇宙精神参合，从而臻于一个生命自由的"淡远"之境域。就艺术审美创作而言，"冲淡"与"淡远"之境域的创构是大化流衍的宇宙生命精神的传达，是宇宙感、历史感和社会人生的哲理进入审美主体的心灵，化为血肉交融的生命有机力量的显示，心灵任意自由飞翔，就应该保持心境的平和自得与自适自在，使之物我两遣，超越人世、感官、物欲的羁绊，于萧然淡泊、闲适冲和的心理状态中，当一个追寻记忆的沉默者和隐忍者面对着往事的恐惧，那种努力抵挡记忆的无意识却仍然选择探索，似乎在唤醒我们去看清那段已经"残缺的面孔"，并寻求着阴影背后的光源，在沉睡与清醒之间的过渡领域，在临界的觉醒边缘，虚境的重构以自我的力量将精神置于开放的无处不在、无处皆可的空间之中，也消解了过去的隐秘而忧伤的声音，在反思的沉重与苦难之中不仅唤醒着人们的意识，还给予自己和他人无限的可能，在有限的寻找中呈现精神与空间存在的平衡，当所有的人物、故事、片段再一次在脑海中重新找回时，在回不去的时间里，生命进行再次的重度，也实现着自我的独特的创造性。

小说不仅创造了一个真善美的理想和永恒的世界，使人可以在阅读中进入这个世界，更重要的是，它提供了一种新的人生的可能性，使人们在这种可能性的召唤下行动起来，创造一个美好的现实。50多年之后的李文采在此出现时，已经患上了间歇性脑软化，一年后已基本进入迟钝状态，这一重构的虚静在恍惚混沌之中，在大湖公园的再次重游中成为一个有序的循环，当时空与历史重逢时，那些还未落光的树叶成为虚境重构中的见证，在这些依然存在的在场中，历史成为一个巨大的时间机器，将往事复现。丁·希利斯·米勒说："任何一部小说都是重复现象的复合组织……它们组成了作品的内在结构，同时这些重复还决定了作品与外部因素多样化的关系，这些因素包括：作者的精神或他的生活，同一作者的其他作品心理、社会或历史的真实情形……"①在王蒙300多篇中短篇小说中，有许许多多重复的例子，如前面分析过的结尾的重复，爱情主题的重复等，但在重复中，王蒙的主题、形式、风格以及情感态度、人物心理展示都在不断变化。从这种重复中的变异，王蒙的人物基本上分立并置在老与少，青

① 丁·希利斯·米勒《小说与重复》，王宏图译，收《二十世纪西方美学经典文本》（第3卷），复旦大学出版社2000年版，第555页。

春与衰老这条斑马线上,在抒发青年一代的积极热情和沸腾高涨的时代新气象时,王蒙激励老年人的青春热情和干劲,在思悟死之将至的衰老生命时,他处处感叹青春的蓬勃和生机。"上一代人与下一代人的相峙与相通,是一种饶有兴味的现象。在这种心理冲突与交融中,有时代的脉搏在跳动,有青春的热血在奔流。"①在《仉仉》中王蒙依然在复现,但是无论革命、文学、环境如何重复,小说中表现的却早已不再是当年的心境,记忆蔓延之后随即进入梦境,情感在复杂交织中成为生命的抒情。

王蒙在作品中带着对生命的抒情,选择了遗忘,散文诗般的纯粹生命形式便是他短暂灵魂的栖息地,两个心灵相通的人终于未能结成眷属,彼此看得见对方婉转殷勤的心意,却为无渡的天河所阻,在经历了人生的风雨沧桑之后,两个人再度相逢,即使留在内心深处的情愫再纯真、再圣洁,也不能不让位给严峻冷酷的现实,《茵梦湖》的典型化情节,包容着人类感情历程的某些共性,而作者所赋予小说的那种轻淡的感伤,则更感人至深。在温暖而浓郁的深情中写下遗忘的自由回眸,比如《木箱深处的紫绸花服》中被泪水打湿的紫绸花服,丽珊与鲁明在时代潮流中的纯洁怀念,《布礼》中在短暂的战斗结束后,凌雪对钟亦成的一句"致以布礼"。② 陀思妥耶夫斯基说过:"在我们的地球上,我们确实只能带着痛苦的心情去爱,只能在苦难中去爱! 我们不能用别的方式去爱,也不知道还有别的方式的爱,为了爱,我甘愿忍受苦难!"③莱因哈德便是抱定这样一种金坚玉洁的信念,从想肯定人生的寂寞与爱出发而孤身一人度过漫长的岁月,他的青春、他的热情、他的理想,都随时光的流转而消逝,埋葬在永远的过去,但他始终将这种最原初的爱放在心底。王蒙内心深处所要表达的潜存于之下的情感,或许在《茵梦湖》的隐喻中可以找到答案。莱因哈德在幽淡的月光中去拜访茵梦湖湖心的那朵白色睡莲,可是不管他怎样努力,始终无法接近那朵睡莲,仿佛爱情和幸福也永远和他隔着一段遥遥的距离,永远也不能够得到。

二、"被阐释的世界"——人物、精神的双重回归

在历史的虚境之中,小说在阐释中被解读,文本的语境向"叙述的空间化"敞开,使得每一句话、每一概念都使现实主义的表象具有了丰富的内涵。追忆

① 曾镇南《王蒙论》,中国社会科学出版社1987年版,第67页。
② 王蒙《王蒙文集》(第10卷),人民文学出版社2014年版,第47页。
③ 刘小枫《拯救与逍遥》,上海人民出版社1988年版。

是叙述者推动故事进展的手段,也是其还原艺术故事本身的艺术手法之一。"完全经验的东西给人现实感,而现实只有在记忆中才能形成,因此追忆对于写作具有普遍意义。"①李文采对大官后代家里的外国文学非常感兴趣,即使那是"已经判处了死刑"的恶霸家中的东西。"是外国,是文学的,他就迷,他看一本迷一本,即使还没有开始读,他已经崇拜得五迷三道,泪眼蒙眬。"小说在第一次提到因为上"外国语大学"将名字由"财"改为"采",第二次提到"外国语"时,李文采说,"外国语! 你该死的外国语!"②弗洛伊德曾提到"压抑的实质在于拒绝以及把某些东西排除在意识之外的机能",被压抑的东西是在无意识中存在的,矛盾的情绪通过反动形成而产生一种压抑的状态,消失的情感转变为对社会的拒绝、意识的痛苦或自我消失,有时通常在梦中才能把压抑的精神发泄。当李文采选择拒绝时其实已经被沉重的意识所控制,因由外界事物产生的自我压抑,不断进行自我限制,自我拘束,将原本无界限的自我封闭,形成一个"被阐释的世界"。

这个世界成为精神发泄最合理的出口,在叙事艺术中,叙述者追忆的文字与片段经常打断当前的叙述,把读者和观众带入另一番情境当中,"缺席的在场"人物,一般通过在场人物的追忆表现出来,而小说中"被阐释的世界"通过"外国文学"这一介质进入而与历史产生关联,在外国语大学学习后的李文采被调到院党委,因此结识了同样热爱外国文学的仇仇,这也成为小说中,这个"被阐释的世界"里的第一次人物的在场回归。李文采第一次认真地痛苦,他的内心中出现两个问题,"第一,仇仇是不是西方的间谍? 第二,他是不是有着强烈的奸淫仇仇的动机",他跑到大湖公园,甚至想要"跳到波浪翻腾的湖水里去",③李文采的一瞬间的绝望其实正是王蒙在历史回首中对承载创伤重量的内心记忆的屏蔽和消解。在政治运动中,李文采想"他没有用自己的创作笔记本加害仇仇""这个逻辑就像是说他没有杀人,因为,他已杀过了"④。这些"缺席的在场"者往往可以穿越时空,游走于真实与虚幻之间,他们都是过去时间的一部分,只有通过追忆与缅怀,这些人物才能存活在小说世界当中,时空真实地回到了那个被存在的空间,回到了渴望实现救赎的原点。在 21 世纪到来时,李文采

---

①　杨柏岭《唐宋词审美文化阐释》,黄山书社 2007 年版,第 36 页。

②　王蒙《奇葩奇葩处处哀》,四川文艺出版社 2015 年版,第 103~126 页。

③　王蒙《奇葩奇葩处处哀》,四川文艺出版社 2015 年版,第 103~126 页。

④　王蒙《奇葩奇葩处处哀》,四川文艺出版社 2015 年版,第 103~126 页。

与仉仉在此相遇,他收到了自己当年写给她的带有挂号信的外国文学笔记本,这次历史交叉点的相遇成为这个"被阐释的世界"里的第二次情感救赎的回归。

感知的记忆无法一直深埋,因此通过片段进行本原的非连续性的、断裂的空间而返回,李文采自身存在的情感成为精神的一个基点,海德格尔在《存在与时间》中曾说:"'现身原本奠基在曾在状态中'这一命题等于说:情绪的基本生存性质是'带回到……'这一'带回到……'并非才刚产生出曾在状态,而是:现身为生存论分析公开出曾在的一种样式,从而,现身的时间性阐释不可能意在从时间性演绎出诸种情绪并使它们消散到纯粹的到时现象中。"①那些无法忘却的人,那些无法复制的灵魂颤动的时刻在感知的瞬间成为永恒,重新燃起对生命的记忆,李文采有意地回归或者虚构的遇见使得情感被释放成为一种可能,记忆本身就是一种维持人际关系的连接方式,而当我们选择忽略之后的重新再现,在此则表达为原谅或是和解,李文采在这一机会之中成功将自己带出历史,因而产生救赎的可能性,正如在《茵梦湖》中伴随着莱因哈德的回忆进程,他所感知的空间变化虽然和情节发展的所在场所有关,但更多的是取决于莱因哈德这位回忆者回顾往事的主观心态,把走过的路重新走了一遍,带着记忆走向和解。

三、历史的合理与悖谬

对个体生命的衰老以及时代主题的年轻化的清醒认知毫不留情地逼视着王蒙,王蒙耿耿于怀几十年的革命信仰、激情被权力、名利、欲望和荒谬之至而又真实之至的人事纷争推挤、消磨,信仰的深情渐渐淡化日常政治工作。当王蒙向年轻一代靠拢,淋漓尽致地批判社会丑态,当革命的理想主义激情、诗意被埋藏,在心底渐渐氧化,贯注在革命信仰上的持久丰厚的心灵力量,就渐渐转移到从革命政治的重压下解放出来的才情挥洒上。同时,对世态人情的通透,以及一直伴随着他的,对人、对事的敏锐,使得王蒙才情的挥洒与人生的智识、精通结合在一起,在系列散文诗式的小说中找到了适应的样式,至此,智力上的快意和才情文思的快意使得这几年的王蒙连续不断地创作,并且越创作越快意、越放肆、越有劲。主人公李文采在第二次回归中,实际上完成了对自己的救赎,在笔记本上写下的"其实挺好"这四个字饱含了有限生命中对真实羞愧的终极

---

① 〔德〕海德格尔《存在与时间》,陈嘉映、王庆节译,生活·读书·新知三联书店2012年版,第388页。

释然。王蒙曾在《蹉跎的季节》中提到"回忆是一种寂静的,明智的,有时候是深谋远虑的沉埋"①,王蒙在《仇仇》中这一条失去又重现的寻觅实际也成为"真实"救赎的引号。王蒙建构着独特的空间反思过去,对经历者的隐忍生活进行直接的剖析,以另一种方式折射历史在人们心中的烙印,在被密封的历史寻找解决精神危机的一切方式。"如果他睡了,他不可能掂量头颅变书的真实性,也不会有能力判断自己的眨眼,乃是处于睡与非睡、醒与非醒的边界上。"②"醒"与"睡"的悖谬沉寂在历史无法重返的合理之中,李文采为自己营造的这一世界内部空间其实本身就是王蒙的时空虚构。在这一延伸的空间将历史与救赎在连接中实现和解,因此这一"被阐释的世界"也成为虚构的虚构。小说中李文采的救赎演绎着王蒙假设的救赎,李文采对往事最大限度的真实还原,对回忆反思的渴望对于王蒙来说是一次艰难的溯回,也是一次耄耋之年的重获真实之救赎。李文采代表学校党委参加过一次诗歌朗诵会,第二个节目是朗诵与歌唱德语民歌《勿忘我》:

> 你呀朋友,请把它佩戴于身,
> 愿你能当真,牢记赠花的我。
> 有什么法子,鲜花总要凋谢,
> 美梦也会,一个个地破灭,
> 只有爱情,我们俩相依相爱,
> 永远如初,永远是那样真切。③

王蒙曾在《临街的窗》中写道:"深夜,常常有喝醉了的男人高声唱着歌从窗下走过。他们的歌声压抑而又舒缓,像一个波浪又一个波浪一样涌起又落下,包含着深重永久的希望、焦渴、失却、离弃而又总不能甘心永远地沉默垂头下去的顽强与痛苦。他们的嘶哑的、呼喊似的歌声,常常使我落泪,还有比落泪更沉重的战栗。"④历史的记录,在真实与虚假中被戴上虚无的帽子,无论是李文采的极力返回真实现实,还是王蒙对记忆的若隐若现之呈现,都将自己的心灵委身于虚构的空间,在重返历史虚境中获得存在的力量,在说出《勿忘我》时是否存在遗忘的可能性,从善之心得以安放之点,情感也成为唯一真实的救赎,最后

---

① 王蒙《王蒙文集》,人民文学出版社 2014 年版,第 200 页。
② 王蒙《奇葩奇葩处处哀》,四川文艺出版社 2015 年版,第 103～126 页。
③ 王蒙《奇葩奇葩处处哀》,四川文艺出版社 2015 年版,第 103～126 页。
④ 王蒙《王蒙文集》(第 14 卷),人民文学出版社 2014 年版,第 78 页。

"日记本上消失的字"其实成为延伸的和解。他希望以一种超越的方式实现时间的共时，而超越的状态则是一种摆脱时间限制的存在状态，王蒙最迷恋的应该是复归中对永恒的书写，当所有的人物、故事、风景再一次在脑海中重新找回时，王蒙安慰着自己受伤的那颗心，也慰藉着无数失意漂泊的魂灵，将目光转向过去。无论是曾经忽视的或是重视的在每一次记起的瞬间都被唤醒，即使是苦涩的，在回忆过后都变得美好，这是生命再一次重度，在回不去的时间里，渴望和憧憬在王蒙的笔下被重新找回。在生命的熔炉里沉浮的王蒙在短暂的伫立中超越着时间，他以另一种方式在经典中跨过时空限制追寻着生命的永恒。

我们无法延续自身存在的时间，却可以实现自身价值的绵延，王蒙认为："在小说的背后反映的是人的一种精神追求，反映了人把自己的精神提升到一个形而上的境界、一个永恒的境界的一种可能性。"[1]小说是一个虚构的世界，在这个世界中，作者把人生的理想和希望通过人物形象固化下来。这个人物形象在人们的心目中就会永葆青春，能够抗拒时光的流逝。"所以说小说追求着一种永恒，连接着一种永恒，这是小说的最高境界。"[2]王蒙是真正地进入虚幻之境去寻找曾经丢失的或是遗憾的，也是在这个过程中洗净了郁积在心灵深处的悲痛的感情，走向自在。在王蒙自身的意识体验中，他将他的被搁置的回忆延伸为一个自在的时间状态，当衰老渐渐切断往事时，王蒙选择这样的方式获得心灵的自由，寻找着生命的另一条轨迹。在这条路上，他在沧桑中慨叹，在生死中眷恋，在流逝中歌唱，他神思细腻的情感如同里尔克的诗行"她将不再飞进我的围墙，当我呼唤她来成就欢畅"，[3]却也如那个他，"无限温存地，双手捧接万物的坠落"，[4]王蒙的追寻历程是将自己的所见所闻、所歌所泣、所思所感流淌于往事之中的复活，是一种悲壮的历史延续，王蒙随时捕捉生活的声息，追踪时代生活潮流的敏锐，以及反映时代生活时表现出的透彻的智慧和喷涌的才情，给我们通过作品，通过作家来认识时代、思索生活提供了契机。

（霰忠欣：中国海洋大学中国现当代文学专业硕士研究生）

---

①　王蒙《可能性与小说的追求》，《王蒙新世纪讲稿》，上海文艺出版社2005年版，第30～31页。

②　王蒙《可能性与小说的追求》，《王蒙新世纪讲稿》，上海文艺出版社2005年版，第30～31页。

③　〔奥〕里尔克《里尔克抒情诗选》，张索时译，译林出版社2012年版，第6页。

④　〔奥〕里尔克《里尔克抒情诗选》，张索时译，译林出版社2012年版，第14页。

"献花"的夏娃与"戴眼镜"的亚当

——论《风筝飘带》的爱/情与主体建构

赵 露

20 世纪 80 年代,中国社会的历史进程进入新的时期,中国文学也勃发新的生机,渐渐跳脱政治意识形态的"紧箍咒",打破禁锢,高扬人性。"在 70～80 年代转型期乃至整个 80 年代,围绕着'人''人性''主体'等问题的人道主义表述,无疑构成了最为醒目且持续时间最长的一组话语形态……人道主义话语成为知识分子与青年学生中影响日渐深远的主导语言。"①在这一语境中,建构/重构人的主体性首先成为文学作品的普遍叙事主题。而 70 年代末 80 年代初,知青的大规模返城,试图"艺术地表现一代青年人对人生、对未来、对爱情……怀抱不那么切合实际的幻想和愿望,在经历了十年动乱期间知识青年那种普遍的命运变迁之后……重新适应、重新寻找到自己在生活中所应当占据的位置的过程"②正暗合了这一"新主流意识形态"的建构。而《风筝飘带》通过女性/知青主体建构正凸显了新时期"人性"建构的主题,同时也隐秘且症候性地显示出"归来"作家和知识分子内在的主体确证意识。

一、爱/情是"显影剂"

"改革开放以来,随着中国商业进程的更大推进,中国女性的主体意识在经济全球化和随之而来的中国社会意识形态解构与建构的过程中面临着新的困惑和生机。"③作为返城知青,素素曾有一个极为特殊的身份:1959 年的国庆节,

① 贺桂梅《"新启蒙"知识档案:80 年代中国文化研究》,北京大学出版社 2010 年版,第 51 页。

② 张辛欣《必要的回答》,《文艺报》1983 年第 6 期。

③ 马元曦、康宏锦主编《西方女性主义文学文化译文集》丛书总序,广西师范大学出版社 2008 年版,第 1 页。

小学一年级的素素曾上天安门城楼给毛主席献花,毛主席和她握了手,还对她说了一句话,称她为"娃娃"。素素是毛主席的"娃娃",她非常认同并倍感自豪于这个身份,觉得自己永远是幸运的人。所以,即使后来要去下乡插队,素素也一滴泪没掉,她要去大有作为,因为这是毛主席的号召,对毛主席的爱与情让她热气腾腾地走向前方的路途。"她感到自己处在神的右首很受鼓舞,如果她在一个井井有条到不可思议的世界永远有自己的位置……她就感到自己生存的必要性得到完全证实。"①她觉得毛主席的腰板挺得多么直,动作多么有力量,他是青年的偶像与父兄。素素觉得自己的父亲"脸孔扭曲得那么难看"。但后来,繁重的体力劳作,理想与现实的落差:"学业的中断,日复一日的披星戴月、土里刨食,使这些在城市出生,受过现代文化和知识教育熏陶的年轻人感到人生价值的虚无和前途的无望。"②尤其是当和素素一起插队的知青通过"门子"陆续回城后,素素还留在乡下,她看不到毛主席,毛主席也看不到她"牧马铁姑娘"的飒爽英姿,毛主席给她的"娃娃"身份似乎不能再像以前一样给她动力和支持了。她看到了"黑的世界",得了维生素 A 缺乏症,视力受损,食欲不振,面容消瘦,不再做红彤彤的梦,也丢失、抛弃,被抢去或被窃走了许多别的颜色的梦——这些梦是素素对于未来主体身份的畅想:白色的梦是水兵服和浪花,医学博士和装配工,是白雪公主;蓝色的梦是击剑冠军和定点跳伞,是关于化学实验室、烧瓶和酒精灯;橙色的梦是对于爱情的呼唤,总是憨笑的他。"色彩和微笑能在少女身上找到深刻的回响。"③当父母使出浑身解数,过五关、斩六将地让素素回城,并为她找到一份清真食堂服务员的工作,她失去了许多色彩,不再留恋这些梦。这些未来主体身份的畅想和建构,更不再留恋她已获得的"牧马铁姑娘"的身份和生活。她不再做梦,却又不停地说梦话、咬牙、翻身、长出气,这是否是素素在用"一己肉身"做抵抗?④ 城市对于素素是冷淡的、不欢迎的,她想起了"农村是广阔的天地",但农民大姐和大哥也不信任她,她也见不着毛主席了。"境遇的

---

① 〔法〕西蒙娜·德·波伏娃《第二性Ⅱ》,郑克鲁译,上海译文出版社 2014 年版,第510 页。

② 谢维强《斑驳陆离的青春——新时期知青小说研究》,中国社会科学出版社 2013 年版,第 8 页。

③ 〔法〕西蒙娜·德·波伏娃《第二性Ⅱ》,郑克鲁译,上海译文出版社 2014 年版,第121 页。

④ 马春花《〈芙蓉镇〉与后革命性别》,《中国现代文学研究丛刊》2015 年第 5 期。

变化需要身份的重新确认和价值观的重建。"①但素素不认同自己的新工作和新身份，"无法将新的主体认同纳入自己的感知结构中，从而造成一种主体感坍塌的焦虑和疑惑"，②她觉得自己不再是幸运的，她开始质疑自己，质疑回城的意义和生活的意义。"她不再是幸运的了吗！莫非她的运气七岁时候一下子就用完了？她回城干什么呢？""所有这一切——献花、祝贺、一百分、检阅、热泪、抢起皮带嚯嚯响、'最高指示'倒背如流、特大喜讯、火车、汽车、雪青马和栗色马、队长的脸色……都是为了通向三两一盘的炒疙瘩么？"③

素素遇到了佳原，似乎遇到了当初的自己，他和当初那个怀有许多颜色的梦，热情天真、投入生活的素素多么相像，素素在佳原身上找到了认同感。在与佳原的对话中，素素再一次看到了生活和存在的美好。她主动改变自己的生活，"不是逃避自我，而是找到自我，不是自我舍弃，而是自我肯定"④。素素重新做起风筝飘带的梦，学习阿拉伯语，确定"考研究生"的主体性理想，她看到了自己存在、自我实现的意义。联系起《风筝飘带》开头十分有意味的场景描写："在红地白字的'伟大的中华人民共和国万岁'和挨得很挤的惊叹号旁边，矗立着两层楼那么高的西餐汤匙与刀、叉，三角牌餐具和她的邻居星海牌钢琴、长城牌旅行箱、雪莲牌羊毛衫、金鱼牌铅笔……一道，接受着那各自彬彬有礼地俯身吻向她们的忠顺的目光，露出了光泽的、物质的微笑。瘦骨伶仃的有气节的杨树和一大一小的讲友谊的柏树，用零乱而又淡雅的影子抚慰着被西风夺去了青春的绿色的草坪。"⑤素素是站立在"寂寥的草坪"和"阔绰的广告牌"之间，这是否意味着两者之间的选择？而素素不再执意强调自己是毛主席的娃娃(第二次"献花"的素素很平静)，而是学习知识，在学习中找到自己的主体和在场，这是否意味着素素在重构主体性的同时王蒙等一代"归来"作家也在确立自我主体，建构知识分子的主体意识？

二、"献花"的夏娃需要亚当

素素和佳原的相遇并不浪漫：佳原扶起了被撞倒在路边的老太太，搀着她

---

① 乔以钢《中国当代女性文学的文化探析》，北京大学出版社 2006 年版，第 195 页。
② 贺桂梅《女性文学与性别政治的变迁》，北京大学出版社 2014 年版，第 15 页。
③ 王蒙《风筝飘带》，《王蒙文集》(第 13 卷)，人民文学出版社 2014 年版，第 230 页。
④ 〔法〕西蒙娜·德·波伏娃《第二性Ⅱ》，郑克鲁译，上海译文出版社 2014 年版，第 528 页。
⑤ 王蒙《风筝飘带》，《王蒙文集》(第 13 卷)，人民文学出版社 2014 年版，第 228 页。

回了家,但她的家属和邻居把他当作肇事者,连老太太也在周围人的鼓励和追问下一口咬定就是他撞的,警察也不相信他。素素瞧见了佳原被围攻的场面,虽然心里颇不认同,但实际上她一声没吭。素素向往的恋人是高大、英俊、智慧和善良的,他总是憨笑着,而佳原个子不高,其貌不扬,但他的脸上带着素素似乎早已熟悉了的憨笑,素素似乎看到了当初的自己。所以当看到佳原睁大的痛苦的眼睛,素素"心里扎进了一根刺,她想呕吐。她跌跌撞撞地离去"。在佳原来到饭馆吃饭时,她改变了从来不与顾客搭话的习惯,请"小傻子"佳原吃炒疙瘩;在听到佳原的奶奶去世后,素素感觉像是掉进了冰窟窿,半天缓不过来,因为她把佳原的奶奶当成了自己的奶奶。她把佳原当成了自己。"讹去七百块也还要拉起受了伤的老太太……难道你不这样吗? 素素。"佳原是素素的另一个自我,佳原的坚持让素素看到了自我的在场,找到了认同感。当天晚上,素素重新做起了放风筝的梦。"从一九六六年,她已经有十年没有做过这样的梦了。而从一九七零年,她已经有六年没有做过任何梦了。长久干涸的河床里又流水了,长久阻隔的公路又通车了,长久不做的梦又出现了。"①"飞翔"对于女性有着"特殊的含义"。而且,佳原也在梦里出现了,佳原也在放风筝,而素素变成了风筝上面长长的飘带。这风筝虽然简陋寒碜,是"屁股帘儿",但它飞得"比东风饭店的新楼还高,比大青山上的松树还高,比草原上空的苍鹰还高,比吊着'无产阶级文化大革命胜利万岁'的气球还高"。这一梦境似乎别具隐喻意义。梦醒后,素素立刻去找寻那张"最幸福的照片"——新中国成立十周年给毛主席献花的照片,她重新确信自己是一个有运气的人。她主动改变了自己的生活,变得高兴起来。她哼着歌,缝紧了已经松脱好久的扣子,尽情地刷牙漱口。她发出的声音非常响,"好像一列火车开进了她们的院子""而她洗脸的声音好像哪吒闹海";她系紧了鞋带,"走起路来咯、咯、咯地响,好像后跟上缀着一块铁掌,好像正在用小锤捶打楔子"。素素在寻找与确证自我的存在。

佳原(佳原=家园=家圆?)是北大荒"困退"回来的知青,回城三个月后才在街道服务站学习修伞。但他仍然很忙,坚持学习。在素素质疑他的知识和修伞无关时,他坚持认为"职业是谋生的手段,也是最起码的义务。但是人应该比职业强。职业不是一切也不是永久。人应该是世界的主人、职业的主人,首先要做知识的主人。"他建议素素学阿拉伯语,认为素素可以担任埃及大使,但素素觉得是做梦,"做做梦,开开心,又有什么不好? 否则,生活不是太沉闷了吗?

---

① 王蒙《风筝飘带》,《王蒙文集》(第 13 卷),人民文学出版社 2014 年版,第 232 页。

而且您应该坚信,您完全可以做到和驻埃及大使具有同样的智慧、品格、能力,甚至远远地把他甩在后面。"①阿拉伯语学起来了,素素还要考研究生,"她在自己的计划中具体地确认为主体"②,而且自主反抗父权,反抗意识形态,自觉追求自己的自由与生活,不再对生活无所谓,素素成为有"目的性和价值性的生命存在",自由自觉的价值主体。"虚无变成存在之充实,而存在改变成价值;她不再沉没在黑暗的海洋里,她展开双翅腾飞,狂热地升向天空。"③但素素绝不是处于被动地位的他者,她有自己独立的工作,有自己的思考和主动性甚或超越性——素素对于佳原夏娃与亚当、人与天空的论述,立刻想到"所以我们从小就放风筝"。而且似乎更前进了一步:"您修伞我也修伞,您挣十八块我也挣十八块;但是您懂得恐龙,我不懂,您就比我更强大,更好也更富有。"佳原对此却不懂。

三、"戴眼镜"的亚当需要夏娃

佳原与素素初次相遇时,他处于被围攻的境遇,做了好事却被当作肇事者。他很痛苦:"你们要干什么? 难道做好事反倒要受惩罚不成?"在素素工作的饭馆吃饭时,因为素素的善良和好心,他有要倾诉的意愿。他主动跟素素谈起刚刚发生的事情。当素素质疑他"好人并不嫌太多,而仍然是不够"的说法,"为了什么呢? 为了把七块钱和二斤粮票拱手交给讹你的人吗?"佳原坚信:"讹去七百块也还要拉起受了伤的老太太……难道你不这样吗? 素素!""他在她身上寻找他的映像。"④素素和佳原似乎是彼此的两面,彼此找到了认同感。罗尔斯认为,正义是构成人的尊严和幸福的最为基本的条件。他们坚守着正义,虽然彼时社会不认同他们,误解他们,但在素素和佳原的"伊甸园"中,正义始终存在,幸福属于他们。不可忽视的是,在这一场景中,佳原处于"被看"的位置,是素素在看,这似乎打破了男女"看/被看"的传统镜像,逆转了女性的"被凝视"处境,主客体得以互相转化,女性的能动性与主动性也将进一步发挥。

因为把钱和粮票都给了老太太,没有足够的钱吃饱时,是素素替他垫上钱,

---

① 　王蒙《风筝飘带》,《王蒙文集》(第 13 卷),人民文学出版社 2014 年版,第 234～235 页。

② 　〔法〕西蒙娜·德·波伏娃《第二性Ⅱ》,郑克鲁译,上海译文出版社 2014 年版,第543 页。

③ 　〔法〕西蒙娜·德·波伏娃《第二性Ⅱ》,郑克鲁译,上海译文出版社 2014 年版,第505 页。

④ 　〔法〕西蒙娜·德·波伏娃《第二性Ⅱ》,郑克鲁译,上海译文出版社 2014 年版,第523 页。

是素素的炒疙瘩让佳原的笑容更加好看，素素也"第一次明白炒疙瘩是个绝妙的、威力无比的宝贝"。这是食物/女性的力量，"一种很有效、可能具有颠覆性的力量""厨房中的女人既是主动的，也是被动的，既受到一种限制，又拥有一种奇特的力量。"①当佳原未和素素"好"时，虽然他努力学习知识，有自己的追求，但对未来仍不甚明朗。素素问他是大学生吗，他质疑嘲讽："我配吗？"素素问："您是技术员、拉手风琴的，还是新结合到班长里的头头？"佳原自嘲："我像吗？"素素问："您考大学？"佳原嗤之以鼻："现在的大学是考的吗？我又不会交白卷。"后来他们要一起用功，一个又一个地考上研究生，自觉地建构起主体理想。"爱情对她和对他将一样，将变成生活的源泉。"②当两个人没有地方自由谈话时，佳原责备自己没有房子，"这一切都怪我。我没有本事弄到它，让你受委屈……"是素素开导他，让他看到了自己的幸福，懂得了生活、世界是属于他们的。素素与佳原是互为"启蒙者"，而不是如涓生和子君般"启蒙/被启蒙"的关系。二人的爱情也更趋同于真正的爱情。"真正的爱情应该建立在两个自由的人互相承认的基础上；一对情侣的每一方会互相感受到既是自我，又是对方；每一方都不会放弃超越性，也不会伤害自身；两者将一起揭示世界的价值和目的。"③佳原从来不怀疑素素对于大市街的指认，而且他知道素素风筝的梦，还知道风筝飘带，知道素素心中自由、飞翔的梦想。"'自由'和'自觉'的生命特性意味着人的生命的'主体性''目的性'和'价值性'。"④秉持着自由与正义，他们懂得了生活，懂得了自己的幸福，并自觉地主体地建构着自己的未来，"世界是属于他们的"。

　　亚当的阿拉伯语"阿达姆"是"人"的意思，而夏娃的阿拉伯语"哈娃"是"天空"的意思。"亚当需要夏娃，夏娃需要亚当。人需要天空，天空需要人。"⑤女性/知青的爱情选择、自我追求及主体建构和"人"的主体性启蒙与主体建构联系在一起，与"归来"作家的主体建构联系在一起。中国的现代语境向来是将人/国家的解放与女性的解放或隐或显地交织在一起，新启蒙主义的现代国家

---

① 宋晓萍《女性书写和欲望的场域》，北京大学出版社 2011 年版，第 164～166 页。

② 〔法〕西蒙娜·德·波伏娃《第二性Ⅱ》，郑克鲁译，上海译文出版社 2014 年版，第528 页。

③ 〔法〕西蒙娜·德·波伏娃《第二性Ⅱ》，郑克鲁译，上海译文出版社 2014 年版，第526 页。

④ 贺来《"主体性"的当代哲学视域》，北京师范大学出版社 2013 年版，第 66 页。

⑤ 王蒙《风筝飘带》，《王蒙文集》(第 13 卷)，人民文学出版社 2014 年版，第 235 页。

意识也使"即使像'爱情'这样的文学话题,都因为时代赋予的批判功能而承担了启蒙精神"①。而新时期的爱情也变成了"眼镜+爱情",置换了"革命+爱情"与"奖章+爱情"。但在这其中女性也有自己的突破与超越。

在《风筝飘带》的连环画中,素素很漂亮,而佳原也并不是那么"其貌不扬";素素看佳原的时候一般是仰视的,是崇拜的,佳原看素素是俯视的。但是文本中佳原处于"被看"的位置时常面临尴尬:被当成肇事者,没有粮票吃饭,没有要到房子,"佳原的眼光黯淡了,他低下头。"用手扶并不会掉下来的眼镜。而且佳原一再强调"要做知识的主人""关键在于学习",这是否也反映了20世纪80年代知识分子的中心化主体想象和主体建构?"文学艺术之所以是意识形态体系的重要部门之一,正在于其给单个个体提供了一个由个体想象并体验为主体的情感互动效应场,给个体提供了感受自己主体性的对象。"②另外,女性意识也将在寻求个体价值中进一步觉醒③,素素"暗恋"新建起的高楼,认为咖啡馆和酒吧是腐蚀人的地方,广告牌是暴发户,但又对其"既亲且妒",而且素素出场时的打扮是很时髦的,能否确证素素的心中没有咖啡和羊绒衫的向往,"一切都会有"是否也包括这些?

四、结语

事实上,在当时的社会和文学语境中,"归来"作家/知识分子与返城知青之间似乎"存在着微妙的对位与等值"④,更何况历来还有女性与知识分子之间症候式的隐喻,而《风筝飘带》借助于爱/情的转移与女性/知青的主体建构也隐秘地显示出"归来"作家和知识分子内在的主体确证和主体建构意识,这也暗合了20世纪80年代"新主流意识形态"的建构,此后成为当时普遍的知识/权力寓言。

(赵露:中国海洋大学中国现当代文学专业硕士研究生)

---

① 乔以钢《中国当代女性文学的文化探析》,北京大学出版社2006年版,第20页。

② 姚新勇《主体的塑造与变迁——中国知青文学新论(1977~1995年)》,暨南大学出版社2000年版,第34页。

③ 乔以钢《中国当代女性文学的文化探析》,北京大学出版社2006年版,第146页。

④ 戴锦华《〈青春之歌〉——历史视域中的重读》,唐小兵编《再解读:大众文艺与意识形态》,北京大学出版社2007年版,第195页。

人生观与文学观的双重表达

——评王蒙小说《女神》

刘晨曦

　　《组织部来了个年轻人》发表六十周年之际,王蒙再次于《人民文学》发表中篇小说《女神》,主人公的原型陈布文女士是从"年轻人"的革命时代走出来的女性,同时也以一颗对待文学与生活的赤子之心烛照了王蒙的文学创作之路。作者称《女神》为非虚构小说,不仅因为其中的人物与事件皆有原型,更因为它交织着作者本人的真实经历与真情实感。在此意义上,《女神》不仅是作者了却自己"心结"的一部著作,也是"成熟"的王蒙对自我经历以及文学创作道路的一次深情回眸,更是王蒙"人生观"与"文学观"的双重表达。

一、独特的"这一个":"女神"的双重身份塑造

　　现代社会中,"女神"一词通常被贴上容貌姣好的标签,而在王蒙的中篇小说《女神》中,经历坎坷却又始终保持"真"与"纯"心志的人方可称为女神。小说中王蒙对陈布文女士的"人品"与"文品"的赞美,同时也是他认为的真正的文学所拥有的品质。王蒙笔下的"女神"似真似幻,她最平凡也最独特,她的经历堪称完美与传奇。实际上,这个"她"已然超越了陈布文女士本身而更加成为王蒙心目中最值得珍视的文学存在。

　　无论作为革命女性还是家庭白丁,陈布文都是独特的"这一个",从逃婚、恋爱、革命、身居要位到毅然回归家庭,陈布文享受着"你不可改变我"的倔强。她"有一种不同寻常的清爽、清纯、大方,尤其是本色,我行我素,道法自然,要多快乐你就有多快乐,要多忧愁你就有多忧愁,然后忘记忧愁"①。这种独特性同时

---

① 王蒙、陈布文《女神》,四川文艺出版社 2017 年版,第 28 页。

也是王蒙其人其文的特质。"在一定意义上,王蒙代表了当代文学的某种灵动的、恢宏的气象,无论你喜欢王蒙与否,他都是中国当代文坛的'这一个'。"①20世纪 50 年代的年轻王蒙,已经开始直面现实与青春,通过理性的思索对生活进行叩问,从而在踏上写作道路之初就形成了自己独特的风格。在回忆自己如何决定了这一生的时候,王蒙谈到他 19 岁初学写作时便创制长篇小说《青春万岁》的经历,即便所有的忠告都提醒他应从小文做起,而王蒙从踏上写作之路的起点便与众不同,《青春万岁》的结构、叙事、表达更像是一首青春的交响乐,它摒弃了千篇一律的小说单线写法,为与共和国一起成长的一代人留下了不朽的青春篇章。诚如王蒙所说,《青春万岁》是一次大胆的尝试,同时也是一个冒险,然而能够自由地为自己决定下这一生的道路与方向,这样的"狂妄之举"值得肯定。同样,60 余年前《组织部来了个年轻人》的"走红"也并非是一个偶然事件,它既是年轻的王蒙对生活,对党和国家的真切希冀,同时也是对以一己标准来剪裁世界,敲打与修理艺术的习惯乃至"责任感"的反拨。长期以来,我们对"文学是生活的反映"的理解具有片面性,王蒙谈到生活既包括物质的现实生活,也包括人类的精神生活。"文学是生活的色彩,是生活的滋味,是生活的魅力,也是生活的声息。"②《组织部来了个年轻人》正是王蒙借林震对生活敏锐的观察与感受来表现年轻人的现实处境,以期引发年轻人的精神共鸣。文学从来就不该是集体化的产物,而是个人深切感受的迸发。"文学更多的是个性,是个人化的产物。文学不是在一个时期有一个主题,由大家共同来说一句话,那样的文学不是成功的文学,是乏味的文学。"③王蒙的独特之处,正在于他能突出重围,在"干预生活""反官僚主义"的叫喊声中率先提出文学应当承担"干预灵魂"之用。某种意义上来说,《组织部来了个年轻人》实际上是王蒙 80 年代一系列创作的精神源头。此外,《组织部来了个年轻人》的重要意义与价值,不仅在于它当时所引发的一系列讨论与对小说写作新的开拓,更在于它真正能经得起时间的不断考验。如今,这部小说依然保有阐释的多种面向与可能性,它所体现的年轻人的矛盾感受在当今社会依然普遍存在。这部小说真正具有一种旺盛的生命力,常读常新,再读依然有"味"。

王蒙是"中国当代小说艺术的不倦的探险者。有许多中国作家都在探索着

---

① 温奉桥《王蒙文艺思想论稿》,齐鲁书社 2012 年版,第 4 页。
② 王蒙《王蒙文学十讲》,上海文艺出版社 2009 年版,第 34 页。
③ 王蒙《王蒙文集》(第 27 卷),《谈话录》(上),人民文学出版社 2014 年版,第 227 页。

小说的叙述艺术,但在我看来,没有一个作家能像王蒙这样多方面地领小说艺术革新风气之先。"①50年代干预生活的热浪中,王蒙独树一帜,以对现实的深刻思索崛起于文坛,以干预灵魂来确立自己独特的文学观,实际上担当了一个时代的思想先行者的角色,而面对70年代末80年代初伤痕文学的大规模崛起,王蒙又是异军突起,通过一系列的小说形式的实验与创新为文学创作开拓了情感与技艺的双重空间。若说王蒙笔下的"女神"陈布文是"我以我血荐平凡与自由",那么王蒙则真正是"我以我血荐文学"②。在此意义上,"女神"的回忆与塑造同时也是王蒙对自己的文学创作道路与人生经历的一次诗意的回眸,陈布文的倔强、独特、个性,同时也是王蒙其人其文永久的追求,"女神"的形象因此获得了一种超越性的质素,具有了双重身份塑造的意义。

二、"无为"中的"有为":我的"另一个舌头"

王蒙在很多文章及小说中曾多次谈到老子的思想,而后更是将这些思考结集为《老子的帮助》一书,将老子的处世哲学与人生智慧刻上自己独特的烙印,成就了"王蒙的人生哲学"。王蒙的人生观中,"无为"是他极为推崇并以身践行的一点,这既是他辩证的文艺思想的体现,同时也是其大起大落的人生遭际中感悟与提炼出的大众的处世哲学核心。无为是一种境界,是我们面对现实问题与处境时所必须具备的做"减法"的本领。在王蒙的"无为观"中,无为乃是有所不为,是用理智来把握好"不做什么"。实际上,中篇小说《女神》中也处处渗透着王蒙的一种"无为观"。细探究竟,此"无为"不仅是老子的"帮助"与"馈赠",应也有"女神"陈布文女士以其自身选择做出的示范。

确如小说中叙述者的描述,陈布文的生活可谓是"前紧后松",前半生革命、文学、机要、高层文秘,后半生回归家庭,仍然英姿勃发。"你以一去不返的不存在的方式静静地,仍然是热烈地存在着。"③在"有所不为"的主动选择下,陈布文依然于琐碎生活中过出一种诗意,表面看来她失去了前途无限光明的岗位,变成了游离的"离子",却在轰轰烈烈的"文革"中为自己与家人求得了一丝宁静。更重要的是,她能够相对自由地做一回"自己"。"直到后来,你才明白自己已经

---

① 童庆炳《作为中国当代小说艺术"探险家"的王蒙》,《中国海洋大学学报》(社会科学版)2003年第6期。
② 王蒙《王蒙文集》(第40卷),《我的人生哲学》,人民文学出版社2014年版,第146页。
③ 王蒙、陈布文《女神》,四川文艺出版社2017年版,第18页。

用真实的人生努力写毕了也写出了至少是自己满意的与众不同的诗篇了。"①在王蒙的人生经历中,至少也有两次这样重要的选择,一次是 1963 年作出举家迁往新疆的决定,另一次则是 80 年代末主动提出辞去文化部部长的高位。这两次"主动选择"不能不说是充满了政治意味的举动,然而就其产生的结果来看,仍是"得"大于"失",也是"无为"中的"有为"。正如王蒙所言:"无了鸡毛蒜皮,才有正经成就。无了啰啰嗦嗦,才有见识境界。无了蝇营狗苟,才有真正的人物。无了怨天尤人,才有勇猛精进。无了卑躬屈膝,才有堂堂正正。"②陈布文离开前途无量的工作岗位回归家庭,得以享受自己有限的自由,而对王蒙来说,对"疾风骤雨"的"回避",则是获得了他的"另一个舌头"。《我的另一个舌头》是王蒙谈到学习维吾尔族的语言时带给他的收获。实际上,新疆的 16 年经历,让"另一个舌头"具有了多重内涵,其中最重要的便是使王蒙其人其文练就出一种新质与弹性,它可以在轰轰烈烈的大时代中担当"干预灵魂"的精神旗帜,也同样能发掘出生活的诗意潜流。而 70 年代末的复出,对王蒙来说的确是一次重生,是一次"无"中生"有"的释放。新疆的音乐、语言,人民的幽默、豁达以及新疆文化的巨大包容性都是王蒙 80 年代写就"大块文章"的"营养基"与"催化剂"。更为重要的是,80 年代的王蒙以其个人的生活、创作以及情感经验既参与了 80 年代的主流文学写作,又保有个人文学观的独异之处,这使得王蒙的创作与 80 年代主流文学呈现出一种貌合神离的状态。在王蒙看来,真正的文学是不那么容易被摧毁的,它不能因为大规模的社会政治运动或某一时期文艺领导者的主张而"变味"。尤其是,文学不是用来"干预生活"的工具,而应当起到"揭露矛盾"与"干预灵魂"的作用。中国当代文学在经历了"文革"的幻灭后受到重创,整个社会的精神支柱几近摧毁,更加坚定了王蒙通过文学这种特殊形式来追寻我们的精神支柱的文学观。因此,即便王蒙在 80 年代的一系列创作实践是充满变化与激情的,然则激情的背后,也是品尝了五味杂陈人生后的智者的思考。"真正的文学就像真正的学术、就像自然科学一样,其实就像是宇宙、历史一样,应该是有免疫力的,经得住折腾的……真正的文学扎根于世界,扎根于生活,扎根于生命,又有什么东西能战胜世界、生活、生命呢?"③新疆的生活,对

---

① 王蒙、陈布文《女神》,四川文艺出版社 2017 年版,第 61 页。

② 王蒙《王蒙文集》(第 35 卷),《老子的帮助》,人民文学出版社 2014 年版,第 44 页。

③ 王蒙《王蒙文集》(第 42 卷),《大块文章》(自传第二部),人民文学出版社 2014 年版,第 101 页。

有着浓重"少共情结"的王蒙来说其实是一种放逐,然而就是这种一切归零,一无所有的状态给予王蒙另一种精神资源。从 1979 年写作《夜的眼》开始,王蒙已从写作伤痕的潮流中抽身而退。他站在历史的纵深处对生活进行了深刻的思索与拷问,也即是说,80 年代的王蒙再次承担起思想先行者的重任。他的"大块文章"为 80 年代留下了一些"奇作异篇",同时也"使中国当代文学重新获得了时代感觉,重新获得了想象力和自由感"①。

小说《女神》中还有一处细节值得体味,即是王蒙谈到 1983 年担任《人民文学》主编时,他本可利用"职务之便"找到陈布文大姐却没有这样做的原因。"小说人常常犯的一个毛病是把眼睛睁大,盯着望着打量着,思索着想象着追究着询问着。更应该拷问追求的其实不是别人,而是自己。"②王蒙对听说陈布文女士是谁谁谁的夫人似乎若有所失,甚至不以为然,然而又以揶揄的笔调调侃自己正值"青云高上""芝麻开花节节高"的"得意"。其实王蒙深知,即便那时找到了陈布文,"女神"也未必愿意见他。这一"未必愿意见我",其实蕴含了王蒙对自己的审视。实际上,寻找"女神",同时也是寻找真正的文学与"真正的王蒙"。"其实担任部长期间我也写过一些小说,个中有许多酸甜苦辣。"③担任文化部部长,王蒙得到了出国的机会,走向世界的机会,也取得了那么一些"话语权",但从其时他所创作的《球星奇遇记》《虫影》《要字 8679 号》《选择的历程》等小说中可以窥见彼时王蒙内心的矛盾。"有两种珍惜。一种是因为珍惜什么都不放弃,一种是因为珍惜,什么都不要。而都不放弃的终于丧失了所有,都不要的却还勉强过得去。"④陈布文最后的心愿是能够自由自在地凋落,而自由地播撒文学正是王蒙毕生所求,重又成为"小说人"的王蒙,继续探索着生活与文学的关系,为当代文学贡献出一部又一部的著作。如今,对王蒙文学、思想的研究更为开阔与丰富,而王蒙也以其不老的青春姿态始终做当今社会一个"刺耳而又响亮的声音"。

---

① 温奉桥《蝴蝶·桥梁·界碑——论王蒙八十年代的精神现实》,《当代作家评论》2009 年第 3 期。

② 王蒙、陈布文《女神》,四川文艺出版社 2017 年版,第 80 页。

③ 王蒙《王蒙文集》(第 42 卷),《大块文章》(自传第二部),人民文学出版社 2014 年版,第 425 页。

④ 王蒙、陈布文《女神》,四川文艺出版社 2017 年版,第 92 页。

三、另类的"自传"：真实自我的呈现

"在某种意义上,所有作品都有自己刻骨铭心的体验,所以都是'自传'。"①
实际上,《女神》也可以看作王蒙的一部另类自传。陈布文的革命与家庭,"得
意"与失落,孤独与渴望,同时也是小说人王蒙的"闷"与"狂"。从表面看来,《女
神》塑造了一个堪称完美的女性形象,作者甚至用"神州第一""无懈可击"等词
汇来"遮蔽"读者的注意力。然而细细揣摩,《女神》中实际充满一种忧伤的笔
调,它是已步入老年的王蒙对个人经历的一次深情回望,同时也借助对"女神"
的塑造来剖露了一个真实的自我。

"许多评论家都谈到了王蒙的幽默,但王蒙最擅长写的是忧伤。"②虽然王蒙
常说他追求的是一种与生活的和解,然其小说作为作家真实自我的呈现依旧潜
藏着忧伤的底色。《青春万岁》的积极与热烈自不必说,但王蒙谈到写作《青春
万岁》的初衷时则声称他是因预感到这样的日子并不会持续太久从而记录下这
一刻的"狂欢",童年的缺失造就了王蒙敏感多思的气质,而"半生多事"的人生
经历则从另一方面厚重着他的忧伤。王蒙称伊犁是他的第二故乡,于新疆题材
的小说中也多见王蒙的快意与豁达,《女神》中他却又喊道"我迷失在新疆伊犁
一眼望不到头的苜蓿田里"。在新疆,他学会了吸烟,迷上了饮酒,知道了"何以
解忧,唯有杜康"。王蒙于新疆其实是一个"外来人",一个被社会抛弃的"游离
者"。王蒙将自己比喻为一只"大蝴蝶",旁人无法把控,实则"蝴蝶"也是王蒙为
自己设置的一个保护壳,他展示给外界豁达、乐观、幽默、多变,直至在日内瓦湖
边对"女神"的突然想念,王蒙似乎才真正找到了他倾诉的对象。"后半生,你的
主要任务是养育子女,辅佐丈夫,退职为民,不知道是不是真的自得其乐。"③这
一疑问,指向陈布文,同时也面向自我。《女神》中对陈布文退职后爱上唱京剧
这一情节进行了细致的描述,她常在家中一个人扮演着《霸王别姬》中的所有角
色,嘴里念叨着只有自己才能听懂的话,并且从来不愿让自己的亲人见到这一
"癖好"。而从陈布文的儿子郎郎那里得知,有一声项羽士兵的叫板"苦哇",是
陈布文自己喊出来的。这一"苦哇"袒露了一个从革命的火热走向家庭白丁的
真实内心,而这一声"苦哇",何尝不是作者王蒙的内心呼喊。实际在其写作生

---

① 王蒙、王干《文学这个魔方:王蒙王干对话录》,北京联合出版公司 2016 年版,第 260 页。
② 温奉桥《王蒙文艺思想论稿》,齐鲁书社 2012 年版,第 196 页。
③ 王蒙、陈布文《女神》,四川文艺出版社 2017 年版,第 33 页。

涯相当长的一段时间中,王蒙是压抑的,即便文学创作在一定程度上舒缓了这种压抑,但相当多的外在因素依然烦闷着王蒙的内心。80年代王蒙创作了一些诸如《来劲》《致爱丽丝》等"奇作异篇",有学者称之为"语言的狂欢",但这狂欢的背后,隐含着一种不得已而为之的无奈。"你于心平安,不平静的时候用小嗓叫一声'苦哇',也就是了。当然,你有时也惦记着更上一层楼的人生。"①《女神》与其说是作者对陈布文的回忆,不如说是对自己内心的一次真实袒露,既是写她,也是写自己。

回归家庭后的陈布文,几乎是被子女、家务缠身,但在她去世前不久的一个大雪纷飞的傍晚,她终于最后为自己"任性"了一次——景山独自赏雪。文中多次提及陈布文的书法,字迹的变化是陈布文人生的印证。从年轻时"出格与人格的天然结合",到中年时的奇绝骨感,如梅如竹,到最后自在凋落的愿望,笔迹稚拙出奇,但对自己的一生满意,没有遗憾。若说能真正自由地选择一次是陈布文最后的任性,笔者则以为,长篇小说《闷与狂》也是小说人王蒙的一次"任性"。这部2014年面世的长篇小说,再次颠覆了传统小说的书写模式,有学者以为,读此小说是一种艰难而痛苦的过程,并且在艺术探索上令人失望。读罢一遍,头脑中确实未留下什么具体的事件或故事,而只是一些碎片化的印象,但细细体味,确能在这碎片化中读到一个真实的王蒙。《闷与狂》是王蒙的一部另类自传,但与三部《王蒙自传》相比,这部小说更能引起读者共鸣。第二人称"你"的使用贯穿全篇,作者从一开始就"邀请"我们进入他的情感世界,和他一起回顾自己的一生。他不再是自说自话,而是面向我们真正地去剥露自己的内心。至于有些批评指出的形式探索的失望,笔者以为,这无所拘束的宣泄正是王蒙袒露真实自我的证明。他不必再像年轻时陈布文的信中所说的"令人不愉快地老练",也不用"谦虚谨慎善良"的发言证明自己"小老地下党员"与"青年干部"的身份,他需要的就是自由的倾诉、宣泄,是"咀嚼生命本味的情绪流写作",是"久闷的狂发",是"生命的复鲜"。② "人生中没有得到的,正是文学中苦苦经营着的。无价的精神资源得自失去了本应珍惜的所有,最期待的狂欢是失去的一切复活在文学艺术中。"③在《闷与狂》以及《女神》中,王蒙将他的甜蜜与

---

① 王蒙、陈布文《女神》,四川文艺出版社2017年版,第53页。

② "咀嚼生命本味的情绪流写作""久闷的狂发""生命的复鲜"等说法均参考自朱寿桐《王蒙存在的文学史意义》,《中国现代文学研究丛刊》2015年第10期。

③ 王蒙、陈布文《女神》,四川文艺出版社2017年版,第95页。

痛苦,得意与失落,粗俗与严肃,全部复活于语言文字的喷涌中,实现了自我的一次真实也是真诚的呈现。

陈布文的一生虽不是如火如荼,也并不载入史册,然其纯净高洁的心志称得上是我们共同的"女神"。通过对陈布文的回忆与塑造,我们得以窥见小说人王蒙的真实内心,同时也感动于他对文学永久的珍视。王蒙其人其文,都像陈布文最后的书法作品那样,"稚拙"、纯净却充满力量,那是饱经沧桑后的复生,也是真纯心志的呈现,文学是王蒙真实自我的一面"镜子",也是他的另类"女神"。"青春和耄耋本来并不是一个风马牛不相及的东西。青春太多了,压缩成了耄耋。耄耋切成薄片,又回复了青春。"①王蒙以其丰厚的创造力记载着中国当代文学的风风雨雨,也始终承担起一个时代的思想引领者的重担。即便王蒙说"明年我将衰老",但今朝他仍旧兴致勃勃。

(刘晨曦:中国海洋大学中国现当代文学专业硕士研究生)

---

① 王蒙《闷与狂》,北京联合出版社 2014 年版,第 288 页。

剖旧立新，以新唤旧

——《组织部来了个年轻人》和《仇仇》的再解读

吉晓雨

61年前，刊于《人民文学》九月号上的《组织部来了个年轻人》①，正式将那个名叫林震的年轻人推向了当代文学的舞台。从此，以林震为中心的关于《组织部》的各种声音几乎就从未真正地停止过。无论是类似于"写真实"②、"勇敢地干预生活"③这样的赞誉；还是诸如"有严重缺点"④这样的质疑，都预示着《组织部》及其创作者王蒙从登上文坛的那刻起，就注定了不再平凡的命运。而一路走来，从"毒草"到"重放的鲜花"，再到当代文坛的"经典之作"，⑤王蒙携手《组织部》同甘苦、共命运，一起见证了其所经历的大时代的记忆与沧桑。如此看来，有人曾预言永远年轻的《组织部》，其实早已年轻不再，只因其故事的结尾是在林震敲响领导办公室门的那一刻戛然而止，于是留下了许多未完待续的想

---

① 《组织部来了个年轻人》发表于《人民文学》1956年第9期，当初发表时改名为《组织部新来的青年人》，之后收入1956年《短篇小说选》时恢复了《组织部来了个年轻人》这一原名。本文在引用这一篇名时，将其简称为《组织部》。

② 刘绍棠、从维熙《写真实——社会主义现实主义的生命核心》，《文艺学习》1957年第1期。

③ 唐挚《论刘世吾性格及其他》，《文艺学习》1957年第3期。

④ 李长之《可喜的作品，同时是有严重缺点的作品》，《文艺学习》1957年第1期。

⑤ "毒草"一说来自姚文元的《文学上的修正主义思潮和创作倾向》（见《人民文学》1957年第11期）；"重放的鲜花"是出自上海文艺出版社在1979年一部名为《重放的鲜花》的作品选，该作品选收录的是一些在"反右"运动中被彻底否定的作品，其中包括王蒙的《组织部来了个年轻人》；"经典化"来自2016年于中国海洋大学举行的"向经典致敬《组织部来了个年轻人》发表60周年座谈会"，座谈会众多与会者同意《组织部》是当代文学中的经典之作。

象。而作者王蒙对此似乎也有心照不宣的默契,61 年后,同样是《人民文学》,《仉仉》的出现可视为在某些方面填补了《组织部》中未完待续的空白:从近乎一致的理想化女性形象到二者间相似的初恋叙事,再到跨越了一甲子仍有待讨论的青年问题。《仉仉》与《组织部》之间,有一种内里相扣的紧密联系,而通过两个文本的对比研究,再结合弗洛伊德心理学的相关理论,我们可以对二者的关系做一番更加深入的探讨。

一、"诗的破格"与理想女性的选择

弗洛伊德曾有一篇有趣的文章名为"男人如何选择对象"。在文章的开篇,弗洛伊德认为关于爱恋对象的选择问题,一向是文学家们最擅长描述和回答的问题。"他们有着敏锐的知觉,能对他人的潜在情感生活做出清晰的透视,而且更有勇气来揭示自己的无意识心灵。"然而可惜的是,"文学家们往往要受到某些条件的制约……不得不把真实发生的事情的某些部分舍去……然后再用别的材料去填补这些空隙,对整体的统一下一番粉饰功夫",而对于文学家的这种创作方式,弗洛伊德称之为"诗的破格"(poetic licence)①。通过"诗的破格"这一方式所呈现的对爱恋对象选择问题的回答,在弗洛伊德看来是忽略了心理层面的因素,最终还是要以科学的方式(即精神分析法)来深入探究。

笔者认为,弗洛伊德有关"诗的破格"与精神分析的论述,为我们探讨《仉仉》与《组织部》中女性形象的理想化提供了新的视角。众所周知,《组织部》诞生于特殊的时代背景,在其初登文坛便激起千层浪之时,赵慧文这一女主人公的形象其实是被忽视的。而随着时间沉淀,有关《组织部》的讨论逐渐突破原有的框架时,赵慧文的形象才开始散发出历久弥新般的光辉。在 2016 年于中国海洋大学举办的"向经典致敬:王蒙《组织部来了个年轻人》发表六十周年座谈会"上,王蒙在总结发言时深情坦言,这么些年,他最深爱的还是《组织部》中的赵慧文。② 如此看来,赵慧文实则代表了王蒙内心中最理想化的女性形象,或者也可视为王蒙身为一个作家对弗洛伊德"男人如何选择对象"之问的间接回答。而无独有偶,多年之后《仉仉》的出现,不仅让我们看到了仉仉与赵慧文这二者的相似,还让我们在"诗的破格"之后,依然能从仉仉的身上再看到《组织部》中

---

① 〔奥〕弗洛伊德《性学三论与爱情心理学》,许蕾译,重庆出版社 2017 年版,第 103 页。
② 参见"向经典致敬:王蒙《组织部来了个年轻人》发表六十周年座谈会"会议记录,2016 年 10 月,中国海洋大学。

所未能呈现的赵慧文的成长命运。

重回《组织部》与《仉仉》的文本，我们可以发现赵慧文与仉仉的相似首先体现在外貌的相似，赵慧文有"苍白而美丽的脸"，有"闪着友善亲切光亮的两只大眼睛"①；而仉仉也是"面孔白皙，大眼睛目光炯炯"②。其次，二者的性格也极其相似，赵慧文对《意大利随想曲》的喜爱，仉仉对《勿忘我》的歌唱以及外国文学的喜爱，都体现了年轻的她们对生活的希望与热爱；并且，赵慧文对工作敢于质疑揭露的积极态度以及对婚姻生活迎难而上的主动处理方式，在某种程度上体现了她与仉仉强大刚毅的偏男生的性格有共通之处；而仉仉在经历政治运动、远走他乡、结婚又离婚的动荡生活之后，故地重游时依然窈窕风致、风平浪静，这似乎又多了些赵慧文式的宽容与达观。总之，在赵慧文与仉仉的性格深处，都有着相似的"女而男的魅力"。

值得一提的是，在《仉仉》中，作者将仉仉视为那个"梦中的人头"，那个"金色的、欧罗巴型，既不恐怖，也不忧伤"的人头。③ 人变人头的过程会让我们想到卡夫卡《变形记》中萨姆沙突变成大甲虫的荒诞，也会令我们回忆起施蛰存《将军底头》中无头将军拎着人头的惊悚与恐怖。总之，"人头"这一意象本身便带有阴森恐怖的意味。但是，在《仉仉》中，王蒙用了"金色"这一代表温暖与幸福的太阳色来加以修饰；并且，与之并列的"欧罗巴"，其实是希腊神话中的腓尼基公主。根据神话记载，欧罗巴被爱慕她的宙斯带往了欧洲大陆，是她孕育了后来的欧洲人群。如此看来，王蒙在《仉仉》中设置的"人头"意象，实则隐喻了光辉高贵的母性形象。而这一形象在某种程度上，既是 61 年后独自抚养女儿成人的仉仉，也是 61 年前一个照顾儿子维持家庭的赵慧文。

总之，仉仉与赵慧文在外貌与性格上的相似，一方面体现了作者王蒙六十年如一日的对理想女性的审美偏好；另一方面也暗示了二者在命运上可能会发生的重合：《组织部》中赵慧文与丈夫的婚姻出现危机，或许在未完待续的故事里，她也会步上仉仉的后尘。大时代下的政治波动中少有人能够全身而退，赵慧文是否会带着孩子远走他乡也未为可知。但可以肯定的是，作者在有意或无意之中，通过仉仉实现了对赵慧文生命形态的继续书写，并且，这一份书写始终如 60 年前那般，饱含着欣赏与赞许。"诗的破格"既可以是省略也可以是填充，

---

① 王蒙《组织部来了个年轻人》，《王蒙精选集》，北京燕山出版社 2015 年版，第 3 页。
② 王蒙《仉仉》，《人民文学》2015 年第 4 期。
③ 王蒙《仉仉》，《人民文学》2015 年第 4 期。

而作者在此创作形式下始终未变的是他对理想女性的选择以及尊重爱护女性的书写心态,这是在男性作家群体中难能可贵的初心,也是作家个人女性观的体现。

二、"少年布尔什维克精神"与初恋叙事

批评家李子云曾经用"少年布尔什维克精神"来概括王蒙小说创作中所表现出来的特殊精神气质①,而这样一种精神气质的形成,无疑与王蒙早年的经历有关。熟悉王蒙的人都知道,他在不满 14 岁时就成了中共北平地下组织的一名成员。14 岁本该是无忧无虑的年纪,但那个复杂而乖戾的家庭环境并没有使王蒙享受过正常的童年,他只是"一个落后的野蛮的角落里的宠儿"②,还一度饱受着失眠的困扰。这样的记忆创伤是王蒙童年的灰色阴影,它如影随形挥之不去,却在王蒙加入革命之后,开始奇迹般地自行褪色。与共产党这一大集体相遇对王蒙而言是一场新生,革命集体是他"温暖的新的家庭"③。如此看来,共产党对王蒙而言具有非同一般的意义,他从未满 14 岁加入共产党的集体时,就注定了一生与之紧密相连的关系。从这个层面上来看,王蒙个人的少共情结是十分深厚的,而这一份深厚情结体现在文学创作上,也就是"少年布尔什维克精神"的彰显。"少年布尔什维克精神"所关注的是青年、是革命、是一个热血沸腾的特殊语境,而当这样的精神气质与初恋故事相遇时,便生就了一种耐人寻味的叙事模式。

《组织部》诞生于特殊的年代,那是一个对男女之间爱情书写依然保守的时代,对于《组织部》中林震与赵慧文之间是否有爱情的说法虽一直留有争议,但更多人还是认同他们之间那种"朦朦胧胧、缠缠绵绵的关系固然在王蒙的初稿和发表稿之间有一些距离,但林震对比自己大好几岁的赵慧文的好感甚至是依恋的情感取向还是明确的"④。在《组织部》中,林震受邀至赵慧文家中,两人晚上一起聊天、一起听音乐、一起吃荸荠,这些相处时的细节均体现了林震与赵慧文之间看似"互相支援和友谊的温暖",实则在某种程度上已经超越了亲密的友谊且接近于有所克制的纯洁爱情。并且,这样纯洁的感情于林震而言是人生第

---

① 李子云、王蒙《关于创作的通信》,《读书》1982 年第 12 期。
② 王蒙《王蒙自传》第一部《半生多事》,花城出版社 2006 年版,第 26 页。
③ 贺兴安《王蒙评传》,作家出版社 2004 年版,第 20 页。
④ 郭宝亮《王蒙小说文体研究》,北京大学出版社 2006 年版,第 147~148 页。

一次，可视为其人生的初恋。与之相似，在《仉仉》中，李文采与仉仉之间，也有一些朦胧晦涩的情愫。虽然李文采是一位有妇之夫，但由于其婚姻是双亲作主且有逼迫的性质，因而夫妇间也不存在爱情之说。年轻的李文采是在遇到仉仉之后开始心神不宁甚至出现了精神官能症，通过他年轻时两次写信给仉仉并赠其文学创作本，以及仉仉一直为其保存文学创作本并嘱托女儿特意归还这些细节，都可以察见两人之间朦胧的感情，且这份朦胧的感情也都称得上是两人生命中的第一次怦然心动。

从上述分析来看，我们可以将《组织部》与《仉仉》中那些隐晦的感情描写看作初恋叙事。对比来看，李文采对仉仉，有一种类似于林震式的被理性所压制的爱慕。这二者在对理想女性的爱慕中，都包含了许多尊敬与依赖、信任与崇拜。林震对赵慧文的尊敬与依赖一方面是由于赵慧文较自己年长且有更丰富的工作经历；另一方面则是组织部这一特殊的工作环境，不允许林震这样根正苗红的青年工作者有任何有悖于人情伦理的行为。因此他对赵慧文只能是友情而不能是爱情，这可以视作作者"少年布尔什维克精神"对初恋叙事的无形干扰。而与之相似，李文采与仉仉之间，一方面仉仉的文学素养与性格气质深深地吸引着李文采，使之心生爱恋；另一方面李文采少年入党的老革命身份又使得他不得不关注仉仉的真实身份，爱恋中又多了几分猜忌。因猜忌而催生的政治运动，揭发与被揭发的隐形暴力，使得李文采与仉仉之间出现了阶级身份的鸿沟，而在政治大局与个人感情之间，李文采的特殊身份使他只能选择前者。这是代表了特殊时代的爱恋选择，其实也是"少年布尔什维克精神"对初恋叙事的隐形冲击。

《仉仉》里关于初恋的叙事中，有一处值得注意的细节。李文采在给仉仉发第二封长信时："他连署名的勇气也在最后一分钟失去了。他画了一只兔子。"①李文采是一个少年入党、经历过抗日战争的老革命，一个还没毕业就被调到党委工作的二十出头的青年，却在给异性的长信中以"兔子"这样一个弱小乖巧的动物意象来代替自己的署名。这一细节其实在无意中暴露了李文采在仉仉面前甘于弱者或者愿意蒙受照顾的心理，这与林震在赵慧文面前是一个受照顾的弟弟形象也有些相似。当然，更为相似的是这两段朦胧的爱情都因清晰的现实而止步于适当的距离，赵慧文早嫁，李文采早婚。再加上特殊语境下变幻莫测的政治运动以及作者本人深植于内心的"布尔什维克精神"，使得"林赵"与"李

---

① 王蒙《仉仉》，《人民文学》2015 年第 4 期。

仇"这两对青年之间的初恋故事注定都是擦身而过的结局。或许，《组织部》中未完待续的爱情空白由多年后湖边相遇的"李仇"二人填补也有合理之处，相忘于江湖，其实也是对昔日纯洁感情的一份保护；而李文采的那句"其实挺好"，既道出了"林赵"之间坦诚以待的释然，也是作者内心"布尔什维克精神"与受制于时代背景的初恋故事之间的一种和解。

三、承接"五四"的"青年之问"

王蒙在一篇名为"关于《组织部新来的青年人》"的文章中，曾明确谈及最初写《组织部》时有两个目的，而目的之一便是"提出一个问题，像林震这样的积极反对官僚主义却又常在'斗争'中碰得焦头烂额的青年到何处去"。[①] 这是王蒙写于1957年5月的一篇文章，同样是青年的身份，为他作品中同为青年人的林震，提出了这样的问题。其实，将这一问题放大来看，便是有理想有抱负的青年人，如何平衡梦想与现实之间的差距？如何在工作中、生活中乃至社会发展的大潮流中证明自己的存在价值？

《组织部》为我们树立了林震这样一个好榜样，他迎难而上、不畏强权、永远年轻、永远热血澎湃；然而到了《仇仇》，由李文采的经历去反观林震，不由细思极恐：这样的林震再往后走十年，怕是也会陷入政治运动的漩涡，不知能否全身而退？娜斯嘉式的英雄毕竟只是一种理想，以林震所处的生活与工作环境来看怕是终究难以实现。所以，林震最终是走向刘世吾还是李文采，这一切都未为所知。

《仇仇》中的李文采也曾是个迷恋外国文学、有着文学创作梦想的青年。而正是这样的热爱与梦想，令他在政治运动中身先士卒，留下了一生中最不堪回首的记忆。此去经年，年迈的李文采看似过上了幸福安稳、人人羡慕的生活，文中的几处细节却值得我们细细品味：一是退休后游维也纳时，李文采在凯文登大街"伫立了二十多分钟，想不清楚他这一生的经历到底是怎么回事"；一是在老同学聚会上李文采黯然感叹"我是一事无成两鬓白啊"；还有出现在梦中的"老式胶木唱片"、与仇仇多年后意外重逢时的那句"对不起"；以及在重获年轻时的文学创作手稿原打算出版，却又突然退还出版社"订金一万元"，只留下一句"其实挺好"[②]。所有这些，都是老年李文采心中激荡起的波澜。那时年轻有

---

① 王蒙《关于〈组织部新来的青年人〉》，《人民日报》1957年5月8日。
② 王蒙《仇仇》，《人民文学》2015年第4期。

梦,关于文学关于爱情,只是现世安稳,对往事也就多了一些宽容与理解。"其实挺好"既是对当下安定生活的由衷之叹,怕是也夹杂了几分对青年梦想的遗憾。

林震与李文采,在某种程度上代表了一整个时代的有梦青年。而由林震再往前推 30 年,以鲁迅为代表的"五四"先驱们也曾有过相似的"青年之问"。回到 30 多年前的"五四"新文学现场,"五四"那代人年龄最小的是冰心 18 岁,最大的是鲁迅 38 岁,同样是青年人的身份,他们在关注家国命运的同时,也同样关注青年人何去何从的问题。"五四"知识分子热衷于讨论家庭问题,从娜拉出走之问到子君为爱发声,再到涓生、子君爱情理想的破灭,鲁迅用文学的方式为青年人发问却始终没有正解。看似旧家庭的解体是成全青年人追逐梦想的途径之一,但随着新的社会秩序的建立,在新的身份建立过程中,依然还要面临相似的问题。

22 岁的王蒙在《组织部》中提出的关于青年存在与梦想的问题,其实可以看作对"五四"语境之下青年问题的又一回应。新中国的时代语境之下,已经不存在旧式家庭与青年存在之间的矛盾,但新的矛盾是:青年们走进了新的家庭,这是带给他们光明和温暖的组织与集体,而在这组织与集体中,却存在着消极怠慢、碌碌无为的官僚主义。于是,在新的家庭之中,青年人身份如何认同? 梦想何处安放? 这成了王蒙在新时代语境之下借《组织部》而发出的"青年之问"。而这一"青年之问"不仅上承"五四"话语,还一直延续到当下。也就是说,从"五四"时期发现青年开始,有关青年人的问题就一直被提出、一直被思考,却也一直没有真正解决。至少在当下,青年人在迈向社会追寻梦想的过程中,仍然会面临着身份难以认同的尴尬困境。

年轻时的王蒙借《组织部》发问,而到了年老时,又以《仇仇》来回应。《仇仇》中的李文采是林震在组织部中成长下去的一种可能,是王蒙以自身经验及人生阅历所打磨的版本之一,它代表了最先老去的青年一代回归现实、搁浅梦想的大多数。"五四"一代的异军突起与狂飙突进毕竟多了些时势造英雄的意味,而伴随新中国成长起来的青年一代经历过突发的运动与身份的错位,尤其是作者本人也没能从政治的波动中全身而退。因此,在王蒙的笔下,《组织部》与《仇仇》的一问一答之间,少了年轻时的意气与风发,多了年老后的达观与圆滑。这是曾经的青年,这也可能是现在的青年,现实与理想的难以两全,致使"青年之问"继续存在,也使得《组织部》一步步走向经典。

"一部文学作品并不是一个独立存在的并为每一时代的每一读者都提供同

一视域的客体。它不是一座自言自语地揭示它的永恒本质的纪念碑。它倒非常像一部管弦乐,总是在它的读者中间引出新的反响,并且把本文从文字材料中解放出来,使之成为当代的存在。"①姚斯之言,对文学作品,尤其是那些走向经典的文学作品而言意义非凡。《组织部》走过六十余载春秋,"连接着一段历史、一个时代、一种情感"②,却又在人们不断的解读中拓宽了其原有的历史框架和时代背景,且衍生出更具丰富意蕴的情感内涵。而难能可贵的是,作家本人的创作力是旺盛的,他以创作的方式持续地展现着作品的生命力。也正是如此,我们才能从 61 年后的《仇仇》中,再看到未完待续的《组织部》。而无论是相似的理想化女性形象,还是深受"布尔什维克精神"影响的初恋叙事,抑或承接"五四"并仍具有当下意义的"青年之问"。这些,都是《组织部》与《仇仇》在交织碰撞中激荡出的动人旋律,也充实了王蒙研究这一文学领域的交响合奏!

(吉晓雨:中国海洋大学中国现当代文学专业硕士研究生)

---

① 姚斯《文学史作为向文论的挑战》,伍晓明译,胡经之、张首映主编《西方二十世纪文论选》(第 3 卷),中国社会科学出版社 1989 年版,第 154 页。

② 温奉桥《〈组织部来了个年轻人〉研究 50 年述评》,《中国海洋大学学报》2006 年第 5 期。

关于王蒙新作《女神》的对谈

生媛媛等

编者按：2015 年，中国海洋大学王蒙文学研究所在青年学生中发起成立了"王蒙研究·青年工作坊"，对王蒙作品等进行阅读研讨。本期"工作坊"是对王蒙最新中篇小说《女神》（《人民文学》2016 年第 11 期）的讨论。这 11 位作者都是中国海洋大学中国现当代文学专业 2016 级硕士研究生。

书法·人生·象征——从《女神》中的书法谈起

生媛媛

《女神》是王蒙为纪念师友陈布文所创作的非虚构小说，小说内容取材于陈布文真实的人生经历。王蒙以"非虚构"的方式，写下了他记忆深处的陈布文，字里行间表现出了陈布文的超凡脱俗以及王蒙对她深深的敬佩与怀念之情。王蒙在小说中多次写到了陈布文的"书法"作品，我认为，在这篇小说中，"书法"是有象征意义的，它一方面是王蒙了解和表现陈布文人生经历的载体，担任着结构小说的重要意义；另一方面，"书法"也是陈布文与王蒙发生联系的纽带，王蒙不仅仅通过"书法"反观陈布文，他还进一步地由"书法"反观自己，在叙述陈布文人生经历的同时，进行了反省与自陈，并从陈布文身上学到了"平凡"与"豁达"的人生哲学。

书法是一种特别的艺术形式，书法理论中有"人格象征论"这一说法。"人格象征论"是中国古代书法审美的重要理论之一，其萌芽于汉代，至清代发展成熟。清刘熙载指出："书，如也。如其学，如其才，如其志，总之曰如其人而已。"①具体而言,"人格象征意味着并不是书法的点画、结字、章法所固有的,而是人类基于自身特殊的精神本质赋予书法的一种观念的联想。正是这种联想使得书法的点画、结字、章法等外在的形式具有了内在的生命活力和精神内涵。"②也就是说,书法是一种表现创作者主观意志的艺术,创作者的性情、性格、意志、经历等都会在他的书法作品中有所体现。因为书法艺术的这一特性,因此在《女神》中,对于从未谋面的王蒙和陈布文而言,"书法"便成为王蒙了解和书写陈布文人生经历的重要载体,同时也是结构小说的重要质素。小说主要描写了陈布文三个阶段的"书法"作品,由于不同人生际遇的影响,她的"书法"作品也显示出了不同的风格,下面具体分析一下。

第一阶段的"书法"描写,以 1957 年陈布文写给王蒙的信为代表,这也是王蒙第一次见到陈布文的"书法"作品。未曾与陈布文见过面的王蒙,初次见到陈布文的"书法",就被她的作品惊艳了:"但是你的信封与信笺上的字迹立刻使我爱不释手,如醉如痴,一时间亲切、秀丽、文雅、高傲、自信、清丽、英杰、老练、行云、流水、春花、秋叶、春雨、冬雪、飞燕……各种美名美称纷至沓来,我怔在了那里。"③连续 15 个赞词的排比使用,足可以看出王蒙对陈布文"书法"的惊叹与赞美之情。根据陈布文的这封书信,王蒙开始想象陈布文的生活工作、人生经历、朋友亲人……并以"书法"为契机,切入对陈布文人生经历的描写。这一阶段的陈布文,命运是顺遂的:她是小镇上美丽的天才少女,"十七岁结婚与革命。十八岁到达延安,研究鲁迅,写作文学。而后步入领导的高层,从事文秘。"④一直到 1952 年,陈布文都担任着重要的职务,"受到极大信任,走近过别人无法想象的领导层,熟识一大批包括林彪司令的解放区解放军党政军文艺高级干部和专家"⑤。身居要职、居于高位使得陈布文的书法"有一种力度,有一种内功,有一种稳定与大气"⑥。1952 年,陈布文离开了之前的工作岗位,到大学教了一段时间的文学,并于 1954 年正式离职,安心家庭,成为一名家庭主妇。回归平凡生活的选择,又让陈布文的"书法"作品增添了一丝婉约与典雅的气息……总体来

---

① 刘熙载《艺概注稿》(下),袁津琥校注,中华书局 2009 年版,第 810 页。
② 周德聪《书法精神构成中的人格象征意识——兼论书法的情感表现》,《三峡大学学报》2002 年第 3 期,第 47 页。
③ 王蒙《女神》,四川文艺出版社 2017 年版,第 16 页。
④ 王蒙《女神》,四川文艺出版社 2017 年版,第 18 页。
⑤ 王蒙《女神》,四川文艺出版社 2017 年版,第 35 页。
⑥ 王蒙《女神》,四川文艺出版社 2017 年版,第 30 页。

说，在这一阶段，拥有政府要员与平凡母亲双重身份的陈布文，其"书法"作品呈现出一种既"雄浑有力"又"温柔典雅"的风格特征。

第二阶段的"书法"描写，以陈布文1985年写给侄子的信为代表。在这一阶段，陈布文经历了人生中的重大变故：十年浩劫期间，陈布文的儿子卷入动荡之中，甚至一度被判处了死刑，虽然受到了保护，最终还是坐了六年的监狱。作为母亲的陈布文，得知这一消息时，没有掉一滴眼泪，却"从早晨坐到一个房角，一直坐到了晚上"①，从中可见陈布文的痛苦、煎熬与挣扎。煎熬的生活、曲折的人生际遇对陈布文的"书法"风格也产生了影响，这一阶段的"书法"风格与30年前的相比，完全不同："后来看到的三十一年前字迹，写得略有潦草，不难想象的洗澡礼、风雨雷电、社教五敢五气五反三不畏之后，比六十年前那次记忆中的字迹消瘦了，挺拔了，墨也不无窘迫，同时字迹的骨感十分奇绝，如梅如竹如峰如铁。就是说，一九五七年写给俺的那封信，圆润，饱满，酣畅，是你年方三十六的葱茏岁月，美丽年华，肉感与骨感鲜活，如枝如叶如郁金香如玫瑰。"②在我看来，王蒙用郁金香和梅竹峰铁来比喻陈布文"书法"风格的变化，是一个极其恰切的比喻。经历了挣扎、煎熬、苦痛、伤痕的陈布文，性格被磨炼得愈发坚强与坚韧，而这一性格特征体现在书法中，则表现出了相较于前期雄浑与典雅并置的风格而言，更加坚硬与奇绝的特点。

第三阶段的"书法"描写，以陈布文生命最后之际的作品为代表。陈布文在她最后的作品中写道："让我自由自在地凋落吧！"③从这句话中我们可以看出，这一阶段的陈布文，心态不再像第一阶段那样充满激情，也不再像第二阶段那样充满挣扎与煎熬，而是渐渐看开了一切，也看淡了一切，内心变得平淡冲和起来。在这种心态影响下的陈布文，其"书法"风格如稚童一般，"字稚拙得出奇，好像回到了十岁以前学书阶段"④。王蒙通过陈布文最后的书法作品，想象着晚年的她，在经历了苦难与煎熬之后，渐渐放下了一切，仿佛再次回到人生最单纯、最美好的童年阶段，像个孩子一般度过人生最后的旅程。而王蒙将陈布文比喻成稚童的写法，内含着他对陈布文深深的祝福之情。

通过上面的分析，我们可以知道，透过陈布文的"书法"，王蒙看到了其背后

---

① 王蒙《女神》，四川文艺出版社2017年版，第69页。
② 王蒙《女神》，四川文艺出版社2017年版，第25页。
③ 王蒙《女神》，四川文艺出版社2017年版，第88页。
④ 王蒙《女神》，四川文艺出版社2017年版，第88页。

人生际遇的转轨,同时王蒙还以"书法"为载体书写了陈布文的人生经历,表达了对陈布文深深的敬佩之情。但是王蒙不仅仅是在写陈布文,他由"书法"反观陈布文的同时,也反观了自己,在小说中进行了反省与自陈,并从陈布文身上学到了"平凡"与"豁达"的人生哲学。"书法创造者把书法作为载体,借笔墨来抒发感情,书写自身的人格特征,书法欣赏者把写在书法载体中的人格特征进行解读,形成共鸣,形成自己的人格体验,同时也展现了自己的人格特征。"①年轻作家、诗人、右派、新疆、农民、文化部部长、学者……从这些关键词中,我们可以看出,王蒙的一生也是曲折与动荡的。因而王蒙在书写陈布文坎坷的人生经历时,产生了很强的情感共鸣。陈布文面对人生转折与动荡时坦然与淡定的态度,不慕高位、不求名利、甘愿平凡、知足常乐的人生选择,以及她"平凡""豁达"的处世哲学触动、点醒了王蒙,让他学着以豁达、乐观的心态接受生命安排的一切。

革命家·女性

任梦媛

2016年10月29日,在"向经典致敬:《组织部来了个年轻人》发表六十周年座谈会"上王蒙先生发言时向大家介绍了新作《女神》将刊于11月号的《人民文学》,他提到性与政治是男性作家的两大刺激点,他本人对女性怀有无限爱恋与依赖,在他的作品中令他永远怀恋的女性除了《组织部来了个年轻人》中的赵慧文外,还有《青春万岁》里的黄丽程、未曾正式发表的尹薇薇②、《这边风景》中的乌尔汗以及最新中篇小说《女神》中的陈布文。王蒙笔下的女性革命者身上交织着其作为男性、作为作家、作为革命家的三重目光。王蒙先生提到的这五位永远怀恋的"女神"形象经历不同、形象各异,其共同之处就在于性别身份与政治身份的复合。

无论是塑造于早年间的黄丽程、赵慧文、尹薇薇,还是近年塑造的乌尔汗、陈布文均共有政治身份——革命者。黄丽程中学即投身革命参与地下党工作,赵慧文也曾在文工团参加过抗美援朝,尹薇薇年轻时亦曾为革命事业毅然决定

① 叶德诚《论书法审美的人格特征——书法审美与人的感情和性格特征》,《艺苑》2013年第6期,第31页。
② 作品写于1956年,两次投稿均因各种原因未发表,1989重新整理编辑以《纸海钩沉——尹薇薇》为名发表于《十月》杂志。

暂时搁置儿女情长,乌尔汗"土改"时就是积极分子甚至曾报名参加抗美援朝。女神陈布文更是有着 18 岁投奔延安,后步入国务院担任高层领导人文秘的光辉经历。王蒙对革命女性的偏爱与其个人成长经历有着分不开的关系,14 岁他即加入地下党成为一名少年布尔什维克。革命对王蒙来说早已内化于血液中,成为生命不可分割的一部分,因此"革命"也成为伴随王蒙创作始终的一大主题。从创作的角度看,王蒙在塑造陈布文等女性形象时无疑倾注了革命家自身的目光,她们青春时期革命理想的高扬即是作者个人少年革命经历的镜像投射。而今已是耄耋之年的王蒙对早年间塑造的女性革命者的深情怀恋,新作以"女神"之名回忆陈布文女士,完成 59 年前就酝酿于胸的创作,亦是对青春岁月、革命经历的深情追忆。值得注意的是陈布文女士年轻时投身革命,曾出任国务院高级文秘岗位,而后激流勇退回归家庭的生命轨迹与王蒙少年参加革命,两次涉足政坛又回归创作有着相似的走向。历尽沧桑与繁华的淘洗,早年间塑造的女性革命者形象和与自身有着相似革命轨迹的陈布文成为王蒙心中永远的"女神"。

冷川教授曾经这样评价王蒙:"他对共和国的信念不仅仅是出于少共情结,而更多源自一种在实际工作中获得的理性精神和对知识分子优越感的扬弃。"[1] 其实不仅仅是对共和国的信念,王蒙对女性革命者的塑造同样秉承着一贯的理性精神,她们是革命者,又是妻子、母亲,革命者身份与女性性别身份在现实当中常常对立冲突。王蒙敏锐地看到了二者之间的张力,高扬革命理想的同时也呈现出了高涨的革命热情遭遇现实生活时的窘境。例如,尹薇薇为人妻为人母后被家庭琐事缠身无暇顾及革命事业,昔日理想满怀的女革命战士已泯然众人。在《尹薇薇》中王蒙为广大女性革命者总结出了"从理想始到尿布终"的公式。真正接触现实生活之后黄丽程、赵慧文、乌尔汗、陈布文似乎也都未能逃脱家庭、母亲与妻子的性别角色为她构筑的"围城"。王蒙在《女神》中写道:"你是女人,不能不正视,字写得再好也不能不承认。"[2]不过需要特别提及的是,同样是为性别的"围城"所限,《女神》中陈布文的经历与尹薇薇等人在性质上有所不同,相对于尹薇薇等人的被现实所围困,回归家庭相夫教子是陈布文主动选择的结果。尽管"女神"陈布文在革命与家庭之间将天平偏向了家庭,放弃如火

---

① 朱寿桐主编《论王蒙的文学存在》,冷川《王蒙的意义与文学史立场》,南京大学出版社 2015 年版,第 33 页。

② 王蒙《女神》,四川文艺出版社 2017 年版,第 61 页。

如荼的革命事业和大好前途令人心生遗憾,但是回归后的陈布文并未被日常琐碎的泥淖所淹没,依然能不失诗心,诗意地生活着。

历时性地考察王蒙笔下的几位女性形象,可以看出早期塑造黄丽程、赵慧文、尹薇薇、乌尔汗时,叙述者是带着革命者的姿态俯瞰她们"从理想始到尿布终"的转变,而《女神》中陈布文的塑造已经基本剥离革命者高高在上的优越感,在叙述话语上也剥去了革命话语的主体地位。于赵慧文、尹薇薇、乌尔汗而言,家庭是阻隔革命脚步前进的失乐园;于陈布文而言,家庭是退居要职后又重当"火头军"的复乐园。离开革命后的陈布文,从未囿于方寸之间,尽管脚步在家庭之中,但内心辽阔而笃定,妻母角色与个性自我共同存在。恰如王蒙先生在小说中所言:"你以一去不复返的不存在的方式静静地,仍然是热烈地存在着。"①《女神》中王蒙整合革命家与女性于一体,重构女神形象,这一方面体现了王蒙先生女性观的完善。另一方面,陈布文提供的是王蒙用以表达自身的思想资源与文化传统,借以建构自身的理想镜像。"女神"陈布文女士所承载和传达的不仅是陈布文自身的魅力,更是王蒙其人其文的生命追求和价值旨归。由王蒙对"女神"形象的构筑,亦可以看出王蒙所希冀的是革命与文学的整合融通。在《女神》最后一章他深情写道:"人生中没有得到的,正是文学中苦苦经营着的。无价的精神资源得自失去了本应珍惜的所有。最期待的狂欢是失去的一切复活在文学艺术中。文学是人类的复活节日。复活,从而更加确认了也战胜了失去。文学的力量是使得没有对应办法的无可奈何花落去,生成了似曾相识燕归来的感动。"②于王蒙而言,文学才是精神的归属地。

"有些话"亦真亦虚

霰忠欣

《人民文学》卷首语曾评价:从 1956 年第九期《人民文学》发表的《组织部来了个年轻人》,到本期刊出的《女神》;从赵慧文对林震的心有灵犀,到陈布文对王蒙的烛照影响——六十载今昔往返中,王蒙给我们呈现了刻骨铭心的忆念"非虚构"与不拘一格的心灵翩跹舞。2016 年末,王蒙在《人民文学》第 11 期发表的中篇小说《女神》在"非虚构"的艺术形式之下,缓慢而强烈地叙述着主人公

---

① 王蒙《女神》,四川文艺出版社 2017 年版,第 18 页。
② 王蒙《女神》,四川文艺出版社 2017 年版,第 95 页。

陈布文女士的一生，在炽热的赞美崇敬之词中也陈述着自己一生的坎坷，而对于陈布文女士的叙述、猜测、遥远的回忆其实也是对自己一生重返再现的纪念。王蒙在1988年旧作《有些话》一诗中写道：一些话我想对你说，始终没有说出，那就不说也罢。一些信我曾想写给你，始终没有寄出，那就不寄也罢。我有一些眼泪，始终不想流出。不！也许它们会变成诗和小说，让你惦记让他猜测不已。那就惦记和猜测去吧。王蒙诗中未曾写信的人最后真的将所想变为小说，一首不经意的诗歌却铺垫了19年之后的文学实践。

"非虚构"即真实成为《女神》中最可贵的地方。真实的地点是对历史之境的重现，真实的时间是对几十年前岁月的审视，真实的人物其实是对现实的抽离。在《女神》中王蒙提到，2016年他申请专门自费去瑞士游历了一次，希望能够重写日内瓦湖畔的风景与氛围，希望能够重新看到一个妇人一个飞盘一条哈士奇狗，他说"我失败了"，但是后边又紧接着提到"其实旅游空前成功"，失败与成功的巨大反差在一个瞬间被无限地放大，"比起个人的一九九六年朦胧记忆，二零一六年、世界的联合国的、瑞士联邦（八百万人口，二十六个州）并法兰西共和国共有的日内瓦湖，太清晰了"，当重返一个记忆深刻的地点时，似乎原有的情绪、原来积攒的情感都在一刹那消磨，正如小说中提到，"复活，从而更加确认了也战胜了失去"。王蒙在现实生活中重新返回的这个地方成为他对陈布文女士情感的确认也是59年来的生命的确信。《女神》虽然是小说，因为资料翔实、记载详细的原因，可以说就是一篇陈布文的传记，也正是这篇小说让更多的人知道了陈布文这个名字，知道她的家人成功的背后，是这样一个弱女子在支撑着人数众多的家庭。这是一部小说，却并没有小说的情节，非虚构的小说其实看着更像是一篇散文。作者已无缘见到被纪念者，因而这些文字被赋予了一些特殊的意义。如作者所说，这是多少年的愿望了，是为了了却自己的一桩心事，对自己有个交代。

虚构的记忆是对陈布文并未在场的真实的细节的描写，王蒙并未见过陈布文，更没有亲眼见过陈布文女士的生活，小说据实来写却在真实之上，虚构的遇见其实正是对地点重现遇见的否定。小说中写到的陈布文女士的逃婚、恋爱、革命、奔赴延安、担任高层领导的文秘，之后的急流勇退，在家务琐事中沉寂生命，这些在王蒙看来是具有革命性戏剧性和浪漫性的传奇人生。王蒙提到"当我得到了答复你是谁谁谁的夫人的时候却找不到任何感觉"，在历史的多个时期可以不费力气找到心中欣赏敬佩的人时，王蒙想象"那时候你未必愿意见我"。作者从陈布文女士的孩子那里了解到了很多细节，有些真实，有些在王蒙的幻想里被放大,而陈布文的选择在王蒙看来是作为母亲的巨大隐忍和奉献,是王蒙他自己作为一个革命者不会选择的一条路。小说提到陈布文在共产党全面登记时说自己并未入党,如此纯粹的陈述也成为作者希望得到的,并且愿意为之守护的情感寄托点。作者提到忙碌时期的自己时说:"你还能掩饰么?你还能自命清高纯洁么?你还能酸甜可口地秀文采与灵感、纯洁与秀气吗?"一系列的反问其实是对自身的审视。自己希望却得不到的在陈布文女士的身上实现了情感的寄托。

在真实与虚构之间无法得到的情感抑或对生活中无法实现的寄存赋予陈布文,寄托的情感成为对纯真的幻想,赵昔的《陈布文传略》详录记载如下:

陈布文一九二零年生于江苏常州的农村。女师毕业,十六岁发表文章。自始即显露出与众不同的文风——隽永,深邃,韵味耐寻。

一九三七年和青年画家张仃结识,互慕才华,遂结为终身伴侣。

一九三八年到延安,从事于鲁迅研究工作,颇能领悟鲁迅先生之精髓,致使其做人态度,文章风格,精神气质都浸透着鲁迅精神。

……

一九七六年以后,云散日出。经过严酷冶炼的布文,精神达到一个相当的高度,越显得透悟通达。言辞中,激昂之辞日渐减少;哲理之言,日渐精辟。与之交谈,胜于读书。然而伊之健康也随之逝去。虽精神矍铄,然体力日衰。至一九八五年十二月八日凌晨四时,心力交瘁,平静安详地辞去了人生。

布文的一生,不是如火如荼,也不载入史册。然而,她是同辈人中的杰出者,其纯净高洁,犹如翱翔在晴空中的一只白鹤;其品德,修养,才华,学识,将永远深深地留在亲人挚友的记忆中。

王蒙在《女神》里将真实素材星罗棋布地嵌入小说之中,而作家对人生、对文学的感悟与理念则游走于意识流情节里。真实与虚幻交错的时空和故事在《女神》中展现得淋漓尽致,他真实存在却无法真正触碰,正如王蒙自己所说:"往事不会重现,往事永远活鲜。"在《女神》的结尾,王蒙似乎带着读者做了一场绵延几十年的梦,虽感伤也透着乐观与释然。

《女神》中的文化"玄机"

吉晓雨

刊于《人民文学》2016 年第 11 期的中篇小说《女神》,是作家王蒙于耄耋之年的又一力作。这篇小说取材于作家本人十分敬重的一位前辈且被作者视为是对 59 年前一个约定的完成，因而字里行间回忆缓缓、情真切切，可见分量之重。而与以往作品相比，《女神》中更值得关注的是其杂糅了许多中华传统文化的元素，这或许与近些年王蒙将视角投注于中国传统文化有关。无论是行云流水的行楷书写，还是且唱且做的京剧片段，抑或信手拈来的儒道思想……这些，都将文化本身的魅力幻化为女神这一形象的内外光芒。在某种程度上，作家是以"女神"为载体，传达了其对文化的别样思考。

"你是行书"——字如其人的初印象。在《女神》中，王蒙与女神的第一次接触是源于一封信。二十出头的王蒙因一部小说在文坛引起轰动，也因此得到了女神的关注。女神发来一封短信，抛开信的内容不谈，单是字迹，就"立刻使我爱不释手"。"你时而抹出几笔比较粗壮的强健的捺，丰满滋润，而收笔状振奋人心，如骑士'皮靴'，威武温柔典雅。有时也有粗壮的一横……冷与热，方与圆，柔与刚，捆绑与舒畅自由，不逊与平平常常，随随便便与一丝不苟，都流露——不，洋溢出来了。"作者因这般行云流水却又不失力度的行楷字迹而生发的畅想，为我们第一次呈现了虽然遥远却又印象深刻的女神初形象，即如行书般从容稳重、自然率性、张弛有力。其实，在后文对信件内容的回顾中，我们可以看到这只是类似于便签式的一则短信，全文才 70 字左右。而正是这封短短的书信，在作者时隔 59 年的回忆中跃然于纸上，依然熠熠生辉。古人谈及书法时总认为字迹与书写者之间有一种内在的关联，从扬雄的"书，心画也"到王羲之的"把笔抵锋，肇乎本性"，再到刘熙载在《艺概》中所说的"写字者，写志也"，等等，所有这些，都生成了在书法世界中"字如其人"的艺术理论。而熟悉书法艺术的王蒙也深谙此道，并将此运用于女神形象的塑造中，在丰富女神这一人物性格的同时，也赋予了书法这一传统文化形式新的张力。

"戏要三分生"——人生如戏，戏如人生。《女神》中的人物原型，是作者本人素未谋面却有过隔空交流的陈布文——一位令作者十分敬重的传奇女性。陈布文 17 岁便投身革命，从事过文学创作，当过国务院高层文秘，后又急流勇退，彻底回归家庭，做回了平凡的妻子和伟大的母亲。作者在《女神》中将其概括为"你是最文化的家庭妇女，最革命的母亲，最慈祥的老革命，最会做家务的女作家与从不臭美的、不知何谓装腔作势的教授"。多重头衔和赞誉集于一身，并没有使女神飘飘然，相反，却是难能可贵的平凡与内敛。文中提到女神有上海百代公司制作的老戏曲唱片，通过那写在公文纸背面的虞姬唱白，以及孩子们回忆中母亲对《霸王别姬》的自演自唱，再到 63 岁与老友共享京剧雅集独唱

《霸王别姬》时的惊艳全场……这些记忆中的片段都提示着女神对京剧尤其是《霸王别姬》的偏爱。作为京剧的经典剧目，《霸王别姬》借虞姬之口，唱出了一代霸王项羽的荣光与凄凉，诠释着人生如戏的无奈与沧桑。而细想来，陈布文的一生与虞姬也有相似之处，随丈夫为革命东奔西走，历经几番艰险。但陈布文较虞姬更幸运的是"于心平安，不平静的时候用小嗓叫一声'苦哇'，也就是了"。"戏要三分生"，这句京剧谚语指的是京剧演员们即使是演自己经常上演的熟戏，也要保持着初次演戏时那种严肃认真的态度。而人生如戏，陈布文在自己人生的每一个节点都能保持平凡的心态，重新开始，这不得不说是真正领悟了梨园词曲间所传达的人生智慧。可以想见，王蒙将这句梨园谚语放在文章的结尾，也是借传统文化中的京剧形式，传达着一种豁达通透的人生态度。

　　乐与自然——儒道的合流。中华文化千年来一直受到儒家与道家的深远影响，虽然儒道是两派独立的思想体系，但是二者却有交叉之处。王蒙曾在与杜克雷一篇《关于中国传统文化的对话》的文章中提及"儒家和道家，有很多争论，也有很多共同点……中国的精英经常都是儒道互补的……"《女神》中的陈布文不一定是精英，但不可否认的是她是一个在性格和品行上都近乎完美的女性偶像，而这样的性格，正是儒道思想相融合的结果。文中提到了陈布文和朋友谈起孟子的"君子三乐"说，"孟子强调君子首先是常人，快乐是常态"，而朋友们对陈布文的评价也是"只有脾气有点怪……怪的表现是你过于常人常态。"这种"常人常态"是儒家的生活智慧，将快乐视为寻常，也暗合了道家的"自然"之说。文中有一处提到女神的照片时，作者将其形容为"有一种不同寻常的清爽、清纯、大方，尤其是本色，我行我素，道法自然……"熟悉道家文化的人对"道法自然"这一出自《道德经》的哲学思想当然不会陌生，而作者在此处用"道法自然"直接概括女神的形象，可见女神遵循自然、遵循天性的本质。儒家的"乐"与道家的"自然"在女神的身上实现合流，共同生成了陈布文随遇而安、甘于平凡的心性，而作者也借女神这一形象，表达了自己对于儒道文化的理解，以及儒道思想对自身品格的塑造。

　　王蒙在《文化自信的历史经验与责任》一文中，曾提倡一种中华风度，他说"试想一下这样的中国人：有着诗书礼乐的教养与化育，琴棋书画的益智与审美，精致而简朴的生活态度，贫贱不能移与富而好礼的姿态，行云流水、水到渠成的耐心，穷则独善其身、达则兼济天下的明达与开阔，谁能不喜爱有着这样中华风度的人？"由此来反观《女神》，其所塑造的女神陈布文便是符合作者心中理想的具有中华风度的人，而在某种意义上，女神本身也可以成为中华传统文化的符号。如此看来,《女神》这篇小说已经超出文学的范畴而更接近文化的视域,它在表达中华文化与人物性格相融合为一体的具体呈现时,也暗中传达了作者本人对传统文化的思考格局。诚如文章的结尾所言"往事不会重现,往事永远活鲜"。文化的魅力不会随着时间的流逝而褪色,它历久弥新,永远鲜活,永远自信!

童年经验与"女神"形象的塑造

韩 颖

不同于短篇小说《仉仉》让人不断怀疑女主人公仉仉是否真实存在过,中篇小说《女神》多次强调这部作品是非虚构小说,或曰报告文学。虽然作者直言小说的"非虚构",取材的也是陈布文的人生经历,但印象派手法的运用使得小说虚虚实实、真真幻幻,其中印象的分析和联想式的非线性铺陈中穿插入松散节制的情节编排,由现在时牵动过去时,于回忆与现实、想象与梦境之间,铺陈了女主人公陈布文既平凡又坎坷传奇的一生,表达了作者王蒙对心中女神陈布文的无限赞美与敬慕之情,同时也隐含了对自己沧桑人生的反思与总结。

只是,需要指出的是,小说中经由作家主观思想加工过的"女神"形象,已经不再是那个客观存在的陈布文。在挖掘赞美日常生活中的陈布文的同时,作家也通过一系列联想,幻化出自己心目中真善美的女性品质并将其赋予了女主人公,由此塑造了一个历经坎坷的革命者、安于诗书家务的伟大母亲,同时又纯真地执着于理想信念的女性形象。现实中的"女神"与作家想象中的"女神"不断交织,相辅相成。因此,与其说文中的"女神"是陈布文,倒不如说是作家王蒙心目中的陈布文。

回顾王蒙的文学创作,会发现其小说中正面的女性形象几乎都具有热情、执着、坚强、纯真,年龄稍长于男主人公的特点:《组织部新来的青年人》中的赵慧文、《恋爱的季节》里的吕琳琳、《仉仉》中的仉仉以及《女神》中的陈布文大姐……从中可以看出作家王蒙对年长女性的一种爱恋,对温柔母亲形象的一种怀想与依恋,而这些情感与王蒙不幸的童年记忆有着不可分割的联系。

童年,是一个人认识社会、认识自然的初始阶段。童年时期所经历的事情会在作家稚嫩的内心留下震颤灵魂的记忆,这些难以忘怀的记忆也将形成一定的情绪积累,集聚于作家的内心深处,从而形成深层次的内心体验,进而成为作家后天进行文学创作的情感基调。在王蒙的童年里,父母之间感情不和,总是充满纷争甚至大打出手,而且,在父亲不在的时候,姥姥、母亲和二姨也常常陷于混战。《王蒙自传·半生多事》中写道："她们跳起来骂：出门让汽车撞死、舌头上长疔、脑浆子干喽、大卸八块、乱箭穿身、死无葬身之地、养汉老婆、打血扑拉（似指临死前的挣扎、抽动）。有时是咒骂对方，有时是'骂誓'，是说对方冤枉了自己，如自己做了对方称有自己辩无的事，自己就会出现这样的报应，而如果自己并未做不应做的事，对方则会'着誓'，即不是自身而是对方落实种种可怕的场面情景。骂的结果，常常她们三个人也各自独立，三人分成三方或两方起灶做饭，以免经济不清。""不但三人吵，甚至骂到邻居……""骂仗甚至发展到我的姐姐和妹妹身上，以最仇恨的言语给儿童以毁灭性的毒害……"这就是童年王蒙的家庭环境，充满了争吵和尔虞我诈，而如此复杂、乖戾的成人世界是他不得不面对的生活范围，正如鲁迅儿时家道衰败带给他的是对成人世界的冷漠、残酷、欺诈等灰色记忆一样，这样的环境给王蒙造成了严重的心理创伤，造成了其早熟、敏感和多愁善感的性格。母爱的匮乏也在一定程度上造成王蒙很渴望得到母亲的关注和疼爱。因此，当王蒙从事创作时，这些沉淀于灵魂深处、深深缠绕其思想的情感便会自觉不自觉地涌现于笔端。

弗洛伊德认为，文学是被压抑的欲望，文学创作的目的，就是为了实现某些在生活中不能实现的欲望。按照学者郭宝亮在《沧桑的交响——王蒙论》一文中的观点："饥饿、痛苦、灰色的旧时代的生活处境使得小小年纪的王蒙天然倾向于革命，他渴望着新生，他渴望着一个强有力的通体光明的'理想之父'的出现，而革命恰恰充当了他'寻找理想父亲'的最直接最便当的方式。于是，共产党、新社会就成为他的'理想父亲'，革命集体就是他的'温暖的新的家庭'。"我们大体可以得知，少年王蒙缺失的父爱，在共产党和新社会中得以弥补，此时便会疑问，缺失的母爱又从何弥补呢？联系王蒙的人生经历和文学创作，我想大概是在文学写作中得以满足，具体体现在作品中，就是那一位位温婉、知性、年龄稍长的女性人物身上。

《女神》一文中，王蒙就塑造了这样一位"女神"，她既不同于巴金笔下以革命作为唯一救赎之路的女革命家形象，也不同于中国古代文学中一辈子相夫教子的神圣的慈母形象，而是合二为一，是文学史中独特的一个：她有着端庄典雅的外貌、醇厚强劲的字迹、纯洁坚定的品行，是一位走过坎坷革命路的传奇革命家，也是一位回归家庭安于诗书家务的平凡但伟大的母亲，寄托了作者对于理想女性的一切幻想，并表达了最崇高的赞美，印证了王蒙对"女神"的理解：历经坎坷，同时又纯真地执着于理想信念的女性，方称得上"女神"二字。从字里行间的赞美与敬慕中，我们也能够体会到王蒙的女性主义意识，他对女性的认识、描摹,都带着鲜明的"王蒙印记"——首先是平等,然后是理解。

小说的最后写道"人生中没有得到的,正是文学中苦苦经营着的"。这是步入耄耋之年的作家对于沧桑一生的感叹,其中有着丰富的内涵,但仅就《女神》所塑造的女性形象来说,我们或许可以看出"女神"这一形象弥补了作者童年缺失的母爱,也是作者特殊的女性主义意识的代表。

《女神》与王蒙女性形象的塑造

于安琪

知识分子是现当代文学中具有代表性的重要文学形象,无论是"五四"还是新时期,中国社会所产生的深刻的历史文化转型使知识分子按照革命话语和国家意识形态建构新的身份形象。这个过程中,知识分子的性别身份往往被默认为男性或是被作为一个整体来考虑和量度,知识分子的身份获得并未考虑两性之间的差异,遮蔽了女性的性别身份,实际上构成了对女性知识分子话语实践的制约,女性自我的声音和知识分子话语之间充满了裂隙。知识分子题材同样是王蒙擅长和偏爱的写作主题,在塑造众多典型男性知识分子形象的同时,他也鲜见地在众多男性作家中注意到了女性知识分子的尴尬处境和生存状态,并在塑造其形象的过程中形成了带有个人色彩的特定风格。

《女神》是王蒙对陈布文女士带有追忆性质的传记作品,曾任周总理文秘人员和大学教师的陈布文是典型意义上的知识分子女性,王蒙取材于其真实的生活经历,并通过印象分析和联想非线性地还原出陈布文的形象,期间涉及形象、经历、情绪、心理等多方面的内容。文本中描写到陈布文的书法洒脱飘逸、对自身党性的高度要求、为学生授课的情景、写信评价"我"的作品等突显了陈作为知识分子在文化和知识资源方面的出众;同时又描写到她喜爱京剧、将家庭布置得温馨舒适,尤其是她自愿回归家庭照顾丈夫和孩子的衣食起居,则体现了她作为女性的温暖细腻。绝非凡俗,但自愿选择平凡,绝非庸碌,只是一心保持淡定悠然,王蒙笔下的陈布文是一个既有执着的理想信念,又能安于诗书家务的纯真、理想的知识分子女性形象。值得注意的是,王蒙对于陈工作和生活的多维度展现,不仅达到了使人物形象立体丰满的成效,更重要的意义在于将女性知识分子从知识分子这个抽象以及男性化倾向的整体概念中解放出来,通过她对于家庭的回归和对丈夫、孩子的悉心照料,将其带有女性性别特征的一面表露出来,在注视到她作为知识分子的社会身份的同时,也没有忽略掉她作为女性的性别身份，在对女性知识分子双重身份的肯定下，填充了知识分子话语和女性自我声音之间的裂隙。

在对女性知识分子双重身份的肯定下，包含着王蒙对其主体性的确认，这种主体性是通过以男性作为客体来进行建构的。《女神》是一部非典型性的传记，除记叙陈布文的经历外，王蒙在此处"借题发挥"将自己也放置于文中，在回忆陈布文往事的同时，穿插了自己的经历和感悟，这些经历和感悟不是凭空随想，而都是与陈的往事相关联。陈经历的各种运动浪潮，也是王蒙亲身体会过的动荡起伏；陈向往的日内瓦，也是为王蒙留下深刻印象的土地；陈自愿退居要职、回归家庭，也勾起了王蒙对年轻时热衷于名禄的反思……追忆陈布文的往事，王蒙也回忆起了往事中的自己，自然而然地形成对照。虽然王蒙以第一人称内心独白的方式连贯全文，实则他是作为一个虚拟的主体，目的是为了映衬出陈布文形象的纯真、美好。波伏娃在《第二性》中指出："她是附庸的人，是同主要者相对立的次要者。他是主体，是绝对，而她是他的他者。"女性总是作为一个他者的角色，充当显示男性正面、有力的客体，在以往的作品中女性知识分子也往往作为辅助者常常处在暧昧的角落。而男作家王蒙确认了女性知识分子的主体地位，从赵慧文对林震的心有灵犀到秋文对张思远的慰藉鼓励，从仉仉对李文采的灵感注入陈布文对自己的烛照影响，王蒙并没有忽略女性自身的力量以及她们对男性产生的深刻影响。他笔下的女性知识分子不再以模糊的面目或标志男性强大的符号出现，不再是成为同男性毫无差别或按男性标准设计的形象，而是在坚持性别自我的基础上展现独属于女性的力量，在表现女性知识分子的主体力量背后是王蒙对于女性的肯定和尊重。

值得注意的是王蒙笔下的突出女性知识分子形象，有着带有作家个人审美倾向的共同特点。她们大多有着丰厚的学识、对于理想信念的坚定追求、从容潇洒的性格……最为突出的一点是，对于男性知识分子主人公而言，她们在年龄或心理年龄上都较为成熟一些，比起男主人公有更加丰富的社会经验和更加宽厚从容的心态，以"知心姐姐"的身份在男主人公失意迷茫的时候带来精神和心理的慰藉，同时她们的身上在抚慰男主人公时散发出的一种温暖的母性的特质，使男主人公产生对其的依恋，即使不是恋人关系，男主人公也会对其产生暧昧的情愫。赵慧文对于林震工作和生活上的关心帮助、秋文在张思远在农村改造时的悉心照料，《女神》中的陈布文虽然只以书信和电话的形式对王蒙的写作进行提点，而她自愿从要职退下、全心照顾家庭时的细腻温柔仍让王蒙动容。从这些形象中不难发现，王蒙心目中理想、美好的女性形象一定是带有母性光辉的,这种近似于"恋姐"式的感情倾向,与王蒙幼时成长的环境及自己的感情经历有关,"母性"在男女的关系中起关键作用,自然有生物学方面的基础原因,但王蒙在表现女性知识分子工作能力强之外,特意突出了"母性"的女性特征,也是他对于知识分子身份遮蔽下女性性别特质的关注,而这种所谓"女强男弱"的结构模式,也进一步彰显了女性的主体地位。

从《女神》看王蒙的女性观

杨云芳

在《女神》单行本的后记中,王蒙先生说,"他的写作,是还一个久未兑现的陈年老账,为他念念不忘的'陈姐',营造一个小小的纪念碑"。在营造"纪念碑"时,他运用了多种叙述手法,读者在小说喷薄而出的语言流里穿梭,见证了"纪念碑"的崛起。面对这个"纪念碑",我们可以看到什么样的"女神"? 这个"女神"又彰显了王蒙怎样的女性观?

由日内瓦湖边一位清秀文静的妇人,王蒙先生忆起 50 多年前有过交集的陈布文女士。他们并没有见过面,王蒙先生对她最初的观感来自 1957 年春前后读到的她的文章,他认为陈女士的小说优雅大气却有点"似乎可以叫作高处不胜寒的憔悴",这几乎已经奠定了陈女士的性格基调。及至同年收到陈女士的来信,王蒙先生欣喜于她整齐又随意的字迹。对素未谋面的炙手可热的小说家提出批评,陈女士敢说真话的性格可见一斑。而字迹,更显见她的素养。又由于当时她家里已有了象征革命资历、权力级别的电话,王蒙先生对其产生了敬畏心。这种敬畏心从侧面体现了王蒙先生比较浓厚的革命观、权力观,并直接影响了他对女性的看法。

除了有交集的片段,王蒙先生对陈女士的叙述主要分为三部分:革命生活、家庭生活以及两段生活之间的转折阶段的经历。在表述这三段生活的字里行间,我们可以一窥王蒙先生的女性观。

从逃婚一事,陈女士就旗帜鲜明地表现出自己的反抗精神。她和爱人同去延安开始革命加文艺的不凡生涯,直至成为高层领导的秘书。基于她的革命历程,王蒙先生有诸多想象。他对其形象的想象,要么是革命英雄要么是有革命经历的文学女性。当得知陈女士当过周总理等领导的秘书后,王蒙先生盛赞陈女士的字,认为她的书法与命运密切相关。对于陈女士居住地的想象,他特意提到了周总理喜欢的海棠、马蹄莲,认为她的书房必定兼容并包。结合他提到的《李太白集》《苏辛词》等书目,我们可以看出,王蒙先生对理想女性的想象有男性化的一面,他突出的是革命女性的潇洒刚毅。

在革命生活与家庭生活转折阶段,陈女士有一段不寻常的人生选择。回顾陈女士坚称不配入党的经历时,王蒙先生称"你只能是离开那个光荣的前途不可限量的工作岗位"。用这样的限定词来形容陈女士的工作,显示出王蒙先生对陈女士离开岗位的深切惋惜。对于陈女士在大学教书的这一段的描写,王蒙先生选取《青年禁卫军》《祝福》的教学片段,着意刻画了其激励同学们战斗的革命形象。不久,陈女士离开教师岗位回归家庭,王蒙先生以旁观者的语气说"你光明、透亮、清晰,过分地正常、常态,所以你太奇怪了"。可以看出,王蒙先生对陈女士的选择是持赞赏且讶异的态度的,但他更多肯定并且着意表现的还是陈女士的革命身份。

对回归家庭生活的陈女士,王蒙先生详尽叙写了她将自己的诗情化为对孩子和丈夫的陪伴的生活段落。王蒙先生认为陈女士相信庄子和禅宗的理论,她以对道与禅的理解应用于自己的生活。此外,王蒙先生对陈女士的情趣追求也有涉及。这里凸显的是陈女士回归平凡生活的人生智慧。她有几张油画,王蒙先生认为画里"充满了人生与革命的感情与领悟"。在王蒙先生的想象里,陈女士尤其喜欢梅花大鼓中的《钗头凤》,此后喜欢信天游与眉户戏,体现其善感和革命的两面。

从王蒙先生对陈女士这三段生活的表述中,我们可以发现,尽管他对和平年代陈女士的家庭生活叙述得很详尽,但相较而言,陈女士的革命生活才是王蒙先生论述的底色。他对陈女士居住地、阅读书目、课堂教学的想象,对她字的看法,都离不开革命。甚至,陈女士的画、对戏剧的爱,也被赋予革命色彩。王蒙先生的所有追忆都紧紧围绕她的政治背景,单纯一个有情趣的家庭主妇是不足以让王蒙先生称之为"女神"的。王蒙先生自己也承认,很多年前他就打听过陈女士的消息,得知她是谁谁的夫人时没有一点感觉,更谈不上想去了解她的情趣了。在谈到陈女士对儿女付出的时候,王蒙先生发出一句反问式的感叹——"女人,还有比母爱更伟大的吗?"母爱当然伟大,但是女人也当然有比母爱更伟大的东西。如果仅仅模塑一个对革命有贡献的最后回归家庭的女性,就算是新奇,也不免让人觉得遗憾。那样,这个女性只能生活在革命化的男性本位的框架里,受着人们的赞颂。但王蒙毕竟没有仅止于此,他还尝试走进陈女士的内心世界,"后半生,你的主要任务是养育子女,辅佐丈夫,退职为民,不知道是不是真的自得其乐"。王蒙先生极力渲染陈女士革命者、文化者以及家庭维护者的身份,但终归想到陈女士还是一个独立的个体。这一点,某种程度上体现了王蒙先生对根深蒂固的男性立场、革命立场的跳脱。

在王蒙先生的笔下,陈女士是将儒家的入世思想与道家的自然观念相融合的革命家与文化者,在这些身份之外,她是妻子和母亲。此外,她还是一个有喜怒哀乐的个体。这种追念,来自一名革命者,来自一名男作家,也来自个体对个体的凝视。

老来多健忘,唯不忘相思

——谈《女神》的艺术情感

李志越

陆机在《文赋》中讲"诗缘情而绮靡",华兹华斯说"一切好诗都是强烈情感的自然流露"。从这两句话中,我们可以看出无论是中国古代文论还是西方文学都非常重视"情"在文学结构中的位置。实际上,文学艺术创造也正是以作家的审美情感为中心所展开的精神创造活动。在创作中,所有的一切都要感情化,感知要感情化,表象要感情化,想象要感情化,思想也要感情化。离开了情感活动,创作也就不可能。王蒙晚年新作《女神》正是基于艺术情感上的真挚而打动我。

英国19世纪著名诗人华兹华斯在《〈抒情歌谣〉序言》中说:"诗是强烈感情的自然流露,它起源于平静中回忆起来的情感。诗人沉思这种情感直到一种反应使平静逐渐消逝,就有一种与诗人所沉思的情感相似的情感逐渐发生,确实存在于诗人的心中。"在华兹华斯看来,诗的情感(艺术情感),诚然以过去的生活感受为基础,但其起点是诗的平静的回忆,由回忆进入沉思。也正如鲁迅所说,"我以为感情正烈的时候,不宜作诗,否则锋芒太露,能将诗美杀掉"。《女神》正是作者基于回忆所作,文中所追忆的人物、事件发生在几十年前,甚至全文怀念的女主角陈布文女士与作者都未曾谋面过,是1957年的一封信件,电话中一阵爽朗响亮的大笑声息一直留存在作家的心底。直到日内瓦湖边抛飞盘的老妇人出现,电光火石间,记忆如涨潮的海水,奔涌而来。

此时的王蒙已是从心所欲不逾矩的年纪,岁月静好的现世安稳让回忆都变得朦胧、诗性。作者追忆了与陈布文女士相识的场景以及她的一生,从投身革命到退出党的工作,回归家庭生活等,其间有很多事件,作者在追忆这些事件的字里行间表达了对布文大姐的怀念、敬佩之情,也让读者跟随作家思绪,认识了一位幽谷蕙兰、气质芬芳的女性。

　　文学史上写追忆思念的文章不少,史铁生《我的遥远的清平湾》更是一度让我动容。但这类文章多以写实手法为主,力求描写回忆的真实,把读者带入作家的回忆之境中。王蒙在《女神》中却采用了与别人截然不同,于己却是一以贯之的艺术形式,浪漫的意识流动的形式与朴实的怀念的思想情感相撞击,创造出审美距离的同时,给人亦真亦幻的感觉。

　　而这种感觉也正是80岁的王蒙能够营造出来的,20岁的世界中只有真假、对错二元模式,正如《组织部来了个年轻人》中的林震一定会选择敲开那扇门,而80岁的王蒙,此时的心境已是有即无,无即有,一生二,二生三,三生万物,然而拨开历史事件的真真假假,我们还是能看到那个"老来多健忘,唯不忘相思"的赤真王蒙。

《女神》:女性性别的别样想象

刘曼晰

　　王蒙在《大块文章》中曾对小说创作有过这样一番表述:"写小说最大的乐趣之一是,尽情书写,抡圆了写,立体地而不是平面地写。小说从东向西射击完了再从西向东扫射。丢完了原子弹再丢大刀片。大鲍翅与红烧肉与膦子面与老虎霉素全部上席。掰开了再黏起来。辗成片再揉成球涂上不干胶。横看成岭侧成峰。F调C调降D大调与G小调,加上非调性,然后提琴与三弦,破锣与管风琴一起奏。预备,起!"在富于趣味与幽默感的表述背后是作家充沛的创作情感,于是在这样一种创作理念的驱使之下,王蒙为我们塑造了诸多立体而饱满的人物形象,《女神》中的陈布文女士便是极具代表性的一个。纵观王蒙以往的作品,基本都是以男性主人公为主导去讲述整个故事的,而在《女神》中,王蒙却少有地将女性作为文本的中心,足以见得陈布文在王蒙心中的地位与特别之处。王蒙以游走在虚实之间的手法为我们塑造了一个亦真亦幻的女性形象,从中似乎投射出王蒙本人别样的女性心理与女性想象,而结合王蒙其他作品中的女性人物,其中既有共性的一面,也有陈布文自己独特的一面。

　　王蒙的笔下描摹过很多女性,她们样貌、形态各异,但作为王蒙自己所欣赏的那一类女性,其中却有着诸多相似之处。我们试从《蝴蝶》《仉仉》和《女神》中摘取部分具体描写女性的片段来进行考察:

　　"瘦瘦的,两只热情、轻信而又活泼的大眼睛。她进来了,她说话的时候两眼紧盯着你,她那么愿意看你,因为,你就是党。

......

海云指挥着,她的头发舞动如火焰,张思远看到了激情在怎样使她的年轻的身体颤抖。"

"张思远到山村来没有几天就知道了秋文,上海医科大学毕业,四十多岁,高身量,大眼睛,长圆脸,头发黑亮如漆。她把头发盘在脑后,表面上像是学农村的老太太梳的纂儿,然而配在她的头上却显得分外潇洒。衣服总是一尘不染,走在山路上,健步如飞。"

"她面孔白皙,大眼睛目光炯炯。她的形象既有女生的机敏叫作鬼机灵,又有男生的清爽叫作英俊峭拔。她是新生,两个月后就当了学生会主席。她的女而男的魅力无与伦比。"

"差不多一个甲子以后在网上才看到大姐你的照片,有一种不同寻常的清爽、清纯、大方,尤其是本色,我行我素,道法自然,要多快乐你就有多快乐,要多忧愁你就有多忧愁,然后忘记忧愁,如信所言,像春天,洗去冬天窒息记忆,只知道到处鲜花开放。再说还是那样傲气十足与随随便便。"

以上分别是对《蝴蝶》中海云、秋文,《仉仉》中仉仉,《女神》中陈布文的描写,可以看到的是,且不论每个人物形象的年龄和所生活的年代,上述女性几乎拥有相似的精神面貌与气质:心怀热情,对生活充满激情,纯净而本色,敢作敢为,特别是都具有一种英气,抑或一种"女而男的魅力"。那么,从中是否能投射出王蒙隐秘的女性心理,而对于这样一类女性的特殊欣赏一定与作家本人的理想主义、浪漫主义以及革命情怀有着密切的关系。

具体到《女神》中的陈布文女士,王蒙亦在第六节中将其与吴琼花、赵一曼、丁玲等人相比,加之其冷热、刚柔相济的书法,与王蒙不相识却写信对其发言提出意见的行为以及电话中爽朗响亮的声音和笑声都体现了上述女性气质,可见陈布文与她们的共性,也是王蒙之所以如此欣赏陈布文的原因。然而细细读来,又会发现在陈布文女士身上亦有着属于自己的特别之处。17岁与张仃结婚并参加革命,18岁去延安其后步入领导的高层,从事文秘工作,前半生可以说是轰轰烈烈。而34岁那年毅然离开高层岗位彻底回归家庭,操持家务,照顾丈夫,抚养孩子,闲暇时写写自己的故事,一饭一蔬,一朝一夕,后半生又过于常人常态到令人惊异。前后两者的相互写照,使陈布文身上流露出迥异于王蒙笔下其他女性形象的诸多特质,难以言说的多面性与复杂性。既敢于为遭诬陷的丈夫与文艺领导人大吵大争,又在"文革"期间得知儿子郎朗被判死刑后表现出一个母亲异于常人的镇静,接受现实。既在高层任要职期间敢于说真话,不擅用职权,认真剖析自我后认为尚未达到党员条件,又在预感到自己身体每况愈下之时,坦然地面对死亡。既有着诗情画意的浪漫情怀,写书法、唱京剧、写作、听音乐、读外国小说,又有着作为一个妻子与母亲的责任感与不畏艰辛,回归现实的勇气。王蒙在《女神》中对陈布文女士的这些刻画,无疑进一步加深了她所具有的那种复杂多面的气质,捉摸不透却又清晰地浮现在眼前。

同时,王蒙在作品中,不仅以自己的视角来叙写陈布文,更引入了陈布文自己给作家本人、亲朋好友的信件内容,这是一个属于人物本身的内视角,从中看到人物的内心世界,两种视角相互转换,使陈布文的形象更加立体与饱满。可以说,这些都与王蒙隐秘的女性心理是相契合的,而《女神》中以陈布文为中心的安排设置,无疑给作家更多的施展空间,陈布文正是王蒙心中的"女神",一个凝结了以往作品中女性特质又有着自己独特之处的复合体,集中反映出王蒙对女性性别的别样想象。

浅谈《女神》

吴学谦

中篇小说《女神》是王蒙先生近年来的新创。和早期的《组织部来了个年轻人》《蝴蝶》等相比,王蒙在《女神》中一如既往地保持着对梦境、意识描述的执着,对中西方诗歌的引用及对时代发展脚步的紧跟。而变了的不仅仅是他将小说与纪实文学结合,创新使用了"非虚构"文体,还有他在历经铅华洗礼、抛去年少气盛后展现在众人面前的淡然与率真。

王蒙在《女神》中说:"人生中没有得到的,正是文学中苦苦经营着的。无价的精神资源得自失去了本应珍惜的所有。最值得期待的狂欢是失去的一切复活在文学艺术中。"那么在《女神》里王蒙苦苦经营着的、他没有得到的、最想复活的究竟是什么? 这些问题可以成为我们探究《女神》的出发点与落脚点。

首先,王蒙在文字中复活了他与陈布文女士的谋面。自1957年陈布文女士写信给王蒙,认为他在座谈会上的发言"本应该把话讲清讲透",实际却是"多么客观,多么令人不愉快地老练"。王蒙开始把陈布文女士引为知己和崇拜者,到1985年陈女士去世,他们只是互相关注,从来没有见过面,对此王蒙其实是遗憾的。因此他在文中虚构出他们在日内瓦广场上相遇然后擦肩而过的场景。这样的场景虽然是想象出来的,却弥补了王蒙十几年的愿望。

《女神》中王蒙想复活的还有他对陈布文女士的崇敬。无论是陈女士年轻时的风华绝代还是退居高层成为平凡人后的淡泊、遇到人生挫折时的波澜不惊都使王蒙崇拜有加。比如他用"美丽年华,肉感与骨感鲜活,如枝如叶如郁金香如玫瑰"等话语形容 30 多岁的陈布文,并详细描写着陈布文高层次的社会地位和她的文字艺术。对于初出茅庐的年轻王蒙来讲,这些都是值得他崇拜的。而陈女士退居二线后的遭遇和经历,则令成熟后的王蒙心怀敬意。从政界高位到学校普通教师,再到彻彻底底的家庭主妇,陈布文似乎从来没有过心理落差,总是用淡然的心态和诗心度过每一天。就算是老年经历了儿子差点被判死刑、丈夫被错划成右派的挫折时,陈女士也没有被打倒,没有掉一滴眼泪,镇静地过着平凡的生活。王蒙在字里行间都体现着对此的钦佩,比如他用"光明""透亮""清晰"等词语来形容操持不易生活的陈布文,并把陈布文女士和向警予、杨开慧、刘胡兰等人共同称作"风流人物"。

其实与其说 80 多岁的王蒙专门写这本《女神》诉说对陈女士的崇敬,不如说王蒙是表明他希望自己也能成为像陈女士那样看破名与利,淡然面对人生的人。这样的品质是王蒙年轻时并没有的,虽然他和陈女士相似地经历着因国家变动所引起的人生变动,经历着人生的大起大落。他似乎没有像陈女士那样安心淡出乱世,过自己的生活,不管外界的评价,而是依旧混迹在社会中心,继续像陈女士几十年前说的那样"令人不愉快地老练",继续做让陈女士失望的人。因此王蒙认为陈女士不会想见到 20 世纪 80 年代的他。

然而老年的王蒙在回忆过去时坦然承认着自己对陈布文人生态度钦羡和淡淡的遗憾,他说:"回不到几十年前,梦醒了的老头儿有点伤感有点受挫。"不过王蒙就是王蒙,人生就是人生,他永远不可能回到过去见到陈布文,也不可能变成陈布文,更不可能抛开一切回归平凡。但是晚年的王蒙也在一定程度上变成了陈布文,他说:"复活,从而更加确认了也战胜了失去。"他能够做到肯定且坚定地承认着自己曾经的失去和遗憾,并用文字的方式予以确认,不再对失去耿耿于怀,让往事如云烟般飞过是战胜失去的最好表现,也是面对未来的最好方式。就像余华在《活着》中说:"没有什么比时间更有说服力了,因为时间无须通知我们就可以改变一切。"没错,往事不能回首,岁月也从不停留,爱过、活过、经历过就是最好的团圆。

王国维在《人间词话》中讲:"有境界者自成高格。"陈布文用温婉的文字、诗意的生活、淡然率真的真性情达到了令人敬佩的境界,而晚年的王蒙在《女神》中能坦诚地诉说着曾经的遗憾和对已成现实的无奈,并一笑泯恩仇,隐藏起伤感和受挫,保持豁达与自信,这无疑也是极少人能达到的境界。

《女神》与语言符号

黎　琴

在《女神》中,王蒙先生写就了多种的语言符号,意识流动在过去与现实之间。这种时而青春洋溢、时而成熟庄重的意蕴与情怀,正是通过语言符号的巧妙运用而实现的。我尝试将王蒙的《女神》的语言符号建归为两类:回忆与自省的表意系统,青春与赞美的表意系统。

回忆与自省的表意系统。《女神》写于王蒙 80 岁时,是一位饱经世事的老者对过去情怀的回忆,也是对往昔生活的一种追索。这种回忆的同时自省的感情色彩,主要体现在《女神》的前半部分。

《女神》从段首"在我年轻的时候",意识流倏忽去到 50 余年前。以第一人称"我"作为叙事符号,来表达年轻时代的"我"之意识流动:认为世界上最美好的地方是波光摇曳的北海太液池。那时,"我"的目光看向金鳌玉蛛、琼岛春阴,也看向流苏树、小小游船,忽然也记得放舟湖上的歌声《让我们荡起双桨》(该歌为 1955 年电影《祖国的花朵》插曲)。年轻的"我"之目光,对所见充满了城市小资产阶级的快乐与自得。

小说从第二段开始,又一次使用了"我"这第一人称,目光回来到了现在,感叹"我真的有点老啦"。接下来,叙事者的目光发生变化,"我"(第一人称叙事者)退场,"王某"(第三人称叙事者)出场。此时的王蒙先生,开始隐退在文本中,用旁观的自省的目光,来看待接下来自己的人生经历。在《女神》全文中,"王""王某"一共出现了 11 次,集中出现在王蒙先生记叙自己"受到锻炼"后的心路历程上。"王某"初到新疆一年,遇到赛木里湖后,"王某"的生活观与世界观在变,"王某"的"神经末梢感觉与梦"也在变。也许是年轻的"我"一直热爱自然湖泊,而赛木里湖也给了王蒙先生心情的慰藉。此处,"王某"的目光停留很多,仔仔细细地充满感情地描绘了湖的景观"蓝得使人落泪、大得使人尬蹦、静得使人朦胧、空得使人羽化而登仙至少是鱼化而入水",如同摄像机在进行实景转录一般。

王蒙先生在《女神》中特别提到自己爱湖,提到"湖"49 处,其中 9 处"北海",7 处"赛里木湖",8 处"日内瓦湖"。"湖"不单单是所指的湖水景观,它对应的"能指"与之对应的是王蒙先生的人生阶段。王蒙先生年少时在北京度过,在北海处是少年人的意气风发,挥斥方遒;年青时在新疆度过,在赛里木湖边体味人生种种经历,也是在赛里木湖开始自己的文坛之路;步入老年,能在瑞士日内瓦湖畔欣赏湖光景色,也是自己人生颇有成绩的一种从容自得。

令人惊异的是,在谈及作者的写作事业,被称为"老作家"的经历时,王蒙先生隐在文本后,用彻底的旁观者视角,使用"王"这第三人称,以寥寥几笔"发表了许多字儿与许多篇页"就带过了几十年的创作生涯。若是换个寻常人,大抵会仔仔细细地书写不同时间段自己的创作成果,可王蒙先生非但略写,还取审视的目光。此处,窃以为是某种对自我、对过去的思考。

叙事者人称的变化,显示了王蒙先生对不同阶段不同经历的情感趋向:亲近年轻时不经世事的自己,冷静地思考眼界与野心越来越大的某时段的"我"。王蒙先生在文中提到"非虚构"的手法,其实文章本身,确实非虚构,更多的事是自己的意识流动,也是 80 余岁的自我,对以往的种种的审视。

崇敬与赞美的表意系统。王蒙先生《女神》,由于是对心中女神——陈布文女士的赞美之情,同时也是在文学成功者的角度,回顾自己的创作生涯所经历的低谷与高峰。文本基调普遍呈现出一种对革命写作事业的崇敬与对女神的赞美感情色调。在《女神》中,"我"这第一人称代词出现了 381 次,"我一下子矮了下来。我一下子膨胀了老大老高,我在干什么,我在飞翔,我在升起,我在寻找,我在迎接。我如龙如蛇如电"。此处的"我",不仅仅是一个代词,在读者心理层面上投射的"所指"语义,更是一种集自信、激情为一体的认同感。

在王蒙先生的青年时期,王蒙与陈布文女士在现实中并未见过面,只通过书信或者电话进行过交流。作家赞颂陈布文女士的同时,也是在认同自己的革命事业。陈布文的人生经历多少与作家本人有些类似。陈布文逃婚、恋爱、革命、奔赴延安,担任周恩来的秘书,然后回归家庭,养育子女,照拂小辈,"你以一去不返的不存在的方式静静地,仍然是热烈地存在着。"在政治事业上,同样也经历了"洗澡礼、风雨雷电"。王蒙先生赞颂她:"你的天才沉潜于平凡,你的平凡使天才更上一层楼。'常德乃足,复归于朴。'不但超凡入圣,而且超圣归凡。你是最文化的家庭妇女,最革命的母亲,最慈祥的老革命,最会做家务的女作家与从不臭美的、不知何谓装腔作势的教授。"可以说,王蒙先生赞颂"女神",也是在赞颂过去自己所经历的人生挑战。

王蒙先生作品中的文字并不是多深奥,措辞也不是多华丽。他使整个文本呈现出独特的、细致的文字风格,恰恰是巧妙、得当地运用语言符号的"能指"功能。在人们心理感受层面中构建出"所指"的庞大表意系统,通过使用语言符号,达到表意效果。

左右看王蒙

在紫禁城东南巽方阅读王蒙

黄继苏

　　岁末到国家博物馆参观《丝绸之路展览》，真是美不胜收。出来看见还有个"王蒙"的什么"书法作品"展，觉得纳闷：王蒙的手迹多年前见过，书法再怎么定义，他那个好像都不能算吧，什么时候成书法家了？中国是片神奇的土地，这片土地上的平民所能享受到的最大乐趣，就是饱览各种奇迹了。所以我看时间还早，就三拐两拐找了去。找到地方才发现是自己没看仔细，展览大厅里悬挂的并非王蒙的墨宝，而是近50位"最具实力的书法家"从他著作中摘写的"吉光片羽"。

　　这样的语录和这样的书法、这样地方，要是没有某个大人物一声令下，很难想象彼此能有见面的一天。孔孟佛经太远不说了，近人里好像林副统帅也没享受过的这样"待遇"。我这回仔细读了展览前言，其中交代得明白：

　　2013年9月，"青春万岁——王蒙文学生涯六十年展"在中国国家博物馆举办，前来参观的观众很多，其中一位领导同志参观后说，应该请些书法家把王蒙著作中充满智慧和幽默的句子写下来办个展览。我们感到这个想法很好，于是国家博物馆和中国书法家协会密切配合……

　　这让我联想到前两年众多文人手抄《延安文艺座谈会讲话》事件。那件事的商业动机呼之欲出，从那儿到毛主席纪念堂的距离，也许比从那儿到农贸市场的距离要长。而这件事明摆着是长官意志，从这儿到西北乾方紫禁城的距离，恐怕比王蒙本人感觉得要短。这位"组织部来的年轻人"，当年质疑了无形的紫禁城，被"组织"发配到了达坂城一带。改革开放后凯旋、扶摇而上，从《人民文学》主编到文化部部长，从启动意识流写作到宣布"文学失去轰动效应"再到"告别崇高"，亦官亦文、官文相长地成为呼风唤雨的文坛领袖。到如今，容我改句唐诗：有客西北来，衣上南斋雨——"南斋"就是"南书房"。

　　一个人活在人堆儿里，少不了一身而兼多种矛盾的身份、对立的心境、冲突的价值。如何从中求得心安理得,是每个社会成员必修的人生功课,也是值得窥探的个人心理和社会心理过程。挑战紫禁城的"改革派""开明派"胸牌,王蒙好像没摘,而紫禁城的高大上派头,王蒙看来也没拒。把俩冤家对头譬如情敌安排在一张床上休息,这对任何人都是挑战,更不用说敏感的读书人了。王蒙化解矛盾的办法就是他登高一呼的"躲避崇高"。这个口号,正中当年读书人的下怀,马上成了时代最强音。他们于是化内心阻力为动力,在讨伐"伪君子"的大旗下组织起"真小人"的正义之师,向着外币本币裸奔,朝着处级局级猛扑。将"躲避崇高"崇高化,这只是王蒙和广大读书人使用的一种心理保护机制,他们还使用了其他方式,例如透着潇洒自如的幽默及自嘲。像范跑跑那样一边跑一边高声背诵洛克、霍布斯,虽然比干跑强,但显得傻乎乎的。如果他跑完了立定冲观众一笑,指着墙上或地上的身影说,"我看挺像悲鸿先生的奔马",也许就达到领导同志称赞王蒙的"充满智慧和幽默"了。这次王蒙语录展上诸如"不妨有一点自嘲""耐心高于智慧,耐心高于道德"之类的劝世良言,其实都可以从心理保护机制的角度给予"同情之理解"(主办方前言里说他们"感到"领导的想法很好,也是突出自己的主观能动性,否则显着跟落实上级交办任务不过夜似的,就没意思了)。我真的没有挖苦王蒙先生的意思,平心说,因人格矛盾、内心冲突而哄哄自己蒙蒙别人,这在今天实属难能可贵,可以折合为从前"仁人"的反躬自省了。今天众多知识精英早已练成科幻小说里才有的绝技:他们刚津津乐道完彼此的升官提级,脖子都不转一下就接荐痛批中国"两千年官文化"。在不减速的情况下从一套价值/身份向另一套作直角甚至锐角切换,搁汽车早飞进路边的公厕或火锅店了。

王蒙的这批语录我就不推荐大家去看了——推荐也不会有人听我的。但我还是建议读者没事儿的时候读读王蒙别的作品。自嘲因能知己,知己方能知世。圆滑归圆滑,他对世道人心的见识高出锐角知识分子不是一星半点。例如,我头些天读到他谈毛泽东的一篇文字,在对毛的一片乱骂、乱赞声中,算得上鹤立鸡群。立在紫禁城附近,会赋予吉祥如鹤的王蒙一种既保守也现实的理性视角,即他语录里所说的"清醒度"。天下的事就这样有弊有利。

(本文转自"黄继苏的博客"http://blog. voc. com. cn/blog_showone_type_blog_id_918484_p_1. html)

(黄继苏:中国社会科学院马克思主义研究院研究员)

以文化自信致敬新时代

刘 运

十分荣幸能有机会参加这样一个大家云集的学术盛会。刚才听了各位专家的发言,更是深受震撼和触动,在这里,我想以"致敬"为主题谈几点感悟。

第一,致敬王蒙先生。王蒙先生作为当代中国文坛"大家",是文坛的常青树和多面手,作品数量之多、涉及面之广、思想之深邃、影响之深远,都令人叹服。读过王蒙先生一些作品,如《青春万岁》等,从中我读出了他的理想主义、他的青春、他的激情,以及他对生命的热爱、对梦想的追求。王蒙先生的作品还有一个显著特点,那就是体现出强烈的政治责任感,这或许与他曾担任共和国文化部长有一定关系。我在大学期间读过王蒙先生的《组织部来了个年轻人》,印象深刻,如今作为一名从事组织工作的干部,再读这些作品,更能切身感受到王蒙先生对党、对国家、对民族的深厚感情,感受到其"居庙堂之高则忧其民、处江湖之远则忧其君"的政治担当和家国情怀。这些作品中所表达出的对崇高事业的真挚情感、对党员干部的期待期盼,与习近平总书记提出的"信念坚定、为民服务、勤政务实、敢于担当、清正廉洁"的好干部标准,从其内涵讲可谓一脉相承。王蒙先生激情和理想并重的精神气象、情怀与信仰共融的深邃思想让人敬仰,令人钦佩。在此,向王蒙先生致敬。

第二,致敬文化。今天这次会议的主题是王蒙文化思想学术研讨,在座的大都是文化工作者、从事教育或文化研究的专家学者,对文化有着更为深刻的理解,对文化的力量有着更为透彻的认识。文化这种力量虽然看不见,却深深熔铸在历史、实践和民族精神之中,具有强大的历史穿透力、强大的实践创造力和强大的民族凝聚力。人类文明进步历史充分表明,没有先进文化的积极引领,没有人民精神世界的极大丰富,没有全民族创造精神的充分发挥,一个国家、一个民族不可能屹立于世界先进民族之林。当年中国对香港恢复行使主权后,撒切尔夫人曾经不服输地说"中国仍然不是一个真正意义上的大国",因为

"中国没有向世界输出思想"。还有句俗话讲："一代人可以培养个富豪，三代也培养不出一个贵族"，说得可能不太恰当，但以小见大，体现的正是文化的作用力和影响力。

激发文化力量，贵在自信。习近平总书记在党的十九大报告中指出："文化是一个国家、一个民族的灵魂。文化兴国运兴，文化强民族强。没有高度的文化自信，没有文化的繁荣兴盛，就没有中华民族伟大复兴。"在全党、全国人民深入学习宣传贯彻党的十九大精神之际，《王蒙谈文化自信》《中华玄机》等作品付梓成书，从多侧面、多视角对"文化自信"进行学者式思辨，挖掘中华传统文化的优秀基因，推动传统文化与新时代中国特色社会主义文化接轨，讲出了"很多书斋学者讲不出的大道理"，值得我们深入学习和思考。

当前，中国特色社会主义进入了新时代，人民的需要从物质文化需求发展到美好生活需要，中国特色社会主义不断取得的重大成就，表明我们的党和国家已经让久经磨难的中华民族站了起来，让底子薄、人口多的中国人民富了起来。站在新的历史起点上，我们下步的目标就是努力让伟大祖国强起来。而实现"强起来"的奋斗目标，没有文化的支撑是不可能的。中华民族在5000多年的历史中，依靠自己的勤劳、勇敢和智慧，孕育和创造了博大精深的中华优秀传统文化；中国人民在党的领导下，在革命、建设、改革中，孕育和创造了昂扬向上的革命文化和生机勃勃的社会主义先进文化。这些文化是中华民族最深沉的精神积淀和独特的精神标识，是中华民族生生不息绵延发展、饱受挫折又不断浴火重生的有力支撑。对此，每一名中国人、每一名中华儿女都应该感到自豪，更应该感到自信。在此，向中国特色社会主义文化致敬。

第三，致敬伟大祖国。习近平总书记在党的十九大报告中指出："今天，我们比历史上任何时期都更接近、更有信心和能力实现中华民族伟大复兴的目标。"新中国成立以来，特别是党的十八大以来，改革开放和社会主义现代化建设取得全方位、开创性、深层次、根本性的重大历史成就。中国特色社会主义道路自信、理论自信、制度自信、文化自信已植根国人心中，全球各国纷纷关注"中国模式"、解读"中国经验"、认可"中国方案"。中华民族正以崭新姿态屹立于世界东方，日益走近世界舞台中央。

在现代文学史上，巴金先生的名言"青春是美丽的"感动了无数人；在当代文学史上，王蒙先生喊出了"青春万岁"的响亮口号。回顾王蒙先生的文学创作历程，会发现他的文学生涯和共和国的发展紧密相连，伴随着共和国前进的步伐跨越了60多个春秋。他的作品中，处处彰显着对祖国、人民、理想和事业的满腔热忱,充满了对美好生活的热爱,充满了对当代青年的启迪,激励了一代代的青年人为国家、为人民、为梦想去努力奋斗。昨天恰逢"一二·九"运动纪念日,当代青年人,应当牢牢铭记这个日子,牢牢铭记那份跨越历史时空的初心,牢牢铭记肩上需要担负起的责任和使命,共同汇聚起民族复兴的强大力量,以青春与奋斗成就人生精彩。在此,向伟大祖国致敬,祝愿中华民族伟大复兴的中国梦早日实现。

威海是甲午战争的主战场,是山东最早建立抗日武装的地区之一,是改革开放 30 年 18 个典型地区之一。去年以来,我们挖掘整合威海独特的历史文化资源,立足于常态化的党员干部教育,确定以民族复兴为主题,以"梦碎、梦醒、筑梦、追梦"为主线,以坚定"四个自信"为主旨,着力打造了民族复兴(威海)教育基地,直面回答了历史为什么选择了中国共产党、中国共产党为什么"能"、中国特色社会主义制度为什么"管用"等重大历史和现实问题。在此,诚挚邀请各位到威海、到教育基地参观指导,一起感受复兴文化,共同致力于复兴伟业。

(本文是在 2017 年 12 月 10 日中国海洋大学王蒙文学研究所等主办的"王蒙系列文化新著出版暨王蒙文化思想学术研讨会"的发言。)

(刘运:威海市委常委、组织部部长)

王蒙与诗琳通公主交往二三事

彭世团

2014 年年底,朱拉隆功大学孔子学院筹备诗琳通公主六十寿辰,约王蒙先生为《中国人民心中的诗琳通公主》文集撰文,王蒙先生欣然应允。在那篇短文中,王蒙先生讲述了从 1987 年与公主初识到近年来交往的情况,文字简约朴素,感情真挚。文中,王蒙先生追述了 1987 年 2 月 19 日在清迈行宫会见公主殿下,2001 年公主前来家中看望,2008 年再次到家中,并题词《好朋友》,2009 年应邀到泰国访问讲学,在公主家中相聚。2012 在王蒙前夫人去世时,公主给予的关心及之后的到访,2013 年再次到访并题词《故人相见》。2013 年中央电视台组织评选传播中华文化年度人物时,王蒙先生作为评委给诗琳通公主投票等。读来令人思考,是什么让公主殿下与王蒙先生保持了近 30 年的交往?

我重读 1987 年 7 月号《新观察》杂志上发表的王蒙先生记录首次与公主会见的散文《与诗琳通公主的会见》。文章内容就像这题目,简单直白,没有任何的刻意渲染。文中首先讲述他读到诗琳通公主作品的情况,然后讲整个见面的过程。清迈炎热的天气,朴实无华的行宫,公主见面就问他当了部长之后还怎么写作,让他感到放松。会见中,王蒙先生谈了他对公主的童话故事《顽皮透顶的小盖玛》的感想,并请公主在那本书上签名留念。本来安排的是礼节性会见,时间 20 分钟,却因为谈文学,两次告辞均没能离开,最后谈了近一个小时。结束时,公主给他赠送了她 1981 年首次访华后写下的《踏访龙的国土》泰文版,还说因为中文版的没有了。王蒙先生知道公主英语很好,他给公主赠送的是英文版小说集《蝴蝶》。没想到公主在接到这本英文版小说之后,又找来了《蝴蝶》的中文版,经过多年的努力,于 1994 年由泰国南美书店出版了《蝴蝶》的泰文版。公主为这本书写的泰文版序言"深沉剀切"。9 年之后,2003 年在中国海洋大学举行王蒙文学创作国际研讨会时,公主同意以此序言作为其书面发言。

1987 年访泰之后,王蒙先生写了访泰组诗,共五首,里面就有一篇是《答公

主》,诗写道:

答公主

—— 仿斯宾诺莎

诗琳通公主一见面便问:

你当了部长,还怎样写作?

对于世界

不哭不笑而要

写

便能写了

斯宾诺莎的原话是"对于这个世界,不哭,不笑,而要理解"。所以王蒙先生说是仿斯宾诺莎。据崔建飞先生的文章介绍,后来王蒙先生把这首诗给了公主,公主把诗抄在了自己记录中国诗词的本子上,并在一本自己的著作里谈了她对于这首诗的理解:如果有坚强的意志,不为世俗所动,便有精力写作,我会努力遵循此箴言而继续写作。诗的语言,诗的情怀,诗的交往,这是多么动人的故事。

公主是这样做的。多年来,她出版的有关中国的作品就有《平沙万里行》《雾里霜挂》《云南白云下》《清清长江水》《归还中华领土》《云雾中的雪花》《江南好》《我的留学生活》等,她翻译出版过中国作家如王蒙、铁凝、王安忆、方方、池莉、川妮等的作品。1994 年 1 月,公主到北京研修汉语,中国新闻出版署为她的新作《诗琳通公主诗文画集》中文版举行首发式,王蒙先生应邀出席祝贺,并与公主进行了交流。公主在后来的作品《云雾中的雪花》中写到了这次见面。

王蒙先生在文章中说,最令他感到荣幸的是 2001 年之后的十多年中,公主殿下四次到访他的家。2001 年 2 月 24 日,当时公主正在北大进修,天气寒冷,公主在泰国驻华大使的陪同下来到王蒙先生家里。公主谈她的学习,谈访华与她的创作,谈她翻译方方的小说《随风而去》,并将她最新的著作《云雾中的雪花》一书赠送给了王蒙先生。王蒙先生谈了自己的创作,赠送给公主他刚刚出齐的季节四部曲(《恋爱的季节》《失态的季节》《踌躇的季节》与《狂欢的季节》),还有早年出版的《双飞翼》与《红楼启示录》。因为他知道公主对唐诗宋词有兴趣,公主曾经出版过研究唐诗宋词的书,书名就叫"唐诗宋词"。最有意思的是,那次与王蒙先生邀请刚从泰国访问回来的作家张锲先生一起接待了诗琳通公主,确定了给公主颁发中华文学基金会第三届"理解与友谊国际文学奖"事宜。

是年 8 月 24 日,诗琳通公主来到人民大会堂,由中华文学基金会的名誉会长万里同志亲自给她发了奖。王蒙先生出席了颁奖会。

　　2008 年,诗琳通公主到北京参加第 29 届奥运会活动,开幕式举行的第二天,在去观看泰国选手参加举重比赛前,再次到访王蒙先生家。王蒙先生每年的 7～8 月都会到北戴河去,在那里游泳、创作,这是近十多年一直保持的习惯,每年的主要作品的大部分都是在那段时间里完成的,没有特殊情况,轻易不会离开北戴河外出。奥运会开幕,是十分难得的盛事。王蒙先生受邀出席开幕式活动,他为了他的写作,推辞了。但是,当听说公主殿下要来看望,没有犹豫,他决定从北戴河专程回来接待公主殿下。

　　其时,王蒙先生已经购买了乡间的别墅,特别吩咐我们在别墅接待公主。他提前两天回到了家做准备。8 月 9 日上午,公主一行来到了别墅,王蒙先生带着公主参观了别墅,参观了他种下的花草树木,还顺手摘下一个桃子交到了公主的手上。期间,他们交流了各自的写作、出版情况。最让人难忘的是公主殿下在别墅里挥毫泼墨,写下了"好朋友"的条幅。她写错了,又非常认真地重写了一次。6 年后的 2013 年,在同一个地方,公主再次题词"故人相间",并亲自盖上了中文的印章。这两幅字都编入了 2015 年出版的《诗琳通公主访华题词荟萃》一书。主编傅增友先生说,这是收到的公主殿下唯一给个人写的题词,可见公主殿下说的"好朋友",绝非戏言。

　　2012 年 3 月底,王蒙先生原配夫人崔瑞芳老师不幸因病去世,在得知消息之后,公主委托大使馆代表她给王蒙先生家中送去了泰国式的鲜花花圈,并委派大使阁下到八宝山出席了送别仪式。就在仪式后的第四天,公主殿下亲临王蒙先生家中,除给王蒙先生送来她的新作,还有一头铜制的小象,象报平安,这也是公主殿下深谙中国传统文化的结果。王蒙先生为此很感动。

　　崔瑞芳老师生前多次与公主殿下见面,既有在家两次接待公主殿下,也有 2009 年随同王蒙先生一起访问泰国时,一起拜访公主殿下,而且给公主赠送过她写的《放逐新疆 16 年》及《我与王蒙》。相信这些见面,都给公主殿下留下过美好的印象。公主进王蒙先生家时,王蒙先生首先指给公主看 2001 年公主殿下到访时的合影照片,当时王蒙先生夫妇与自己的几个小孙子一起接待的公主。同时王蒙先生把已经长大的阳阳介绍给公主,说他现在就在泰商在华开设的公司里工作。

　　见面聊的,总离不开文学和翻译。公主说她正在翻译王安忆的作品,特别谈到她希望到武汉去,想吃她翻译过的池莉的小说《她的城》中提到的武汉热干面。一年之后，诗琳通公主走访了池莉小说中提到的街道：前进五路、三新横街、江汉路、汉口江滩，感受了小说中的武汉风情。据说在她的坚持下，吃上了热干面。两年之后的 2014 年 4 月，她拜访了上海作协，与王安忆等上海作家深入交流，此乃后话。

在文章中，王蒙先生特意提到了 2009 年他应邀请赴泰讲学的情况。公主殿下很热情地邀请王蒙先生一行，以及正在泰国旅游的王蒙先生女儿一家三口一起到宫中做客，参观她的宫殿，并出席午宴。王蒙先生除带去自己的书，还专门准备了一幅自己写的条幅"上善若水"，以答谢公主。因为餐后离下午演讲时间已经不多，为了不让王蒙先生劳累，特意让王蒙先生在宫中客厅休息。后来才知道，这是没有先例的事情。当天下午，公主亲临课堂，听王蒙先生演讲，还陪同王蒙先生一起参观了孔子学院。王蒙先生为公主的殷勤周到，为公主的教养与礼数所感动。除此之外，最令王蒙先生印象深刻的，是公主每次与王蒙先生在一起，尽管有翻译在身边，也会努力地讲汉语，而又总是很谦逊地说自己说得不好。

至此，我终于明白了，诗琳通公主与王蒙先生保持这么长时间交往的"秘密"，他们每次见面，除了谈两国文化，谈交流，更多的是谈写作，谈作家的作品。回过头来看王蒙先生《与诗琳通公主的会见》一文，他写道，那是作家同行的见面，他的这个认定是完全正确的，近 30 年的交往充分证明了这一点。他们的交往是作家同行之间的，所以没有很多的外交礼仪上的讲究，所以公主不按外交礼仪的时间，所以公主说汉语，所以公主可以像亲人一样给予王蒙先生精神的安慰。这还充分体现了公主殿下对于中国文化的兴趣，对于中国文化了解的深入，对于中泰文化交流的热情。

2011 年 5 月，上海电视台拍摄诗琳通公主首次访华 30 年纪录片，专门到北京来访问了王蒙先生，其时王蒙先生正在病痛当中，但先生还是坚持完成了采访，他的讲述感动了前来采访的所有人。

时间过去得很快，诗琳通公主的中国之行还在继续，诗琳通公主与王蒙先生的交往也还会继续。我相信，这样的交流，还会是文学的。作家同行间的交流，他们的交流，会继续为中泰两国间的文化交流的深入与人民间的友好，通过文学的形式继续促进。

（彭世团：中华人民共和国驻越南大使馆文化参赞）

屐痕处处

王蒙重要文学活动略要:2014—2017 年

温奉桥　马文聪　整理

2014 年

一、主要学术活动

1 月 21 日,在北京参加《当代》杂志举办的"为时代　为人民:文学记录中国——《当代》与中国新时期现实主义文学"主题活动并获"《当代》荣誉作家"。

2 月 23 日,在广州出席花城出版社主办的"文学的记忆——王蒙长篇小说《这边风景》研讨会"。

3 月,首次担任电视节目评委,参加河南卫视文化真人秀节目《成语英雄》第二季录制。首期于 3 月 28 日晚 10 点在河南卫视开播。

3 月 19 日,携新作《与庄共舞:人生的自救之道》在烟台新华书店参加读者见面会活动。

3 月 24 日,在济南做客"山青讲坛",并受聘为山东青年政治学院名誉教授。

3 月 25 日,在北京出席光明日报和中国外文局举办的"在中国最有影响的十部法国书籍"和"在法国最有影响的十部中国书籍"评选活动揭晓仪式。

4 月 19 日,"王蒙文学生涯六十年"七省二市图书馆联展重庆站在重庆图书馆开展。

4 月 27 日,出席中国现代文学馆与人民出版社举办的"《王蒙文集》发布会暨王蒙创作研讨会"。

5 月 1 日,出席绵阳四川文化艺术学院王蒙文学艺术馆开馆仪式及系列学术活动。参观"青山未老——王蒙的艺术与人生"专题展览,出席"王蒙文艺思想学术研讨会"。

5 月 23 日,在济南山东大众报业集团演讲"文化自信与文化定力"。

5月24日,在中国现代文学馆出席"马识途百岁书法展"开幕式。

6月24日,出席在新疆乌鲁木齐举行的"《这边风景》维吾尔文版出版座谈会"。

7月1日,在中央党校新疆班开讲,谈中华文化生态与新疆各民族文化的重要地位,及现代化与民族传统文化。

7月,出席中央文史研究馆在昆明举办的"中华文化万里行"活动。

9月1日,在北京出席"文学大时代:五代作家的跨时代对话暨王蒙最新长篇小说《闷与狂》首发仪式"。

10月15日,出席习近平总书记主持召开的文艺工作座谈会并发言。

10月18日～19日,出席中国海洋大学第三届"科学·人文·未来论坛"并担任论坛主席。

10月22日,出席中国海洋大学王蒙文学研究所主办的"王蒙最新双长篇小说学术研讨会"。

11月3日,出席在温州举行的第二届"林斤澜短篇小说奖"颁奖典礼,获第二届林斤澜短篇小说奖"杰出短篇小说作家奖"。

12月27日,出席国家博物馆举办的"吉光片羽——书法家写王蒙文句展"开幕式。

二、主要创作情况

1月,《王蒙文集》(45卷)由人民文学出版社出版。此书获得国家出版基金资助,历经四年编纂完成,共1600万字。

1月,《与庄共舞:人生的自救之道》,由生活·读书·新知三联书店出版。

3月在《上海文学》开设个人专栏"王蒙说"。

5月,长篇小说《这边风景》维吾尔语版由新疆人民出版社出版。

8月,长篇小说《闷与狂》由北京联合出版公司出版。

12月,《王蒙执论》由人民出版社出版。

6月,《荣获斯大林文学奖纪胜》发表于《上海文学》2014年第3期。

7月,《杏语》发表于《人民文学》2014年第7期。

7月,《与新疆一起奔向现代化》发表于《人民日报》2014年7月7日。

8月,《你就是回忆中的那首情歌》发表于《上海文学》2014年第8期。

9月,《你的呼唤使我低下头来》发表于《上海文学》2014年第9期。

10月,《动心 洗礼 发现》发表于《人民日报》2014年10月24日。

2015 年

一、主要学术活动

1 月,乘三沙一号去三沙市,并应聘为三沙市人民政府顾问。

1 月 18 日,携新作《天下归仁》于北京举行新书发布会。

4 月 25 日,在绵阳出席四川文化艺术学院王蒙文学艺术馆建馆一周年系列学术活动。

5 月 7 日,与台湾新竹清华大学学子,就"文学为谁而写"进行对话。

5 月 28 日,在青岛中国海洋大学作"永远的文学"讲座;30 日,出席中国海洋大学第一届"行远"诗歌奖颁奖典礼暨诗歌朗诵会。

6 月 1 日,在济南山东师范大学演讲"永远的文学"。

6 月 27 日,出席北京师范大学—香港浸会大学联合国际学院(UIC)第七届毕业典礼兼荣誉院士颁授典礼并获聘荣誉院士。

8 月 16 日,第九届茅盾文学奖评选结果揭晓,《这边风景》获奖。

8 月 19 日,在上海出席 2015 上海书展暨"书香中国"上海周,参加《顾准追思录》的新书发布会。

8 月 26 日,出席北京国际图书博览会举办的"新疆故事——王蒙对话忘年交库尔班江"活动。

9 月,参加北非+西地中海邮轮游。游览了阿不扎比、迪拜、热那亚、米兰、庞贝、西西里、马耳他、巴塞罗纳、马赛等地。

9 月 8 日,出席由人民出版社主办的《李一氓回忆录》一书出版座谈会。

9 月 25 日,第二十五届全国图书交易博览会"十大读书人物"评选在山西太原揭晓,王蒙当选本届书博会"读书致敬人物"。

9 月 29 日,出席在北京中国现代文学馆举行的第九届茅盾文学奖颁奖典礼。

10 月 17 日,在中央民族干部学院与在京学习考察的新疆伊宁市农村"四老"人员交流座谈。

11 月 3 日,出席中国海洋大学主办的"这边风景——王蒙先生系列学术活动",与《人民文学》主编施战军、中国作家协会创作研究部主任何向阳、《当代作家评论》主编高海涛围绕"文学的审美性和当代中国人的审美生活"进行对话。

11 月 23 日,在开罗出席由中外文化交流中心、新世界出版社、开罗中国文化中心以及埃及最高文化委员会共同主办的"'发现中国·讲述新疆'讲座与交流活动——《我从新疆来》作者见面会"。

11月26日,在土耳其国家图书馆出席由中国文化部中外文化交流中心、新世界出版社联合主办的"《我从新疆来》——丝绸之路上的珍珠"作者见面会暨土文版新书发布会。

二、主要创作情况

1月,《天下归仁》由北京联合出版公司出版,并成为本年第一季度畅销书。

6月,《文化掂量》由南方出版传媒、花城出版社出版。

7月,小说集《奇葩奇葩处处哀》由四川文艺出版社出版。

2月,短篇小说《我愿乘风登上蓝色的月亮》发表于《中国作家》2015年第4期。

3月,《关注与期待》发表于《光明日报》2015年3月3日。

4月,中篇小说《奇葩奇葩处处哀》发表于《上海文学》2015年第4期,后被《小说选刊》《小说月报》《中华文学选刊》《中篇小说选刊》选载。

4月,短篇小说《仉仉》发表于《人民文学》2015年第4期。

6月,《奇葩的故事》发表于《读书》2015年第6期。

9月,《大臣与大政》发表于《读书》2015年第9期。

2016 年

一、主要学术活动

2016年1月号《上海文学》,开辟"赠给未来的人生哲学——凝视文学与人"专栏。陆续发表王蒙与日本创作学会名誉会长池田大作的系列笔谈。

4月15～17日,在绵阳出席四川文化艺术学院王蒙文学艺术馆建馆二周年系列学术活动;16日出席《尴尬风流——王蒙作品意象刘巨德、谢春燕、于芃、王钊、吉建芳五人绘画展》开幕式,出席王蒙最新小说集《奇葩奇葩处处哀》研讨会。

4月20～25日,出席中国海洋大学"2016·相约春天"文化艺术节;23日,出席刘西鸿女士中国海洋大学驻校作家聘任仪式。

4月25～26日,赴江苏泗洪出席许辉文学馆揭牌仪式并作"永远的阅读"主题演讲。

4月29日,出席中国艺术研究院主办的《林默涵文论》出版座谈会。

5月10日,做客"娄底文化大讲堂",演讲"文化的期待"。

5 月 12 日，做客"娄东文化大讲堂"，和太仓的文艺爱好者畅谈"永远的文学"。

6 月 2 日，出席国家创新与发展战略研究会与中国外文局共同举办的"读懂中国"丛书第一次作者会议。

6 月 10 日，应邀在香港中央图书馆作讲座"放逐与奇缘——我的新疆十六年"。

7 月，旅游瑞士。

8 月，在中国作协北戴河创作之家改稿并游泳。

9 月，访美。9 月 10 日出席美国洛杉矶公共图书馆举办的"第二届尼山国际讲坛"，与杜克雷先生对谈"关于中国传统文化的对话"；9 月 13 日，在美国旧金山市立总图书馆演讲"放逐与奇缘——我的新疆十六年"。

10 月，考察运城与大寨。

10 月 29 日，在青岛出席中国海洋大学王蒙文学研究所主办的"向经典致敬：王蒙《组织部来了个年轻人》发表 60 周年座谈会"。

10 月 30 日，在青岛出席中国海洋大学、中国李商隐研究会主办的"中国李商隐研究会第九届年会暨唐代文学学术研讨会"。

11 月，访问马来西亚，并参加马华文学奖的颁奖活动并举行文学讲座。参访了马六甲。

11 月 8 日，出席国家创新与发展战略研究会与中国外文局共同举办的"读懂中国"丛书第二次作者会议。

11 月 30 日～12 月 3 日，应俄罗斯圣彼得堡国际文化论坛组委会邀请，出席第五届圣彼得堡国际文化论坛，发表了"我们要的是珍惜民族文化传统的现代化"讲话。12 月 2 日，在马林斯基剧院俄总统普京小范围会见 30 名俄罗斯及国外文化艺术界人士，王蒙作为 4 名嘉宾发言"中俄文化交流的历史意义"。论坛期间，王蒙一行还与马林斯基剧院艺术总监、首席指挥捷杰耶夫先生亲切会谈，赠送俄罗斯文化部部长梅津斯基长篇小说《活动变人形》俄文版，拜会中国驻圣彼得堡总领事郭敏女士，并就进一步加强中国与圣彼得堡文化交流合作深入交换意见。参观了普希金读书的皇村木屋餐厅等。

二、主要创作情况

6 月，《游刃有余——王蒙谈老庄》由北京联合出版公司出版。

12 月，《得民心 得天下——王蒙说〈孟子〉》由浙江人民出版社出版。

9 月，《着眼民族复兴伟业 推进文化发展繁荣》发表于《人民日报》2016 年 9

月 19 日理论版。

9 月，《文化自信的历史经验与责任》发表于《光明日报》2016 年 9 月 22 日。

11 月，《女神》作为头题发表于《人民文学》2016 年第 11 期。《小说选刊》2016 年第 12 期转载。

12 月，《我以我写荐轩辕》发表于《人民日报》2016 年 12 月 2 日。

2017 年

一、主要学术活动

1 月 16 日，中共中央政治局常委、国务院总理李克强主持召开的座谈会，听取教育、科技、文化、卫生、体育界人士和基层群众代表对《政府工作报告（征求意见稿）》的建议，王蒙先生出席。

2 月，出席在北京举办的《得民心得天下：王蒙说〈孟子〉》新书发布会。

3 月 22 日，出席"阅读北京 品味书香——2017 年度首都市民阅读系列文化活动"推广活动启动仪式，受邀担任 2017 年"阅读北京"项目推广大使，在启动仪式上作"永远的阅读"主题演讲。

4 月 3 日，应邀参加中央电视台"朗读者"第七期，朗读《明年我将衰老》之怀念夫人崔瑞芳片断。

4 月 16 日，出席绵阳四川文化艺术学院王蒙文学艺术馆举办的"王蒙作品意象绘画展""《奇葩奇葩处处哀》小说集研讨会"。活动后，去广元讲课，然后参观古蜀道，剑门关，古蜀道张飞柏等。

4 月 26 日，在山东邹城出席"2017 孟子故里（邹城）母亲文化节"开幕式，并宣布"2017 孟子故里（邹城）母亲文化节"开幕。

4 月 28 日，出席青岛中国海洋大学王蒙文学研究所主办的"文学与我们的精神生活"圆桌论坛，出席青岛大学文学院和北京鲁迅博物馆等联合举办的"经典作家与中国现当代文学"国际学术研讨会开幕式，并发表演讲。

5 月 21 日，在湖南长沙为"中华文化四海行——走进湖南"文化讲坛首场开讲"道通合一：漫谈孔孟老庄"。

5 月 23 日，在湖南衡阳做客"船山故里国学飘香"石鼓书院大讲坛，演讲"文化与自信"。

5 月 28 日，做客由中国人民大学继续教育学院、中国实学研究会等联合主办的"见贤思齐国学大讲堂"，演讲"道通为一：文化自信与国学传承"。

6 月，去新疆，回巴彦岱，与当年的大队书记阿西木·玉素甫、民兵队长卡力·艾买提等人见面。到了库尔勒地区且末若羌二地，还到了塔克拉玛干大沙漠的罗布人居住区。库尔勒面貌一新，在孔雀河泛舟，让人想起巴黎的塞纳河来。

6 月 5 日，在河北师范大学演讲"永远的文学"。

6 月 10 日，在深圳图书馆参加"2017 王蒙·文学精品有声阅读艺术节"开幕式并致辞荐书。

7 月 8 日，在内蒙古图书馆演讲"永远的文学"。

8 月 10 日，在广州出席由花城出版社、《花城》杂志举办的第六届花城文学奖颁奖仪式，获"花城文学奖·特殊贡献奖"，并出席"2017 南国书香节"。

9 月 3 日，出席由中国现代文学馆，上海三联书店联合举办的戴小华《忽如归》作品研讨会暨藏品捐赠仪式。

10 月 30 日，出席"中国·月亮湾作家村""开村"仪式，并为中国·月亮湾作家村题写村名。

10 月 11 日，出席由中央文史研究馆、人民出版社联合主办的《王蒙文化自信》出版座谈会。

10 月 12 日，出席绵阳四川文化艺术学院在京举办的庆祝王蒙先生 83 岁生日宴会。

11 月 7～10 日访问日本。7 日，王蒙先生被日本樱美林大学授予名誉博士学位。在授予仪式上，王蒙先生面向该校师生作了题为"文学作品中看到的中国思想与文化"的演讲，受到热烈欢迎。

12 月，做客由沱牌舍得酒业与凤凰网联合打造的时代人物高端访谈"舍得智慧讲堂"，讲述中国文化自信。

12 月，《奇葩奇葩处处哀》获得第十七届百花文学奖之中篇小说奖。

12 月 10 日，出席中国海洋大学王蒙文学研究所等主办的"王蒙先生加盟海大 15 周年恳谈会"。

12 月 10 日，出席中国海洋大学王蒙文学研究所等主办的"王蒙系列文化新著出版暨王蒙文化思想学术研讨会"。

二、主要创作情况

5 月，与陈布文合著的小说集《女神》由四川文艺出版社出版。

5 月，与日本池田大作的对谈集《赠给未来的人生哲学——凝视文学与人》（日文版）由日本潮出版社出版。

8 月，《旧邦维新的文化自信》发表于《人民日报》（2017 年 8 月 15 日）。

9月,《书海掣鲸毛泽东》发表于《光明日报》(2017年9月15日)。

10月,《王蒙谈文化自信》由人民出版社出版。

10月,《中华玄机:我要与你讲传统》由天地出版社出版。

10月,《王蒙的诗》由四川文艺出版社出版。

11月,大型散文《维吾尔人》发表于《北京文学》第11期。

12月,与日本池田大作的对谈集《赠给未来的人生哲学——凝视文学与人》(中文版)由人民出版社出版。

(中国海洋大学中国现当代文学专业硕士研究生赵露对此文亦有贡献)

学位论文选载

王蒙:身份意识与红学新论

王丹丹

王蒙是中国当代文发展史上的一个"变数",他不仅是一位风格多变的作家,也是一位博学笃实的文化学者,还是深谋远虑的政府官员,而这样简单的身份定位又只是王蒙众多身份的部分截取。

20世纪90年代王蒙投身中国古典文学研究,对《红楼梦》、李商隐、"老庄"等产生了浓厚兴趣,学者王蒙"借他人酒杯,浇自己块垒",对《红楼梦》进行了新一轮解读,既以小说家的身份对作品进行了文学的、人生的思考,又凭借政府官员、文化学者的身份解析了《红楼梦》中的人生况味,相继推出了《红楼启示录》《王蒙评点红楼梦》(以及2005年重新出版的增补版)、《王蒙活说红楼梦》《王蒙的红楼梦》等专著,并受邀在电视台、红学研讨会、各大高校进行专题讲座。

别具一格的点评形式、纵横捭阖的理论视野、鲜活生动的解读风格,使得王蒙的红学研究成果不仅获得了红学界的激赏,更收获了市场的认可,一时间"王蒙活说红楼"成为圈里圈外热议的话题。作家宗璞称赞王蒙的研究有"瑶琴一曲来薰风之感",并认为:"文章确有新意,不是因为撰之者新涉足这一领域,而是因文章确有新意,是以前研究者没有写出来,读者没有想到,或可说是雪芹也没有意识到的。"①红学界泰斗冯其庸也认为王蒙涉足红学研究是"一件当代红学史上的大事""他对《红楼梦》的理解是深刻的广博的,他对曹雪芹的屈原式和司马迁式的胸怀,以及他的忧愁、多感、深沉和生死系之的真情是有相通之处的。"②其他评论家也纷纷对王蒙开创的有关红学研究的新模式、新思维表示肯定。

为何小说家王蒙的红学研究能够一鸣惊人?王蒙是如何实现政治、文化、

---

① 王蒙《红楼启示录》,三联书店出版社2005年版,第2页。
② 温奉桥《多维视野中的王蒙》,中国海洋大学出版社2004年版,第266页。

社会等元素在文学研究中和谐相处的?"王氏红学"①对于当今和未来红学研究有何启发性价值? ……解答众多问题的关键应该指向一个概念——"身份"。王蒙文学的、政治的、文化的、社会的等多元的身份造就了他丰富多彩、跌宕曲折的人生经验与人生阅历,在潜移默化中影响了王蒙的文学实践活动。"身份"一词在王蒙的《红楼梦》解读系列中扮演的角色举足轻重,这种独特的文学资源成为王蒙《红楼梦》研究的特色之处。

王蒙复杂多变的身份属性和在文学研究中自由切换的话语模式使其文学研究具有灵活、变通、宏观、博览的特色,王蒙是用他小说创作之外另一领域的文学实践丰富了红学研究的可能性,这其中的特色之处与王蒙曲折丰富的人生阅历和复杂多变的身份角色密不可分。

一、王蒙: 多元身份下的《红楼梦》研究

新时期以来,伴随着改革开放号角的吹响,红学研究摆脱了被用作思想斗争工具的命运,以文学研究的面貌重新回归大众视野。本阶段以来,受益于社会文化领域前所未有的包容开放格局,红学研究界呈现出了以往没有过的热闹与熙攘,研究者们借助多元的文化理论对《红楼梦》进行了大胆前卫的解析,也诞生了诸多颇具影响力的研究成果,王蒙便是本时期以来具有典型性的研究者之一。

作为红学"新人"的王蒙也在本时期投身《红楼梦》的研究工作,王蒙的《红楼梦》研究主要分为两个方向,一是系统研究,包括《红楼启示录》(1991)、《王蒙活说红楼》(2005)、《不奴隶毋宁死》(2008)等专著;二是评点,主要以 1994 年漓江出版社的《〈红楼梦〉王蒙评点》和在此基础上 2005 年由上海文艺出版社增版的同名评点集为代表。此外,还包括研讨会发言、座谈会发言、电视台讲话,以及散见于他其他文学创作中的专论部分。

深厚的文学素养、宏大的人生视野、灵活多变的治学方法,种种因素的融合使王蒙的《红楼梦》研究受到了极大关注和肯定,有的评论家认为王蒙虽是红学研究界的新人,然其研究成果远胜一般红学家,"90 年代以来,值得重视的有王蒙先生的《红楼启示录》《红楼梦评注》,李劼先生的《论〈红楼梦〉的文化皈依和美学革命》及《论〈红楼梦〉——历史文化的全息图像》等。这些论著从文学、美学和哲学的视角上提出了许多新的看法,尽管不无可商之处,但就其创见、就其

---

① 温奉桥、李萌羽《王蒙与〈红楼梦〉研究》,《青岛大学师范学院学报》2006 年第 2 期。

思路的清新与见解的透辟而言,远胜于一般'红学家'的文章。特别是王蒙先生的研讨成果,应该说是本阶段红学研究实绩的重要标志"。① 评论里所说王蒙红学研究流露出的"思路的清新与见解的透辟"的看法,同时代作家宗璞在为王蒙《红楼启示录》所作一序中曾表示确有"瑶琴一曲来薰风"之感。

王蒙是中国红学研究史上首位用纯阅读的方式对《红楼梦》进行文学性解读的小说家,然而王蒙的《红楼梦》研究与同时代作家的《红楼梦》研究相比又具有极大不同之处,这是因为在他的红学研究中,研究身份并不是唯一的,他既能从作家的角度对作品进行精湛的艺术分析,又凭借其多种多样的其他社会身份,结合其丰富多彩的人生阅历,使得王蒙的《红楼梦》研究极具个人风格特色。

王蒙的身份具有多重性,他是文人、是中国著名的当代作家,然而,王蒙并不是单纯意义上的作家,由于人生经历的丰富性,使得他身上裹挟了多种不同社会属性,从而使得他的文学创作与研究并不局限于文学层面,更是人生经历、写作经验、社会角色、时代诉求等多种因素的融合。

王蒙小说创作中充满了浓烈的"少共"情结、理想主义精神和对民族未来深沉的思索,这与他丰富曲折的人生经历密不可分。王蒙在读中学时期便加入了中国共产党,从此成为一名"少年布尔什维克"。1958—1962年,他因《组织部来了个年轻人》被划为"右派",从此被分配到北京西郊进行了长达4年的劳动改造。"文革"前期前往新疆进行工作学习,从而从正面避免了一场政治浩劫。在新疆期间,王蒙深受当地人民乐观向上的文化心理感染,一边学习维吾尔族语言,一边私下进行文学创作。"文革"结束以后,王蒙调回作协北京分会,于1986年当选中共中央委员,任中国作协副主席、书记处书记。同年6月,王蒙当任文化部部长。1989年王蒙辞去文化部部长一职,潜心投入文学创作,并将主要精力转向古典文学解读研究,《红楼梦》研究系列便是王蒙在本阶段的重要产物。

作为文化学者的王蒙,其研究方向主要有三:一是《红楼梦》研究,一是李商隐研究,一是老庄研究。王蒙曾坦言自己并非红学专家,也并不热衷将目光锁定于一般红学家所关注的版本、作者、时代等史学问题进行考量。"1989至1990年,我要做的不是研究考证《红楼梦》的学问,我缺乏这方面的学问,一般读者也不是为了学问而读'红'。我要做的是一种与书本的互相发现互相证明互相补充互相延伸与解析。"②基于一种解读式、感受性的研究倾向,王蒙的红学研

---

① 王蒙《青春万岁》,人民文学出版社1979年版,第224页。
② 王蒙《八十自述》,人民出版社2013年版,第169页。

究更多的是关注文本内在的思想情感、人物的构造刻画,从学理角度进行文学性分析。对于《红楼梦》研究,王蒙有独特的心理情感。"我读过一些书,这些书里,最活的一部就是《红楼梦》。"①"《红楼梦》当然是小说,但是对于我来说似乎又不仅是小说,而是真实的生活。就是说,一读起《红楼梦》,就如见其人,如临其境,如闻其声,在你的面前展示着的与其说是小说的文字、描写、情节、故事、抒发、感慨……与其说是作者的伟大、精细、深沉、华美、天才……不如说是展示着真实的生活,原生的生活,近乎全息的生活。"②

王蒙首先认定《红楼梦》的虚构性,将其作为小说而不是自传进行阅读,他坚持使用文学现实主义的研究方法,关注文本自身的审美属性和作家的艺术表现力。同时王蒙还是杰出的文艺理论家,真实自然和理想精神是其文艺批评的主旨。在这样的文学研究方式和主旨影响之下,王蒙的红学研究中始终贯穿着人生体验与文学解读相结合的思想,并颇具创造性地提出了"天情""人生性"等新概念。同时结合自身政治经历和曾经的干部身份,王蒙的《红楼梦》研究系列中又具备以往和同时代研究者难以运用的视角,"《红楼梦》中的政治""贾府的权力格局""鹰派与鸽派的斗争"等概念被王蒙活用到对作品的解读中,使其充满新意。文学与政治的有机调和、作家与学者的眼光、当代文化人的使命感,使王蒙的红学研究无论从格局、理论视野还是思想见地,都远高于同时代一般红学家。

二、一元身份论: 小说家王蒙与《红楼梦》的文学解读

作为小说家的王蒙,他在《组织部新来的青年人》中率先将目光聚焦于社会灰暗层面,《青春万岁》与"季节系列"等中对革命、青春、人性进行审视与反思,"集束手榴弹"系列短篇小说中表现出了超前的现代主义意识与写作手法,再到《青狐》《活动变人形》以及近年来出版的《闷与狂》等凸显出了浓厚的人文关怀和人道主义精神,王蒙的每一部作品都走在时代潮流之前,表现出了敏锐的观察力。王蒙将在文学创作中积累的丰富经验,运用到文学研究活动中,以一位小说家的身份来解读小说,以一位小说家的身份来解读作者曹雪芹,在历代研究者里,王蒙应该是与作品、与作者贴得最近的一位,这也应是小说家研究《红楼梦》的优势所在。

---

① 王蒙《王蒙活说红楼梦》,作家出版社 2005 年版,第 1 页。
② 温奉桥编《多维视野中的王蒙》,中国海洋大学出版社 2004 年版,第 1 页。

纵观红学史上小说家批评传统,不难发现从鲁迅开始的近现代作家对《红楼梦》的研究,虽然形式上是基于小说家的身份开展,但实际更多地将目光投入了文本以外的层面。客观来讲,作为红学研究重要方式之一的考证学、索隐学在为解读命题、挖掘史料、提供理论支撑等方面有突出贡献,也为进一步探求《红楼梦》的文本内涵奠定了历史的基础。但是就文本《红楼梦》的深层解读而言,红学发展史上始终存有空缺,对于一些红学学者而言,他们甚至很难分清"主题""义理""意义"的差别。在这方面,王蒙从文本角度剖析《红楼梦》的做法填补了红学研究史的缺憾,使《红楼梦》文本以文学角度系统研究的方式得到了审美的、鲜活的阅读。

王蒙自认不是"红学家",也不懂专门的"红学",只是红学研究界的新人,却也是"一颗冉冉升起的红学之星",这样的自信并非"老王卖瓜,自卖自夸"。《红楼启示录》一书从文学的角度系统理论地对《红楼梦》进行了分析研究,辨析了主题、艺术手法、人物形象、文本架构等专业问题,这是前人没有做过的工作。他又结合社会的、政治的、时代的诸多因素具有创造性地提出了许多新鲜有趣又颇具启发性的论点。而《王蒙评点红楼梦》则创新了传统的评点模式,不仅突破了原有点评就事论事的固有模式,更赋予了《红楼梦》符合时代文学发展需求,与社会人生紧密相关的新解读,他的这种评点方式也被称作"新评点"。

21世纪以来,王蒙在《红楼梦》研究上再接再厉,相继出版了《双飞翼》《王蒙活说红楼梦》《王蒙的红楼梦(讲说本)》《不奴隶、毋宁死?——王蒙谈红说事》等专著。这其中有的是应邀电视台专题节目而作的讲说稿、有的是相关座谈会研讨会的发言,更多的是对红楼问题重新思索后创作的著述,由此可见21世纪以来,王蒙独创的一套"王氏"红学更广泛地为公众所接受,他在《红楼梦》研究这一命题上也渐入佳境。

(一)新体验:文人情怀与感受性批评

作为一位优秀的小说家,王蒙更多的是从阅读小说的情感心理、审美感受层面对《红楼梦》进行研究,体现着一位红学研究者的作家意识。这样的作家意识体现在作家情怀和作家眼光两方面。

无疑,王蒙是中国当代文人中最富有文人情怀的作家之一,他的作品中既充盈着悲天悯人的情丝、忧国忧民的感慨,又寄托了个人见微知著的细腻情感,在王蒙的《红楼梦》解读系列之中,能够很清晰地看到一位作家对另一位作家写作情感上的体恤,这是在长久的写作经验中慢慢积累才能洞悉到的一种独特感受。只有经历过漫长的创作过程,一个评论家才能真正洞彻文本之后所蕴含的情感慰藉,主题之下所保藏的历史清明。

从这一点来讲,王蒙的红学研究是文学与情感合力弹奏的华美乐章。有的评论家认为王蒙的红学研究是一种"感受式"的文学批评,这样说有一定道理,在他的研究中充盈着排山倒海式的情感,似乎每一个论点之后都可以作一首诗来对其进行高歌。这样的语言和情感体验是标准的文人式的,只有自身创作过、经历过相似的故事情节,才能在解读中感受个中滋味,这样的表述也是一般学院式红学学者所不能达到的,是属于小说家或者说文学的表达。

然而之于文学研究,有的评论者并不认同王蒙的研究方式,有的评论者就王蒙《红楼梦》研究的文学性产生怀疑,认为王蒙所进行的红学解读工作与其说是文学研究,反而更接近文学创作,林贤治在《50 年:散文与自由的一种观察》里便毫不含蓄地指出:"王蒙索解《红楼梦》及李商隐的诗,并非严格的学术著述,但也不同一般的书话,把它们看作一组随笔,归入创作一类恐怕更切原意。"①

这样的指摘无可厚非,因为就王蒙红学研究所呈现的整体气质和风格而言,他的解读中充满了个人性、感受性、文学性的元素,也有一些揣测和臆断。王蒙不同于以往学者研究讲求史料、考证、原型这样的学院派作风,他实际上是以"活说"的形式进行一个庞大、繁杂、深邃的命题的解读。这样的解读看起来失之严谨,但是紧密围绕自己的一套理论系统而开展形成,所得出的成果亦是红学研究的重要组成。

(二)新视角:小说家眼光的理性观察

如果仅仅停留在感受阅读的层面上对《红楼梦》进行研究,那么王蒙的红学研究将与一般的读后感无太大差别。然而王蒙之于小说评论派红学的不同之处和高明之处在于,文学的情感和表述只是他行文的一种习惯或者说某种策略,王蒙真正地具备小说家的眼光,能够看到一般研究者、读者所觉察不到的文学艺术,这便是从学理的角度对作品进行的理论性、系统性分析。

王蒙文学理论的表述又往往批裹着相当文艺的外衣,"写实与梦幻"是"现实主义文学与浪漫主义"文学的别称,"陌生的眼睛"实际讲"陌生化"的写作技巧,"时间的多重性"是为了表述《红楼梦》中后现代主义手法的运用,"混沌"则表明了文学作品的多义性、多元性……这是对作品艺术手法的分析,不仅如此,王蒙几乎从各个文学角度对《红楼梦》进行过理论解读,包括从写作技巧、人物

---

① 林贤治《50 年:散文与自由的一种观察》,《书屋》2000 年第 3 期。

刻画、语言结构、主题思想、文学史价值等方面对作品进行了解读，并对全书的后四十回进行了专门评论，产生了诸多独到见解。

王蒙认为《红楼梦》的经典之处在于很难以某一种概念对其界定，相反它是一种"伟大的混沌""是现实主义又不是现实主义，是浪漫主义又不是浪漫主义，是幻化的又不是幻化的，是正剧又不是正剧，是游戏又不是游戏，什么成分都有。"①这样的解读是很有"王蒙风格"的，即以排山倒海的气势给出一段颇具文学气质的解读，再鞭辟入里地对此概念进行抽丝剥茧式的分析，果然王蒙随后便以"文学性质的混沌""题材的混沌""思想的混沌""结构的混沌"作为辅证对"混沌"一词做了分析，实际上是对《红楼梦》多元性、多义性、综合性的另一种称呼。"混沌"也被王蒙从老庄思想中抽离出来，作为一种新的文学修辞被纳入解析《红楼梦》的范畴中去。

在人物形象分析方面，王蒙既对贾宝玉、林黛玉、薛宝钗、王熙凤等主要人物进行过专门解读，有过《贾宝玉论》《钗黛合一新论》《关于"红楼二尤"》这样的篇章，提出了许多新解。例如，王蒙不认同将贾宝玉推崇为封建社会的反叛者的做法："似乎是，把贾宝玉说成封建社会的叛逆，评价太高了。他的一些行为如逃学、厌恶读经、不思功名进取，一是弄性常情，二是贾府的潮流。"②贾宝玉是"富贵闲人""窝里横"，是同样屈尊于权势与地位的伪造反者。同样王蒙也分析过《红楼梦》中的小人物，李嬷嬷、茗烟、芳官、兴儿……都成为他研究的对象。他发现了这群人身上流淌的"奴隶血液"，这使得他们为维稳自己的身份而仰权夺势、欺上瞒下，是一群"不奴隶，毋宁死"传统思想荼毒下的受害者，并在此后以"不奴隶，毋宁死"为题创作了专著。

王蒙还以独特的慧眼，从表象和本质两个层面分析出《红楼梦》有"两个聚焦点"和"两个主题"，前者是以"情与政"在分别以贾宝玉和王熙凤为核心人物的前提下铺设开来，贾府前后所经历的所有事件几乎都可以用这两个字所涵盖；后者是"一部交响乐"，是"诗的、悲哀的、青春的与深情的第一主题与争斗的、紧张的、险恶的与错综复杂的第二主题"③之间的"轮番出现、再现、发展和变

①　温奉桥编《多维视野中的王蒙》，中国海洋大学出版社 2004 年版，第 183 页。
②　温奉桥编《多维视野中的王蒙》，中国海洋大学出版社 2004 年版，第 16 页。
③　郜元宝《当蝴蝶飞舞时——王蒙创作的几个阶段与方面》，《当代作家评论》2007 年第 2 期，第 180 页。

奏"①。王蒙回归文本,从文学解读的层面对《红楼梦》进行了全面而条理化的解读。尽管他也常因信马由缰、肆意发挥的解读方式而被授以"红学票友"的称号。

(三)新体例:"活说""漫谈""新评点"

王蒙《红楼梦》研究常被误读为读后感的重要缘由在于他选择的研究体例,它并不是纯粹的研究性质,而是一种文学创作和文学研究的有机结合,有的评论家认为这是一种"拟研究体"。

虽然从表面看来,王蒙的《红楼梦》研究符合一般文学研究特征,有固定的研究模式、采用了专业术语,同时形成了研究成果:"但是,从深层的意义上看,他的语言风格、叙述方式都与研究性文本有很大的区别,它是文学的,具有文学的突出特点,尤其是通过文本所折射出来的作家的体验方式、思维方式、精神向度,更与学术性著述有着比较大的差异。"而这种"差异"就在于王蒙实际上是用学术研究的方式来表达一种文学的思考。

王蒙的小说作品集中显现了他文体创造大师的美誉,在他的文学研究系列中,王蒙虽沿用了传统"评点"模式,但是为其注入了新鲜的血液,使旧时的评点成为一种"新评点"。王蒙对《红楼梦》的评点集中体现在《王蒙评点〈红楼梦〉》中(该系列于 1994 年经漓江出版社首次出版,2005 年由上海文艺出版社再次出版,新版在旧版基础上进行了增删),他也是中国当代文学史上首位以小说评点的形式解读《红楼梦》的研究家,此后又出现了梁归智评点本《红楼梦》(陕西古籍出版社,1995),王志武评点本《红楼梦》(陕西师范大学出版社,1997),冯其庸《瓜饭楼重校评批〈红楼梦〉》(辽宁出版社,2005)等。

王蒙的评点本《红楼梦》属于综合型评点,兼具"书商型"和"文人型"评点的两种特征,既考虑到普通民众的审美水平,又有属于个人经验的文学理论雏形的元素。为了适应现代读者的阅读需求,王蒙的评点本《红楼梦》在传统评点模式的基础上进行了改良,他省略了读法、夹批和圈点,将眉批转化成旁批,即使书籍排版更便利,又考虑到了现代读者的阅读连贯性。

同时他又习惯在评点中加入注释,以更加详尽地对某一观点或概念做出解释,而且王蒙习惯于在重要段落之后和章回回末插入大段议论与抒情文字或是总结发言,这就使简单的评点具有了更加丰富的层次感。形式上的革新也更好

① 郜元宝《当蝴蝶飞舞时——王蒙创作的几个阶段与方面》,《当代作家评论》2007 年第 2 期,第 180 页。

地为内容上的推陈奠定了基础,王蒙评点本《红楼梦》的创新之处在于他首次以理论化的视野开拓了评点单一、狭隘的局限性。

小说评点作为中国一种传统的文学研究方式,实际上并不具备学理性,大多数评点专家对《红楼梦》的解读出于情感的、感性的、经验的一面,很少能够上升到理论的高度,这与时代环境有关。王蒙的文学评点便突破了这样的局限性,在他的评点本《红楼梦》中可以既看到文艺学、心理学、社会学、卫生学、哲学、自然科学等多种学科的交叉,又可以看到特定地以某一视角对文本的解读。

庞杂、多元、深刻的点评在以往及同时代研究著作中实属难得,关于评点,看似简单实则包含诸多智慧,是见仁见智的一种文学评论方式,冯其庸认为:"这种方式是可取的,行之有效的。有些人评点得不好,并不是这种方式不好,而是评点的人本事水平的问题。"①而他推崇王蒙对《红楼梦》的评点,因为王蒙的评点包容万象,是真正的大学者的评论。这与王蒙个人笃实的学术修养、丰富的人生历练、多维的视野空间密不可分。

小说评点的形式发展到王蒙这里,贡献之处在于:一方面他承继了中国传统评点模式,却没有固守传统点评模式的桎梏,通过顺应时代需求在原来基础上进行了改革,从而适应了读者、点评人、出版商等的需求,是一项多赢的选择;另一方面,王蒙站在了更高的理论视野上对作品进行了宏观、多元、深刻的解读,克服了旧有点评派过于感性化、情绪化的弊端,从而上升到了学术化的高度。

三、多元身份论:"杂色"王蒙与《红楼梦》的多重解读

王蒙的文学研究集合了他丰厚的文学创作经验,以及多于一般研究者的人生阅历、情感经历,他的文学活动中总是渗透着洞悉一切的深邃眼光和包容万物的博大情怀,这也是王蒙文艺思想的集中体现。

王蒙在文学实践活动中得以树立颇具个人特色的文学风格,与其敏锐的文学观察力有关,更得益于他一生跌宕起伏、风云变幻的人生阅历,这为其文学创作、文学研究提供了丰富的天然素材。从少年布尔什维克、"右派"到文化部部长的任职和请辞,小说家、学者、文化官员、当代文化人等多元的身份和一波三折的人生历程决定了王蒙包容、宏大、开阔的人生视野和创作格局,而深层次、

---

① 温奉桥《多维视野中的王蒙——第一届王蒙文学创作国际学术研讨会论文集》,中国海洋大学出版社 2004 年版,第 263 页。

多角度的视野尝试,也暗合了《红楼梦》作为一部名著的解读要求。

(一)官员身份与政治性话语

在中国当代文学界里,与政治打过交道的作家不在少数,像王蒙一样和政治有着千丝万缕联系的作家却只有他一个。王蒙曾对外宣示过,"我的起点是革命"。"革命家"之于王蒙不仅仅是一重身份,更是一种情结、意识和流淌在血液中的特定元素。

"情"和"政"是王蒙《红楼梦》研究的两个焦点。关于《红楼梦》的政治主题鲁迅、毛泽东等都有过高见,然而以之为启示进行透彻、深刻、全面解读的恐怕只有王蒙。王蒙不止一次谈到《红楼梦》中的政治学,他认同以贾府兴衰隐喻社会时代变迁的观点。"作者写一个家庭的日常生活,写几对男女,却写出了盛世危言。作者通过一个家庭写出了整个社会乃至当时中国社会的整个体制、整个朝廷的危机四伏、终将败亡的命运。而且写得如此生动细腻深刻。"①

在文本主题层面他谈到"情"与"政"是贾府生活层面的两个聚焦点,以贾母为顶端、王熙凤为核心分为三个层次,一是"位"或"势",一是"道"或"德",一是"权"。在分析故事情节时,他考量了"王熙凤协理宁国府"一段,王蒙从心理机制的角度分析凤姐的掌权并非出于利益的考虑,而是出乎"乐趣"与"刺激"。"掌权本来是办事的手段,如凤姐此次协理,本意是为了管好秦可卿的丧事,离开办事,掌权也就失去了意义。但掌权本身又会带来很多乐趣,逞强的乐趣,耍威风的乐趣,斗智斗力的乐趣等等,于是,手段变成了目的,为掌权而掌权也是可能的与富有吸引力与刺激性的了。"②

王蒙以"《红楼梦》中的政治"为题做过专门论述,以政治主题、权力格局、政治人物与政治事件为核心对作品进行了深切分析,并提出了贾府衰颓的缘由在于"政治资源的耗散",包括"背景""德行""功劳""本领""人气""上层的宠爱""资历"在内的七项政治资源,"不是零就是负,或者是由从背景上一上来还不错,慢慢地转为、趋向为零,所以他必然失败"③。还曾以"鹰派、鸽派与夺权"为题做过专题讲说,他就以平儿为代表的"鸽派"和以王熙凤为代表的"鹰派"是如

---

① 郜元宝《当蝴蝶飞舞时——王蒙创作的几个阶段与方面》,《当代作家评论》2007 年第 2 期,第 124 页。

② 郜元宝《当蝴蝶飞舞时——王蒙创作的几个阶段与方面》,《当代作家评论》2007 年第 2 期,第 54 页。

③ 温奉桥编《多维视野中的王蒙》,中国海洋大学出版社 2004 年版,第 87 页。

何应对贾府突发事件进行了巧妙的分析。他评价王熙凤的鹰派做法"必定是积怨如山、存仇似海，对于太过鹰派的人来说，处处是陷阱，人人是对手"。① 然而像平儿这样的和平主义者又可能在问题的处理上导致以权谋私、倾轧争夺等弊病。此外王蒙还热衷于套用专业政治术语对文本进行分析，以"主流派""在野派""疏离派"划分了贾母王熙凤、宝玉黛玉、赵姨娘贾环等在贾府中的权利格局，以"鹰派""鸽派"区分不同的执政者作风，这样的政治思维在点评本中更多地被表现，点评妙玉接待宝玉、黛玉等人选用不同茶具时，王蒙旁批："有所区别对待。（没有区别便没有政策。佛门妙玉，亦如此'政策'乎？）"② 在就奴隶性进行讨论时，王蒙又批："奴才的子弟甚至有做官的前程。阶级等级既是森严的，又不是绝对僵死的，才能使奴隶们也觉得忠心地干下去，不无奔头。"③"统治阶级需要被统治阶级中忠于自己的人物，并不惜予以厚待。这样的人极有用。"④解读鸳鸯抗婚一事时，王蒙总结："贾母一分析，这起抗婚事件也成为'政治'性的了。原来鸳鸯是老太太的'联络员'，有时候还能'代表'老太太，是主流派不可或缺的一员干将。当然不能规划到靠边站的'在野党'首领贾赦那边去。"⑤

因为王蒙的文学批评中常常不自觉地运用了政治思维，有的评论者由此便认为王蒙是采用了"阶级斗争"的方法解读《红楼梦》，使自己陷入了"斗争红学"的漩涡，这样的批评有失公允。对于王蒙而言，政治与文学俨然是一体两面，这与其人生经历有密切关联。

王蒙并非套用某种阶级斗争的政治理念，主题先行地去拉拢红学，而是出于一种思维方式、写作习惯而不自觉地如此。在他的文艺理论、文学创作、文学研究中，由少年布尔什维克时代就已形成的主人公意识、执政者意识得到了一种艺术的、文学的显现，王蒙对于文学与政治的关系在《文学三元》中曾有过表述："（有的文学作品）经不住时间的考验，并不是因为他们政治上太强，而是因

---

① 王蒙《王蒙的红楼梦》，中华书局出版社 2011 年版，第 121 页。
② 程德培《扎根在现实的土壤上——读小说〈相见时难〉》，《文汇报》1982 年 9 月 24 日，第 6 页。
③ 程德培《扎根在现实的土壤上——读小说〈相见时难〉》，《文汇报》1982 年 9 月 24 日，第 52 页。
④ 程德培《扎根在现实的土壤上——读小说〈相见时难〉》，《文汇报》1982 年 9 月 24 日，第 53 页。
⑤ 程德培《扎根在现实的土壤上——读小说〈相见时难〉》，《文汇报》1982 年 9 月 24 日，第 78 页。

为他们艺术上太弱""（文学）真正的社会使命,与政治上的随风逐浪紧跟配合不是同义语。对于许多作家来说,社会洞察力与艺术洞察力紧密相关,思想创见与艺术上的创造性发现紧密相关,社会使命感与艺术使命感紧密相关。"①

红学研究在某种程度上可以看作王蒙晚年人生观、世界观、文学观、政治观的大汇总,面对《红楼梦》这样一部庞然巨制,文学的视野是基本,然而王蒙的优势更在于他独特的人生经历,于是他得以站在除文学之外的理论高峰对作品进行同样系统、全面、深刻的解读,"革命"的、"政治"的话语是王蒙除小说话语外最熟悉的话语模式,政治家、政府官员是他除文艺理论家、小说家外最贴切的身份界定,由此便不难理解为何文学研究系列中却常常充溢着与政治相关的元素。

(二)学者身份与研究性话语

王蒙是一位学者型的小说家,在王蒙的小说创作中,学者应具备的严谨、博览、思辨的学术风格得到了充分体现。同样,王蒙将在文学创作积累的丰厚经验运用到文学研究的工作中,以小说家的思维对《红楼梦》进行学者化探讨,也获得了不俗成果。

王蒙文学研究成果集中表现在 20 世纪 90 年代推出的"古典文学"解读系列,主要包括对《红楼梦》、李商隐、"老庄"的研究,此外还包括对其他传统小说、诗词、戏曲的探究工作。作为"非学院派"代表作家,王蒙非常清楚自己之于文学研究是"门外汉",他曾经以自嘲的口吻解释了自己提出"作家学者化"主张的缘由,"至于笔者本人,只有初中毕业文凭,前不久还因不会正确地使用'阑珊'一词而受到读者的批评(见《读书》第七期),才疏学浅,有负作家称号,正因为愧怍深重,才提笔写这篇立论或有偏颇的文章"②,他也曾不止一次地声明自己不是红学专家,而仅仅是一个"热心的读者"。在这种谦虚低调的治学态度之下,同时出于避免"班门弄斧"而贻笑大方事情的发生,对于《红楼梦》的研究,王蒙始终采用小说家的文学研究方法,"从个人情况开说,我追求的是把《红楼梦》当作小说读,在于对之进行文学的、小说学的即关于该小说的题材、构思、人物、意

---

① 王蒙《王蒙文集》(第 33 卷),人民文学出版社 2014 年版,第 168 页。

② Shakhar Rahav. Having One's Porridge and Eating It Too: Wang Meng as Intellectual and Bureaucrat in Late 20th-Century China, The China Quarterly, 2012, 12: 24.

蕴、语言、风格手法等方面的探讨"。①

相较于历史的考据、资料数据的汇编堆砌，王蒙更愿意以自身的创作经验、创作体会来完成对作品的分析。比如同样对《红楼梦》书名的研究，王蒙自认"拙于考据"，而主要是从文学性、书名学的角度进行了研究，认为现行的《红楼梦》的书名"比较中庸"，然而也相对符合市场需求，并逐字分析题目道："红者女性也，闺阁也，女红、红颜、红妆、红粉……不无吸引力。楼者大家也，豪宅也，望族也，也是长篇小说的擅长题材。梦者罗曼斯也，沧桑也，爱情幻灭也，依依不舍而又人去楼空也。多少西洋爱情小说名著，从《茵梦湖》到《安娜·卡列尼娜》也是靠这种写法征服读者。"②在研究钗黛评价问题上，王蒙赞成以俞平伯为代表的"钗黛一元论"，并认为二人分饰了两种迥然异同的人格心理特征，薛宝钗代表的是一种"认同精神"、是一种"政治家素养"，而黛玉则更加多元，是曹雪芹潜意识里不愿为人所知的内心一面。在这些传统论题的研究上，王蒙赋予了其文学角度的解读，这是以往红学研究所缺失的。并且王蒙常常"老题新作"，在原有命题的基础上提出一些颇具创新性的概念、论断、解说等，比如在研究中使用自创或新创的概念——"人生性""天情""知哀""耐价值论""文学性质的混沌""忘年妒""青春乌托邦""姨娘文化""人间感"……而将人生体验融入文学研究中也是王蒙《红楼梦》研究一大特色，如他感慨元妃省亲是"富贵匆匆"。"何其匆匆！相见短而分离久，热闹短而寂寞长，荣华一瞬而萧索永时，青春片刻而衰亡继来。悲夫，省亲！悲夫，大观园！悲夫，这样的人生！"③分析宝黛二人情感联系时，感慨"爱情是净化的力量，也是毁灭的力量！"④"这样的爱情是不能成功的，上帝是不允许这样的爱情的，因为这样的爱情比上帝还有力量，比生命还有力量"。⑤类似这样感性化的抒情评论在王蒙的红学研究中屡见不鲜，这是基于文学视角下生成的合理产物，也是王蒙文学研究的特色之处。

---

① 方维保《王蒙的文学批评——后革命时代的话语经验》，《盐城师范学院学报》2008年第4期。

② 温奉桥编《多维视野中的王蒙》，中国海洋大学出版社2004年版，第6页。

③ 郜元宝《当蝴蝶飞舞时——王蒙创作的几个阶段与方面》，《当代作家评论》2007年第2期，第64页。

④ 郜元宝《当蝴蝶飞舞时——王蒙创作的几个阶段与方面》，《当代作家评论》2007年第2期，第80页。

⑤ 郜元宝《当蝴蝶飞舞时——王蒙创作的几个阶段与方面》，《当代作家评论》2007年第2期，第80页。

一定程度上来说,王蒙对于自己提出的"作家学者化"主张进行了有效的实践,尤其是其古典文学解读系列,无论就其研究价值,还是研究风格上都获得了学界、读者界的认可,而王蒙"学者化"主张的突出贡献之处在于,它端正了当代文坛对于文学创作与文学研究泾渭分明的学术态度,在引导学者、作家如何正确看待两者关系上提供了可借鉴范本,而王蒙本人学者兼小说家的身份更是提供了有力佐证。

(三)当代文化人与开放性话语

除了作家、学者、政府官员的身份,王蒙同样是生活在当代文化群体中的一员,与其说这是一种身份,不如称之为一种社会的或者文化的属性更确切。王蒙以其敏锐的观察力和权威的社会身份,就文学、文化的发展问题提出过许多真知灼见,这其中开放、包容、多元的现代文化观切中时代潮流,也为文学研究指明了未来发展方向。

贴近生活的研究视角。王蒙作为研究《红楼梦》的文化学者,其研究成果最明显的艺术风格就是一种博古通今、古今中外兼收并蓄的开放性,体现到文本中是一种灵活变通的研究方式。王蒙曾声明自己的红学研究并非学院式的,需要讲求客观确凿的证据、符合史实,他是采用了一种"活说""漫谈"的方式,把《红楼梦》"往活里说",这就打破了以往红学研究一板一眼、墨守成规的思维定式,而更加符合当今时代的阅读需求。

王蒙曾以贾府为例谈到了中国人的情面文化,并以实例分析中国的人情事故中最大的困难在于"投鼠忌器",例如"文革"时期"四人帮"难以铲除就在于某种程度上他们仰仗了国家最高领导人的权力意志,"这是政治,更是文化,中国的文化注重情面,注重人情味,注重感情上是否过得去。合情合理,人情入理,任何时候情面的考虑高于许多东西。"他进而分析中国人之所以如此重视情面文化与中国传统儒家思想密不可分,因为儒家重视礼义道德,做事情要符合分寸。这样的分析在很大程度上是王蒙个人生活经验和人生阅历的表露,是在长期的生活历练中所形成的感慨和体味。

对于《红楼梦》与中国文化的关系有过很多论述,他曾专门写《〈红楼梦〉与中国文化》研究了家族文化和国家文化之间的牵连。在他的解读下,贾府成为中国各种文化的缩影,"家国文化""姨娘文化""寡妇文化""享乐文化""利己文化""儒释道文化"等几乎将中国所有文化类型包含在内,在这样一个"鲜花着锦、烈火烹油"的封建大家族里,多元文化之间相互倾轧斗争,却又相安无事、提携互助,这是一种悖论也是一种合理存在。王蒙对此解释这是因为中国文化并非是一个平面、一条道路，而是多面的、多元的，因此在同一时空的维度里多种多样的文化类型得以兼容并包。王蒙还曾以"不奴隶，毋宁死"为中心探讨过大观园里的"奴隶文化"，这本是王蒙红学研究中曾经涉及的一个小论点，后来经过王蒙的深思熟虑形成了《不奴隶，毋宁死——王蒙谈红说事》（2008）一书，在这本专著中他以"奴隶性"为核心谈到了社会、文化、历史、人性等角度，是王蒙红学研究新的力作。

"触类旁通""举一反三"是王蒙文化研究的重要特征，他往往能从一点出发引申出海量观点论断，这样的博识与其深厚的学术素养、宏大的理论视野和开放的研究心态密不可分。在王蒙多元文化人格构成中，"传统知识分子"的身份占据了重要位置，因此也促使王蒙一方面重视律己、修身，另一方面家国天下，于是他常常有家国之思与兴亡之叹。这样的文化观脱胎于其从小接受的传统思想，也与王蒙后天经历的人情世故、盛衰变迁有关。

20世纪90年代，王蒙之于古典文学系列，尤其是《红楼梦》系列的研究是潜心之作，在经历过文学的狂欢与冷遇之后，王蒙开始对自己的文学范式有所反思，对于《红楼梦》中所体现的"盛衰无常"更是有一种新的理解和感受，正如有的评论家认为王蒙的红学研究是"借他人酒杯，浇自己块垒"，移情于古人、与曹雪芹进行跨时空的交流，由此他的红学研究较之于一般红学研究显得不太合乎"规范"，而这在某种层面看来既是王蒙文学研究的软肋，也是优势。

王蒙在文章中曾经写道："《红楼梦》是经验的结晶。人生经验，社会经验，感情经验，政治经验，艺术经验，无所不备。《红楼梦》就是人生。《红楼梦》帮助你体验人生。读一部《红楼梦》，等于活了一次，至少是活了二十年！"①王蒙认为《红楼梦》是"经验的结晶"这样的观点，实际上也是出于自身解读作品的思路。在王蒙的红学研究系列中，很难发现他是单一层面地对作品进行解读，他常常融合了政治、经济、文化、社会、哲学等不同领域的元素，他的《红楼梦》解读几乎像一部百科全书，从不同层面、角度、视野对作品进行了跨专业、交叉渗透的研究，这与其丰富多元的人生经历密不可分，也构成了王蒙红学研究的特色。

王蒙的《红楼梦》研究呈现出多种多样的风格，难以悉数列尽，这表现了一位风向标式的领袖作家超常的时代感，王蒙几乎总能提前把握到文学流转的方向，以敏锐的观察力洞悉文学发展的暗流。然而王蒙红学研究成果中集中体现

---

① 郜元宝《当蝴蝶飞舞时——王蒙创作的几个阶段与方面》，《当代作家评论》2007年第2期，第240页。

着几个关键词,在一定程度上颇能代表"王式红学"的研究风格,即"通达感""多元论""人生性和经验性"。

王蒙《红楼梦》研究的交叉性、多元性在一定层面上又构成了王蒙红学的某种特色和创新之处。王蒙不拘泥于一般文学研究的文法,一方面由于他本人并不是专门的红学学者,有壁垒分明的门派划分,另一方面也是由于王蒙文艺思想驳杂浩大,王蒙本人人生经验、写作经验丰富深厚,使得他能以更多维的视角灵活变通地看待问题。客观来讲,无论从研究方法、研究思路,还是研究成果所侧重的内容、研究者本人情感的介入程度、研究所指向的终极目标,王蒙的《红楼梦》研究系列与一般红学研究都大不相同。在王蒙的红学研究中,自身情感的介入、人生经验的投射成为他补充研究成果的必要资料,基于王蒙这种个人化、感受化的研究模式,誉之者认为其别出心裁、一扫学院派研究的陈腐气,颇有"瑶琴一曲来薰风"之感。自然也有反对者,认为小说家的自身创作经验不应该用作探究曹雪芹创作心理的方式,因为小说家容易受思维定式的影响而误读了作者的原意。对此王蒙曾宣言"误读"也是一种文学研究的方式,他曾盛赞青年作家闫红《误读红楼》一书,并认为这样的文学误读比起一板一眼做学问更能激发研究者的创作热情。

多元、开放、包容、变通是当代社会对文学发展的必然要求,王蒙的《红楼梦》研究便是这样一种时代需求下的成果。王蒙红学研究思维中所张扬的灵活、变通、包容、开放、多元都符合一个时代对文学实践活动的期许,尽管他的研究中还存在着"失之谨严"的缺陷,却在一定意义上为红学研究的丰富性、多元化发展做出了贡献。

（王丹丹:文学硕士,青岛第三十九中学市北分校教师）

征稿启事

《王蒙研究》是国内唯一的王蒙研究综合性学术刊物,2004 年创刊,由中国海洋大学王蒙文学研究所主办。

《王蒙研究》现向广大学者约稿,敬请各位作者不吝赐稿。

一、论文格式要求

(1)论文信息包括:标题、作者姓名、工作单位、地址及邮政编码,并附个人简介及联系方式。

(2)论文请用 word 格式。

(3)论文注释采用脚注形式,具体格式为:

著作类:

作者,著作名,出版社及出版年,页码。

如:王蒙《王蒙文存》(第 21 卷),人民文学出版社 2003 年版,第 278 页。

论文类:

作者,文章名,期刊名及期次。

如:严家炎《论金庸小说的现代精神》,《文学评论》1996 年第 3 期。

(4)论文遵循学术规范,文责自负。

二、投稿及联系方式

投稿信箱:wangmengyanjiu@163.com 或 wenfengqiao@163.com。如投稿三个月内仍未收到用稿通知,请作者自行处理,恕不退稿。

《王蒙研究》编辑部